A guardiã da memória

Gerson Lodi-Ribeiro

1ª edição

Editora Draco

São Paulo
2011

GERSON LODI-RIBEIRO

Autor carioca de FC e história alternativa. Publicou *Alienígenas Mitológicos* e *A Ética da Traição* na edição brasileira da Asimov's. Autor do romance *Xochiquetzal - uma princesa asteca entre os incas* (2009), e participou das coletâneas *Outras Histórias...* (1997), *O Vampiro de Nova Holanda* (1998), *Outros Brasis* (2006), *Imaginários v. 1* (2009) e *Taikodom: Crônicas* (2009). Como editor, organizou as antologias *Phantastica Brasiliana* (2000), *Como Era Gostosa a Minha Alienígena!* (2002) e *Vaporpunk* (2010). Trabalha desde 2004 como consultor da Hoplon Infotainment, sendo um dos criadores do universo ficcional do jogo *online* Taikodom.

Edição: Erick Santos Cardoso
Produção editorial: Janaina Chervezan
Leitura crítica: Antonio Luiz M. C. Costa
Revisão: Andréia Szcypula e Karlo Gabriel
Ilustração de capa: Ericksama

Dados Internacionais de Catalogação na Publicação (CIP)
Silvia Marques CRB-8/7377

L823

Lodi-Ribeiro, Gerson
A guardiã da memória./ Gerson Lodi-Ribeiro, autor;
-- São Paulo: Draco, 2011

ISBN 978-85-62942-14-3

1. Romance brasileiro I. Título.

CDD-869.93

Índices para catálogo sistemático:
1. Ficção : Literatura brasileira 869.93

1ª edição, 2011

EDITORA DRACO
R. Carlos Honório, 190 - 13
Jd. Esther Yolanda - São Paulo - SP
CEP 05372-070
draco@editoradraco.com
www.editoradraco.com
www.facebook.com/editoradraco
twitter: @editoradraco

A guardiã da memória

Gerson Lodi-Ribeiro

Crônicas de Ahapooka II

Onde, cedo ou tarde,
Todas as naves da galáxia vão parar?
No Mundo-Sem-Volta.
Para lá que todos os caminhos vão levar.
Para o Mundo-Sem-Volta,
Onde todos vamos nos encontrar,
No fim dos tempos, quando a última estrela se apagar,
É no Mundo-Sem-Volta, que todos vamos nos encontrar.

A Philip José Farmer e André Carneiro, grandes mestres de ficção científica erótica, eternas e vigorosas fontes de inspiração.

I

Agente de Rhea

Humanos? Decerto já ouvimos falar de vossos patronos. Segundo nossos registros, constituem uma espécie racional terrícola, bípede e humanoide, de extrema prolificidade e baixa longevidade. Por sua avidez e celeridade em se alastrar pelos mais diversos setores da Espiral, são tidos como praga nefasta em alguns quadrantes da Periferia Galáctica. Inteligências cuja peculiaridade mais notável é a pretensa ignorância quanto à localização de seu mundo original.[1]

---

[1] Fala de emissário octópode durante o primeiro contato com os dolfinos em Octopusgarden, Sistema Poseidon

Mais certo do que a morte, a próxima missão não será mera rotina.

Longe disso.

Nada de espionagem barata disfarçada de oficial de um mercante de Rhea, ou de cidadã pacata de um núcleo poliespecífico qualquer.

Porque, para tais missões de rotina, Pandora me convoca através de holopresença e, esteja onde estiver, eu compareço como parcial, reles projeção holográfica interativa, programada com minha personalidade e algumas memórias específicas. Então, ela ou um parcial dela me transmite ordens, detalha os objetivos da missão e especifica os recursos que serão colocados ao meu dispor.

Desta vez, no entanto, minha superiora exige minha presença plena e pessoal, *in totum*, em sua câmara na Alta-Hierarquia da Defesa.

Trabalho com Pandora há mais de um século. Quase metade da minha vida.

Daí, não sinto a menor dificuldade em reconhecer os sinais inequívocos de uma missão importante prestes a desabar no meu colo.

Como costuma acontecer nestes casos, a convocação foi lacônica. Urgência sem detalhes.

Do interior de sua câmara, Pandora simplesmente manifestou em voz alta sua vontade de me ver.

A consciência artificial que atua como secretária dela interpretou os sentimentos de sua senhora como ordem e a transmitiu para mim através de meus neuroimplantes. Mal Pandora acabou de me chamar e, cerca de 50 km de distância, ouço sua voz sintetizada em meu cérebro:

"Clara, querida, compareça pessoalmente o mais rápido possível."

Pandora é a Alta-Hierarca mais afável e menos autoritária que Rhea já possuiu. Mesmo assim ou talvez por isto, eu a tenho em muito melhor conta do que a própria Primeira Hierarca, Europa.

Ao que me consta, não sou a única.

Ah, as maravilhas da tecnologia olduvaica que as expedições trouxeram até este planeta!

Contudo, cumpre explicar que este sistema de comunicação eficiente, que inclui telepresença holográfica e realidades virtuais interativas, só funciona a contento dentro das fronteiras de Rhea, a Magnífica.

Neste país, quando uma Alta-Hierarca articula as expressões "pessoalmente" e "o mais rápido possível" numa mesma sentença, é de bom alvitre largar tudo o que se está fazendo e disparar em acelerado para o local da convocação, se é que você dá valor aos privilégios da cidadania plena.

É por isto que enuncio meia dúzia de ordens distraídas à minha gerente doméstica e saio de casa do jeito em que estou. O biotraje que se vire para ajeitar meus cabelos e unhas pelo caminho.

Sem que eu precise pedir, o autocarro solicitado pela gerente já me aguarda de porta aberta a poucos metros da minha residência.

Sento-me na poltrona confortável. A porta do veículo se fecha automaticamente.

O veículo parte sem me perguntar o destino.

Tampouco me preocupo com diretivas. Imagino que a C.A. que gerencia minha rotina doméstica tenha ordenado ao autocarro o itinerário do Complexo da Defesa sem que meus neuroimplantes precisem se preocupar com isto.

De fato.

Em menos de cinco minutos de trajeto por ruas quase sem trânsito, salto na garagem subterrânea do prédio central da Defesa, bem próximo ao hall dos elevadores.

Quinze segundos imersa no campo antigravitacional do elevador escolhido e cinquenta e pouco metros de esteira deslizante no último andar. Então estou diante da porta da câmara da terceira humana mais poderosa de Rhea.

A porta se fende ante minha aproximação. Naturalmente, a C.A. secretária já anunciou minha chegada.

Pandora ergue o olhar incisivo de um holocubo e me dirige um sorriso.

– Sente-se, Clara. – Faz um gesto, indicando a poltrona que acaba de saltar da fenda recém-aberta no piso. Assim que me acomodo, vai direto ao assunto, como é de seu feitio. – Já ouviu falar em Alcoólica?

– Alcoólica, a cidade do Império? Ou se trata da versão em ânglico do nome de algum alienígena que eu deveria conhecer?

– Não, não. – Ela sorri outra vez. – É o núcleo urbano imperial. Acaso já esteve lá?

– Nunca.

– Nem virtualmente? – Ante minha negativa enfática, ela determina, agora mais hierarca que amiga e mentora. – Muito bem. Assim que acabarmos esta conversa, vou lhe dar duas horas para vivenciar tudo que o serviço dispõe sobre Alcoólica. É preciso que conheça aquele núcleo como a palma da sua mão.

– Sem problemas. – Dadas as técnicas de compressão de dados rheanas e minha experiência, vivenciar uma semana de imersão virtual acelerada em apenas duas horas não é tão aterrorizante quanto pode parecer à primeira vista. Mal consigo conter minha animação. – Quer dizer que minha próxima missão será em Alcoólica?

– Exato. – Minha superiora acena com um olhar pensativo.

Sei o que ela está pensando. Até que ponto deve me contar.

Provavelmente, o mínimo necessário para que eu consiga cumprir minha missão a contento. Em geral, não é fácil arrancar mais que uma ou duas migalhas adicionais de informação, mas nunca me furto de tentar.

Enfim, ela se decide e continua:

– Para nós, Alcoólica seria apenas mais uma metrópole imperial como dezenas de outras, não fosse o fato de abrigar o Grande Museu Imperial.

– Não entendo. Várias outras cidades do Império possuem suas próprias sucursais do Grande Museu. Daquelas em que já estive, pelo menos Eólica, Supina e Láctea possuíam.

– É verdade. O Grande Museu Imperial possui 27 filiais espalhadas por igual número de núcleos urbanos. – Pandora entrelaça os dedos das mãos sobre o tampo de jade de sua mesa. O gesto denota impaciência controlada. – Contudo, de momento, apenas a filial de Alcoólica nos interessa. Eles o chamam "Museu Paleontológico Imperial", não obstante o fato de seu acervo não diferir muito dos existentes nas demais filiais da instituição. Enfim, estamos interessados especificamente num determinado salão dessa filial.

Em outro tom de voz, ordena:

– Salão de Espécimes Anômalos.

A iluminação da câmara esmaece até a penumbra.

O vasto holotanque situado no centro do aposento ganha vida numa explosão de som, movimento e cor.

Vejo o tal salão. Um espaço amplo, de pé-direito elevado, com paredes brancas ao fundo. Padrão arquitetônico típico das construções públicas do Império.

O lugar está repleto de fósseis, reproduções e modelos dos animais e alienígenas mais estranhos jamais encontrados no Grande Continente. É fácil distinguir os espécimes genuínos das meras reproduções holográficas, pois os primeiros estão resguardados dentro de mostruários transparentes estanques.

– Ela já teve uma visão geral. – Pandora articula no tom neutro que emprega para lidar com consciências artificiais. – Mostre agora o humanoide misterioso.

A holoprojeção gira o foco da exibição, como um visitante caminhando alguns passos salão adentro e se virando para uma vitrine em particular.

No interior deste estande envidraçado há uma criatura humanoide com pouco mais de um metro de altura, corpo coberto de pelo castanho-escuro, quase negro. As mãos do humanoide possuem cinco dedos. Mãos bastante semelhantes às da maioria das estirpes humanas.

Os pés também são idênticos aos nossos, indicativo seguro de que, quando viva, essa criatura bípede não devia enfrentar grandes dificuldades em manter a postura ereta por longos períodos.

As mandíbulas do espécime são desproporcionalmente volumosas e maciças, ao passo que o crânio em si é diminuto. Estimo que o cérebro não devia possuir mais do que 500 cm^3, 600 no máximo.

Os olhos são tão parecidos com os nossos que poderiam passar pelos de uma estirpe humana qualquer.

De mesma forma, braços e pernas estão aproximadamente nas posições esperadas num humano típico. Isto é, pelo menos à primeira vista.

Seria a criatura racional?

Alienígena, ou mero animal?

Como se pudesse ler minha mente, Pandora esclarece minha dúvida:

– Animal de estimação.

Leio os análogos bidimensionais dos hologlifos em Intercosmo impressos numa das superfícies laterais da estande:

ESPÉCIME HUMANOIDE SEMI-INTELIGENTE.
INGRESSO NO ACERVO EM 1.275.613/4/35.
PROCEDÊNCIA DESCONHECIDA.

– Calendário imperial padrão? – Indago, apontando para os hologlifos.

– Exato.

Faço as conversões devidas, então concluo:

– Quer dizer que o espécime foi adquirido pelo museu há pouco mais de 5.300 anos, Tempo Humano Padrão.

– 5.318 anos THP, para ser exata. Até aqui, nada demais. Exceto, talvez, por uma certa semelhança fortuita com algumas variedades de humanos hirsutos. – Ela suspira, preparando-se para falar o que realmente importa. O verdadeiro motivo desta convocação *in loco*. – Só que nossa investigação descobriu, de forma acidental, diga-se de passagem, que o espécime chegou vivo a Zoo cerca de 7.000 anos atrás. Oficialmente, os imperiais afirmam ignorar a exata procedência do espécime. À boca pequena, fala-se de fortes indícios de que o animal teria vindo para cá a bordo de uma nave estelar humana.

Agora, sim, ajeito-me na poltrona, verdadeiramente interessada no enigma desse espécime.

– Esse animal de... estimação, como você disse, foi trazido para este planeta por humanos. Muito provavelmente foi criado num sistema colonizado por humanos.

– É o que parece. – Pandora concordou, lacônica, sem dúvida à espera de que eu prossiga com minha linha de raciocínio.

Esforço-me para não desapontá-la.

– Você crê que os antepassados desse animal provieram do mesmo mundo onde os humanos evoluíram?

– Esta é a questão crucial. – O tom de minha superiora evidencia seu elogio tácito. – Se imaginarmos que nossos ancestrais remotos e os desse animal evoluíram na mesma biosfera planetária, então as semelhanças morfológicas gritantes entre nós e eles decerto indicam um grau de parentesco muito próximo entre as duas espécies.

O olhar dela fulge com entusiasmo contido.

Ela articula em tom de comando:

– Exiba agora aquela concepção artística que você obteve para nós.

No holotanque, o salão do Museu Imperial é substituído pelo panorama de uma savana semiárida, recoberta de gramíneas amareladas ressecadas e pontilhada aqui e acolá com arbustos e árvores de troncos raquíticos e retorcidos.

Ao fundo da savana há duas montanhas altas, cujas silhuetas azuladas lembram um par de caninos tortos e gastos.

– Que lugar é esse?

– Não há como saber ao certo. De acordo com o registro, chama-se "Kalahari". Sabe como é, mais um daqueles registros de autenticidade duvidosa procedentes de Archaeodelphos. Por lá não falta quem afirme se tratar de uma cena da Velha Terra.

– Ah, sim. – Sequer me esforço em disfarçar o ar de pouco caso. Pandora conhece minhas opiniões a respeito.

Ela dá de ombros e ordena à C.A.:

– Prossiga com a exibição.

Obediente, a secretária desfaz a pausa iniciada com minha pergunta.

Vejo uma silhueta bípede na linha do horizonte.

A criatura caminha em nossa direção.

É um humanoide. Um humanoide de passos firmes e seguros.

Constato que o humanoide é de fato uma fêmea.

Definitivamente mamífera.

Depois de alguns minutos, ela para defronte a nós.

É quase possível estender a mão para tocá-la através da superfície leitosa do holotanque.

– Pré-humana?

– Supostamente, sim. – Pandora reconhece. – Mas, lembre-se que se trata meramente de uma concepção artística. Não há o menor indício de autenticação digital.

– Tudo bem. – Concordo com a cautela de Pandora sem me preocupar muito com o assunto.

Minha atenção está inteiramente focada na fêmea.

Ela é bem menos peluda do que o espécime do museu ou que meu amigo Younghide. Os mamilos escuros dos seios pronunciados mas caídos destacam-se pouco da epiderme parda, tipicamente humana.

O maxilar é menor e mais delicado que o do espécime. O queixo encontra-se quase inteiramente ausente. A testa é curta, denotando um cérebro pequeno.

O olhar, contudo, é decididamente humano.

Mais baixa que uma humana adulta. Segundo a escala métrica exibida ao lado do holo, altura aproximada de 120 cm.

A ponte nasal é elevada. Um estágio intermediário entre o nariz do espécime do museu e o de um humano padrão, embora existam estirpes que, hoje em dia, possuam narizes cujas narinas são tão ou mais erguidas do que as dessa fêmea.

Os pelos dela se restringem à região pubiana e a uma carapinha sobre o couro cabeludo. Sorrio ao constatar o quão semelhante essa cabeleira é ao corte atual de Anthea, nossa Alta-Hierarca do Comércio.

A pré-humana brande uma ferramenta de pedra bruta na mão direita. Não se trata de mero gesto agressivo, mas de um ato deliberado. Um ato com um objetivo definido, preconcebido. Como uma humana o faria.

– É o bastante.

Ante a ordem peremptória de Pandora, o holotanque se apaga.

▼ ▼ ▼

Permaneço calada durante vários minutos.

A bem da comparação, alinho mentalmente a pré-humana, o espécime do museu e eu própria.

A criatura guarda semelhanças notáveis tanto comigo, quanto com a pré-humana.

Relembro que a ciência olduvaica já conseguiu confirmar que os ancestrais de várias espécies animais evoluíram na mesma biosfera que os humanos primitivos. Os rórsios, os cães, os dolfinos e os leoncas são quatro dos exemplos mais conhecidos.

A análise genômica comparativa é capaz de comprovar essa origem comum para além de qualquer margem razoável de dúvida.

Contudo, jamais se ouviu falar de outra espécie humanoide oriunda da mesma biosfera onde os humanos evoluíram.

Uma espécie humanoide contemporânea da humanidade. Humanoides que poderiam ter compartilhado o planeta original conosco.

Procuro pensar com a cabeça de nossos hierarcas. Esse espécime talvez venha constituir peça vital em defesa da espontaneidade humana, tese advogada ardentemente por Rhea. A bem dos humanos incultos que porventura possam ignorar, cumpre esclarecer que "espontaneidade" é o argumento científico segundo o qual a humanidade seria fruto da evolução espontânea e não o produto de um processo de promoção executado por uma cultura patrona alienígena.

Se os cientistas de Olduvaii e de Rhea estão corretos, então, à semelhança do que ocorreu com as primeiras espécies inteligentes que povoaram a Periferia, nós humanos teríamos nos originado a partir de mecanismos evolucionários cegos e fortuitos, desencadeados numa única biosfera planetária ao longo de bilhões de anos.

Todavia, de acordo com a opinião vigente da maioria das espécies alienígenas radicadas em Ahapooka, somos tremendamente pretensiosos ao ousarmos nos comparar às grandes espécies progenitoras do passado galáctico.

Conquanto existam casos bem documentados, raros mas nem por isto menos verídicos, de espécies racionais que evoluíram através dos mecanismos tortuosos da evolução espontânea em épocas relativamente recentes, estudiosos alienígenas são unânimes na conclusão de que a humanidade não se enquadra dentre esses poucos casos excepcionais.

– Bem, Clara, pelo seu semblante, deduzo que chegamos às mesmas conclusões. Das duas, uma: ou esse animal semirracional é parente próximo da humanidade, uma espécie de primos distantes, ou é a forma original de nossos ancestrais, antes do aperfeiçoamento num eventual processo de promoção.

– São as duas hipóteses mais prováveis, concordo. Mas existe uma terceira possibilidade.

– É mesmo? – Seus belos olhos castanhos fulgem com espanto genuíno. – E qual seria essa terceira hipótese?

– Visitantes alienígenas exploram o planeta original da humanidade milhões de anos atrás. Antes de existirem humanos de verdade. Esses alienígenas capturam exemplares pré-humanos da mesma espécie que mais tarde evoluiria para originar os primeiros humanos.

– Sim, e daí?

– Os tais alienígenas hipotéticos levam os espécimes pré-humanos para os sistemas estelares onde residem e passam a criá-los como animais de estimação. Com o tempo, essa raça de animais de estimação é gradativamente disseminada Periferia afora sob os auspícios de uma ou mais espécies alienígenas.

– Uma hipótese viável, conquanto tortuosa. – Pandora reconhece com um sorriso nos lábios. – De qualquer modo, precisamos colocar nossas mãos nesse espécime do museu de Alcoólica.

– Minha missão será subtrair o espécime do museu?

– Exato. Se o confisco do exemplar não for de todo possível, você deverá providenciar pelo menos a coleta de amostras do genoma da criatura.

– Entendido! – Quase salto da poltrona num arroubo de felicidade. Uma missão vital no Império! Uma oportunidade desta não aparece duas vezes na vida. – De que recursos poderei dispor?

– Como sabe, seu amigo Younghide ocupa atualmente o posto de cônsul adjunto no Império.

Younghide. Um humano hirsuto da orgulhosa estirpe de Archaeodelphos. Meu antigo professor de xenopsicologia e amante ocasional. De qualquer modo, um amigo muito querido, em diversos sentidos.

– Ouvi falar. Mas a embaixada fica em Litorânea; portanto, bem distante de Alcoólica.

– Ah, pensei que você já soubesse... – Ela sorri, toda candura e inocência. – Abrimos um consulado em Alcoólica há pouco mais de três anos.

– Não sabia. – Sorrio, espantada mas bastante satisfeita.

Desde que me afastei do corpo diplomático para trabalhar no serviço secreto, há coisa de um século, faço questão de colocar os grandes gambitos da política externa de Rhea de lado, tanto quanto possível.

Há três anos eu estava cumprindo uma série de missões de contraespionagem em núcleos poliespecíficos do Litoral Humanoide, do nosso lado do Grande Continente e não do Lado Oriental, o lado do Império. Trabalho de rotina.

Foi quando a abertura do consulado se deu.

Por isto não soube de nada.

– Quer dizer que já estamos planejando surrupiar esse espécime pré-humano há mais de três anos e que a abertura de uma nova sede de nossa representação diplomática foi mera manobra de fachada?

– Garota esperta. – Pandora abre seu sorriso, considerado belo e cativante até mesmo por seus desafetos. – Esperta e debochada.

Abro a boca para responder, mas ela me silencia com um gesto.

– Em primeiro lugar, ninguém aqui está falando em surrupiar coisíssima alguma. O termo correto é "resgatar". – Ante meu olhar irônico, ela esclarece. – Independente de que hipótese adotemos, estamos supondo que o espécime evoluiu no mesmo planeta que nós, certo? Portanto, por direito, ele pertence à humanidade.

Não percebo nada desse direito putativo de posse do alheio.

Contudo, por vezes até mesmo uma jovem destrambelhada como eu percebe que é melhor ficar calada.

– Em segundo lugar, você é que cismou que o espécime é pré-humano. – Ela ergue as palmas das mãos, até então apoiadas no tampo esverdeado. – Lembre-se de que, segundo nossas informações mais confiáveis, o animal estava vivo há meros 7.000 anos.

Ah, um dia, quando eu for mais velha, ainda vou ser sábia e esperta como minha mestra Pandora!

Aí então, vou poder me meter a falar de períodos de 7.000 anos como se tivessem decorrido ontem à tarde.

Não que Pandora tenha 7.000 anos de idade.

De acordo com minha melhor estimativa, mal passou dos 6.600...

Ademais, a maior parte dessa existência, consideravelmente longeva por padrões humanos, decorreu no piscar de olhos da dilatação temporal a bordo de naves estelares singrando a Periferia em velocidades bem próximas à da luz.

Ela não parece nem um pouco mais velha do que eu. E olhem que estou em meu primeiro corpo e no que calculo ser a primeira metade de minha vida inicial, ainda distante, em tese, de meu primeiro tratamento de rejuvenescimento celular, direito assegurado a todo cidadão sênior de Rhea.

A menos que se canse da vida, é provável que Pandora ainda esteja por aqui quando meus ossos já se tiverem tornado em pó, época em que bem poucos além dela se recordarão que um dia existi.

▼ ▼ ▼

– Tudo bem, Madrinha. – Exalo um suspiro resignado. – Não está mais aqui quem falou. De qualquer maneira, depois que eu trouxer o espécime para cá, imagino que possamos datá-lo com razoável grau de precisão.

– Belas palavras, querida. Peço-lhe, contudo, que mantenha esse seu proverbial excesso de autoconfiança sob controle. – A alegria brilha nos olhos dela, traindo seu semblante grave. – Aliás, você sabe que aprecio quando me chama de Madrinha. Só me sinto pouco à vontade quando você o faz em ocasiões oficiais deste gênero.

– Quer dizer, quando você exerce a função de Alta-Hierarca e eu de agente? – Exibo meu sorriso mais cândido. Não tão cândido quanto o dela, é lógico, embora eu venha me esforçando ao máximo nas últimas décadas para atingir o grau de excelência de minha mestra. – Mas só chamo você assim na intimidade.

– Não se faça de tola. – Não há sorriso agora e o olhar sério vasculha meu espírito com determinação serena de quem dispõe de todo o tempo de Ahapooka. – Não gosto que me chame de Madrinha quando estou prestes a despachá-la para uma missão arriscada, onde você, com quase toda certeza, arriscará a pele mais uma vez em prol da causa humana.

– Mas, Pandy, essas missões especiais são o que há de melhor no serviço.

– Por que nelas você consegue arriscar seu belo pescocinho?

– Ahn... Não exatamente. O fato é que adoro levar uma vida de aventuras e, aqui entre nós, Rhea proporciona muito pouca emoção para pessoas de espírito inquieto como eu.

– Igualzinha ao pai!

– Puxa, Madrinha! Este é o maior elogio que alguém pode me fazer... Obrigada!

– Sei como você se sente. Mas, creia, ao menos desta vez não pretendi elogiar. – Quando baixo os olhos para o piso, ela acrescenta num tom mais brando. – O grande problema, querida, é que cada vez que decido mandar você em qualquer missão um pouquinho mais arriscada, tenho que aturar as lamúrias da sua avó.

– Ah, sim. Estava demorando... A propósito, a Primeira Hierarca concordou com minha partida nesta missão?

– Tentou baldar meu intento de todas as formas lícitas. Chegou ao desplante de levar o assunto à apreciação do Alto-Conselho.

– Absurdo. Ingerência indevida na Pasta da Defesa. Flagrante abuso de autoridade. Mas, e daí?

– Naturalmente, foi voto vencido.

Minha avó, voto vencido no Alto-Conselho de Segurança de Rhea?

Emito um assobio de espanto.

– Pois é. – Ela lança as mãos para cima com as palmas voltadas para mim. – Tolice dela tentar.

– Mas, então, quer dizer que você conseguiu convencer meu avô? Ah, Madrinha, eu te adoro!

– Ele fez as ponderações e restrições de praxe. Cumpria aplacar Europa, é lógico. Porém, considerando que você é uma de nossas melhores agentes de campo quando se trata de atuar infiltrada em comunidades poliespecíficas, ele acabou se deixando convencer.

– Sei. – Só a muito custo contenho o ímpeto de me levantar e abraçá-la. – Mas Europa você não conseguiu dobrar, não é?

– Definitivamente, não. Como falei, ela foi voto vencido.

O Alto-Conselho de Segurança possui apenas quatro membros natos.

Todos nascidos no planeta Tannhöuser, Sistema Gigante de Olduvaii.

Ou quase.

Como Alta-Hierarca da Defesa, Pandora responde pelo comando geral de todas as forças armadas do país e pela coordenação de nossas agências de espionagem e contraespionagem aqui e no exterior.

Talleyrand, habitualmente amante e companheiro de Pandora, é nosso Alto-Hierarca das Relações Alienígenas e, portanto, o responsável por nossos serviços diplomáticos e pela admissão e controle de extra-humanos em nosso território. Inicialmente, pleiteou o comando direto de nossas forças militares sob subordinação da companheira, alegando possuir vastos conhecimentos teóricos sobre estratégia e histórias militares humana e alienígenas. Após votação secreta, os altos-hierarcas e hierarcas concluíram não haver motivo para retirar o comando das forças armadas das mãos de Pandora.

Spartacus, meu avô, ex-comandante da bem sucedida Terceira Expedição de Olduvaii ao Sistema Lobster, ainda hoje tido por poderoso *mago humano* em boa parte dos sertões do Lado Ocidental, é o Alto-Hierarca da Ciência, o indivíduo que define os rumos científicos da nação. Numa sociedade tão preocupada com o desenvolvimento científico e tecnológico como a nossa, sob muitos aspectos meu avô exerce o cargo público mais importante e cobiçado da nação. Desde que assumiu essa função há quase quatro séculos, meu avô tornou-se o principal responsável pela maioria dos avanços científicos de Rhea.

E, por fim, Europa, Primeira Hierarca de Rhea, companheira de Spartacus, mãe de Aeneas, o grande predador humano da Planície Vermelha, e incidentalmente minha avó paterna.

Exato. Pelo jeito que eu falo, não é difícil deduzir que nós duas não nos damos lá muito bem uma com a outra.

Pelo que imagino, Pandora não enfrentou qualquer dificuldade séria em convencer Talleyrand. Ela sempre gozou de grande ascendência sobre o companheiro. Ademais, mesmo nas épocas em que não estão vivendo juntos como amantes e tudo mais, esses dois costumam ser mais alinhados politicamente do que meus avós paternos.

Já persuadir meu avô a votar em favor de minha partida nesta missão deve ter sido outra história. Diferente e muito mais complicada. Felizmente, ao contrário de Europa, meu avô é susceptível à argumentação lógica.

A propósito, embora constitua fruto inegável da cultura de Tannhöuser, ao contrário dos demais membros natos do Alto-Conselho de Segurança, Europa não nasceu naquele mundo de sonhos e tampouco pôs os pés em qualquer planeta do Sistema Gigante de Olduvaii.

Minha avó nasceu a bordo da *Lucky Man*, nave estelar que conduziu a Terceira Expedição até Lobster, uns meros trinta e poucos anos, tempo-de-bordo, antes do ingresso neste sistema. Sua concepção deu-se a partir da combinação de gametas trazidos de Tannhöuser.

Entre seu nascimento e o término da viagem, Europa foi educada e treinada por Spartacus e pela consciência artificial da nave. Treinada desde a mais tenra infância para se tornar não a cidadã hedonista típica da civilização humana mais próspera e avançada do quadrante, mas sim uma exploradora destemida e aventureira emérita, apta a desbravar os sertões de Ahapooka.

▼ ▼ ▼

Uma das melhores agentes no que se refere à infiltração numa sociedade poliespecífica?

Não se trata de um talento tão excepcional assim para quem nasceu e viveu até os dezoito anos em Prestígio, comunidade poliespecífica razoavelmente próspera, situada na banda ocidental da Grande Planície Vermelha.

É provável que eu estivesse residindo em Prestígio até hoje, não fosse o fato de um belo dia minha mãe ter abandonado meu pai. Sem outra opção, ele se viu forçado a me levar consigo em suas expedições predatórias.

Ao contrário de Rhea, nação monoespecífica de povoamento exclusivamente humano, o Império constitui uma nação poliespecífica. Aliás, a cultura poliespecífica mais pujante, poderosa e bem sucedida do planeta.

Tendo sido educada entre extra-humanos, não sinto melindres ante a perspectiva de trabalhar com equipes mistas humano-alienígenas.

Muito ao contrário!

Que minha avó especista não me ouça, mas o fato é que até prefiro trabalhar e comandar equipes poliespecíficas.

Afinal, desde que me lembro por gente, alguns de meus melhores amigos são alienígenas.

Melhor do que ninguém, Pandora conhece minhas predileções.

Ela me compreende perfeitamente e me aceita como eu sou.

No fundo, se as circunstâncias da minha vida pregressa fossem outras, creio que teria dado uma excelente cidadã do Império.

Pois prefiro mil vezes o credo advogado pelo Império, baseado na igualdade entre as diferentes espécies racionais radicadas em Ahapooka, à opção tacanha em prol da superioridade humana propalada por Rhea.

Se ao menos o Império não exercitasse sua política externa expansionista de maneira tão agressiva...

Contudo, as três pessoas que mais amo e confio neste mundo – meu pai, Pandora e meu avô, nesta ordem – são patriotas convictos e grandes paladinos da causa humana, cada um a seu modo.

Mal chegaram a Ahapooka, tanto a Madrinha quanto meu avô se engajaram de corpo e alma na causa da superioridade humana, conforme advogada por Rhea, inclusive, tomando esta nação monoespecífica por pátria.

É óbvio que não se converteram à causa humana aqui em Ahapooka. Decerto já comungavam dessas crenças na superioridade humana desde suas juventudes em Olduvaii.

Fato inegável é que ambos são provavelmente mais sábios do que jamais serei e, como cidadãos de Tannhöuser e comandantes estelares de Olduvaii, vivenciaram experiências e travaram conflitos Periferia adentro com alienígenas de diversas espécies e ideologias. Alienígenas detentores de civilizações de âmbito estelar. Galácticos autênticos, não reles radicados como esses que compartilham Ahapooka conosco.

Por isto, se ambos insistem que, como defensora dos interesses legítimos da humanidade no planeta, Rhea detém a autoridade moral necessária e suficiente para advogar em prol da causa da Espécie e, portanto, deve ter seus desígnios colocados sempre em primeiro lugar, eu aceito e cumpro sem questionar, mesmo que em meu íntimo eu nem sempre concorde com as posições assumidas por eles.

Enfim, como Talleyrand costuma bradar:

– Certa ou errada, um brinde à Rhea, a Magnífica!

Já meu Pai, embora tão patriota quanto Pandora ou Spartacus, jamais aceitou a tese de que a segregação proposta por Rhea é a melhor política.

Por conseguinte, ao mesmo tempo em que me inculcou com um tremendo orgulho por ser humana, educou-me para considerar os alienígenas como iguais.

Foi por pensar desta exata maneira que, conquanto educado em Rhea por meus avós patriotas e, já à época altos-hierarcas, meu pai se rebelou e decidiu viver por conta própria como predador na Grande Planície Vermelha, milhares de quilômetros ao sul da nação de povoamento exclusivamente humano.

No que me diz respeito, embora eu ame o Pai mais do que qualquer outra pessoa neste planetinha dos infernos, fiz minha própria escolha.

Do mesmo modo que ele fez a dele.

Sou cidadã leal de Rhea, a Magnífica. Com muito orgulho.

Mais do que mera cidadã, sou agente de Rhea.

É nesta qualidade que deverei selecionar operativos para constituir uma nova equipe de campo com o pessoal que meu bom e leal Younghide colocará à disposição.

Quando essa equipe estiver formada, deverei treiná-la em Alcoólica e planejar a operação de resgate daquele espécime – pré-humano ou não – que meus superiores parecem considerar de importância crucial para elevar o prestígio de Rhea, através da corroboração da tese improvável da espontaneidade humana.

II

Operativa

À nossa pátria! Que ela possa estar sempre correta em seus conflitos com as nações estrangeiras. Porém, certa ou errada, à nossa pátria!

Stephen Decatur

A operação de resgate foi um fiasco!

Doze baixas... Até agora.

E, ainda por cima, perdemos o fóssil na fuga desabalada pelo túnel que liga o museu à adega do consulado.

Em pensar que planejamos tudo com tanta antecedência e nos mínimos detalhes...

Primeiro, estudamos os horários de funcionamento do museu e a rotina de sua equipe de segurança. Então, infiltramos e reprogramamos o sistema de vigilância e esperamos que o estabelecimento fechasse para o público. Só aí começamos a escavar os últimos metros, até atingir o famoso Salão dos Espécimes Anômalos.

No entanto, houve um vazamento em algum ponto do circuito. Nosso plano incoerente foi delatado de algum modo. Pois o serviço secreto do Império deu por nossa presença assim que colocamos nossas mãos no espécime.

É por esta e por outras que detesto trabalhar neste tipo de missão com pessoal de apoio não-comissionado. Não é preconceito, não. Só que, no fundo, quando tratamos com esses radicados do Lado Oriental, a gente nunca sabe em quem pode confiar.

Aquele pelotão ameboide do exército imperial deslizou silencioso em nosso encalço, ingressando na sala para onde havíamos removido o fóssil a fim de tentar extrair duas ou três amostras genéticas.

O adido militar imbecil do consulado veio com a ideia brilhante de fazer a tal extração *in situ*, na própria cena do crime, por assim dizer. De acordo com o *teórico brilhante*, se a análise preliminar revelasse que o fóssil era um embuste, como alguns hierarcas de Rhea supunham que fosse, sequer precisaríamos subtraí-lo ao acervo do museu.

Não sei como Younghide se deixou convencer a ponto de aprovar a ideia estapafúrdia daquele puxa-saco!

Do jeito que a operação transcorreu, a análise feita às pressas mostrou-se tão inconclusiva quanto eu previ que seria.

Pior: o tempo perdido nessa análise por nosso técnico centauroide quase se revelou fatal para o comando como um todo. Pois nos distraímos com a cobertura da remoção física do espécime até um salão adjacente e com a longa permanência por lá.

Fui obrigada a dividir nossos efetivos reduzidos para cobrir aquele perímetro estendido. Quando nossos sensores de movimento nos alertaram da presença da soldadesca imperial, ela já estava quase em cima de nós.

Depois de um tiroteio brevíssimo, recuamos até o buraco aberto na parede oeste do salão por onde havíamos entrado.

Mal tive tempo de ordenar nossa retirada pelo túnel subterrâneo, em realidade pouco mais que um buraco poeirento escavado sob a malha de segurança do Museu Paleontológico Imperial.

Determinei que alguns agentes humanoides e insetoides mantivessem posição e nos dessem cobertura, para que o grupo que conduzia o fóssil tivesse alguma chance de fuga.

Durante a refrega e a corrida pelo túnel rumo ao Consulado de Rhea, entre os ecos abafados de nossas passadas, ouvi o matraquear agudo das armas de projéteis imperiais e os gemidos e urros de meus comandados humanos e alienígenas, deixados para trás a fim de garantir nossa fuga.

Sacrifício inútil!

Pois no meio da confusão, eis que perdemos o fóssil do pré-humano!

Só agora recebo a notícia da perda do fóssil.

Lágrimas de raiva me descem pelas bochechas. Há décadas que não me sentia tão impotente.

Do jeito estabanado com que foi planejada, esta operação idiota estava fadada ao fracasso desde o começo.

Todas as precauções que propus, sumariamente postas de lado, como se não passassem de invencionices da minha cabeça. Ou, pior... Como foi mesmo que o imbecil daquele adido falou? Ah, sim: *"as paranoias infantis dessa predadora metida a agente secreta!"*

Quantos operativos valiosos perdidos... Quantos amigos...

Tudo em vão.

O ar do túnel torna-se sufocante. Odores de carnes alienígenas calcinadas e ozônio impregnam esse último trecho escavado que leva à adega.

Todos aqui sabem o que esses cheiros significam: algum comandante imperial alucinado autorizou o emprego de metralhadoras-laser no espaço exíguo do túnel.

Gpzyt, o sublíder insetoide, me toca ombro com uma das antenas e zumbe no idioma de seu povo.

De pistola-laser em punho, triste e bastante frustrada, desvio o olhar do túnel por um instante para ler os ideogramas holográficos projetados pelo tradutor que ele mantém preso à carapaça torácica.

"Não podemos esperar mais, Clara. Temos que explodir a passagem. Agora!"

– Nosso pessoal ainda está do outro lado... – Murmuro baixinho.

Um humano não teria ouvido.

Mas Gpzyt não é humano.

Já cumprimos várias missões juntos. Ele entende bastante looson para dispensar os hologlifos que meu transceptor acaba de projetar.

Ele está certo, como de hábito. Pelos ruídos abafados que estão fazendo, estimo que os imperiais estejam a menos de um minuto de distância.

Ademais, ordens são ordens.

Por mais cruéis que soem em nossos espíritos.

Talvez ainda existam humanoides, insetoides e centauros do nosso comando vivos mas feridos dentro do túnel.

Gpzyt percebe meu dilema e zumbe num tom suave.

Leio nos ideogramas do Intercosmo:

"Nossos agentes já estão mortos." – Ele emite um chilreio incerto. – "Ao menos, para o bem deles, espero que estejam."

Estremeço ante o pensamento. Também já ouvi falar dos métodos de interrogatório praticados pela polícia secreta do Império. Um arrepio me percorre a coluna da nuca ao cóccix.

Cerro os maxilares e sussurro entre os dentes em looson:

– Ative o mecanismo.

Gpzyt sequer aguarda que meu transceptor exiba os ideogramas correspondentes.

"Demolição ativada." – O insetoide confirma depois de dedilhar três comandos no pequeno teclado atado em seu braço inferior esquerdo.

Uma explosão surda ecoa pelo túnel.

A parede onde me apoio estremece. A lufada de ar quente traz uma nuvem de poeira para dentro da adega. Alguns grãos brilham intermitentes como vaga-lumes em meu visor infravermelho.

Dos quinze membros de nosso comando, só sobramos eu, Gpzyt e Seleno, um centauroide simpático da raça dos fraternos.

"Estamos a salvo agora. Você tomou a decisão correta."

– Mas fracassamos. Perdemos o espécime fóssil e a amostra genética dentro dos túnel.

"Sei perfeitamente que ordens foram feitas para serem cumpridas e não discutidas. Além disso, os humanos de Rhea sempre foram amigos leais do núcleo urbano do meu povo. Contudo, não entendo porque vocês anseiam tanto por esse espécime, a ponto de arriscar um incidente diplomático de graves proporções com o Império."

– Muitos rheanos acreditam que o fóssil possa ser de uma criatura pré-humana.

"Como assim, pré-humana?"

– Uma criatura da qual os humanos teriam evoluído há milhões de anos em nosso planeta original.

"Esta história do seu mundo original de novo?" – Ele emite a série de estalos que é o equivalente de seu povo a um sorriso complacente. – "Mas os registros do museu afirmam que esse espécime que vocês insistem em chamar de "fóssil" era de um animal que esteve de fato vivo aqui em Ahapooka há poucos milênios."

– Eu sei. No entanto, ainda assim, a hierarquia rheana o quer. A prova da intensidade desse anseio é que está disposta a arriscar uma crise diplomática por ele.

"Bem, se era uma crise que a elite de Rhea queria, decerto vai ficar satisfeita." – Vislumbro mais do que uma ponta de ironia no Intercosmo dele. – "Mas, por quê? É só um espécime mumificado..."

– Também não entendo o motivo. – Minto com a cara mais deslavada da Periferia.

▼ ▼ ▼

Há certas coisas que uma humana sensata deve evitar comentar na presença do seu amigo alienígena mais fiel...

Afinal, desde a queda das primeiras naves estelares humanas no Grande Continente de Ahapooka, há pelo menos 300 mil anos THP, sempre fomos discriminados por alienígenas radicados cujas matrizes culturais afirmavam que somos uma espécie de párias da Periferia Galáctica. Não raros alienígenas zombam da humanidade, afirmando que somos criaturas frágeis e efêmeras, cujos organismos funcionam de forma ineficiente.

Verdades óbvias que, conquanto inequívocas, humano algum aprecia ouvir.

É lógico que os críticos alienígenas também zombam de nossa pretensa espécie patrona – uma civilização desleixada a ponto de promover à racionalidade seres tão imperfeitos e mal-acabados. Alguns desses estudiosos alienígenas vão mais longe, atribuindo aos patronos da humanidade uma conduta criminosa, pelo fato de terem abandonado nossa espécie à própria sorte, dando por pronta uma tarefa visivelmente inacabada.

Sei do que estou falando. Fui criada numa cidade poliespecífica. Aprendi na própria carne. Sob vaias e apupos. Na escola. A crueldade infantil rompendo as barreiras entre as espécies...

Contudo, aqueles primeiros humanos, chegados em Ahapooka não se sabe bem de onde, pareciam compartilhar da crença esdrúxula, até hoje advogada com fervor semirreligioso em certos núcleos urbanos do Litoral Humanoide, segundo a qual nossa espécie seria fruto espontâneo da evolução biológica cega sobre uma única superfície planetária.

De uns séculos para cá, Rhea tem incentivado veladamente esta crença, não por questão de fé, mas de propaganda política e ideológica.

A adoção dessa doutrina heterodoxa como instrumento de propaganda é apenas mais um sintoma da influência cultural de Olduvaii, trazida para Ahapooka a bordo das naves estelares das quatro expedições enviadas por Tannhöuser.

Pois, caso verídica, a alegação da "espontaneidade humana" constituiria explicação plausível para boa parte das falhas notórias no design de nossos organismos, bem como para a baixa longevidade da maioria das estirpes humanas e, até mesmo, para as decantadas fragilidade e ineficiência de nossos organismos, para não falar das decantadas falhas em nossos programas genéticos. Se por acaso não formos uma espécie engendrada por outra mais antiga – como o são quase todas as espécies conhecidas, tanto as representadas atualmente neste zoológico de dimensões planetárias, quanto as catalogadas pelos sábios de Tannhöuser – não seremos mais considerados párias galácticos.

Muito ao contrário.

Galgaremos um status quase tão elevado quanto o das primeiras raças progenitoras míticas; essas sim, comprovadamente frutos dos caprichos fortuitos da evolução espontânea.

O conhecimento sobre a origem da humanidade já era um anseio vital dos rheanos muitos milênios antes da chegada de Europa ao Sistema Lobster há exatos 568 anos THP.

No entanto, foi minha avó paterna, com o prestígio advindo do fato de ter sido membro da Terceira Expedição de Tannhöuser a Ahapooka – o primeiro esforço bem sucedido que se tem notícia em transmitir conhecimento para fora deste mundo – que transformou este anseio em matéria de grande estratégia dentro da política oficial de Rhea, a Magnífica.

Daí, quando a notícia sobre a existência no Império de um espécime pretensamente pré-humano se filtrou para o Lado Ocidental e chegou até Rhea a bordo de um mercante armado por uma cidade soberana do Litoral Humanoide, uma Europa alvoroçada não tardou a convocar uma reunião do conselho de governo.

Tão empolgado quanto a companheira, Spartacus opinou em favor de se empregar todos os meios disponíveis para recuperar o espécime. De nossas conversas passadas, intuo que o enigma da origem da humanidade já o intrigava desde antes da partida da Terceira Expedição do Sistema Gigante de Olduvaii.

Pandora manifestou-se contrária à missão. Afirmou que se a operação fosse descoberta, o incidente resultante pioraria ainda mais as relações diplomáticas conturbadas entre Rhea e o Império. Embora improvável, a hipótese de uma nova guerra não podia ser de todo descartada. Entre sorrisos, outros hierarcas do conselho lembraram-na que o Império se situa do outro lado do Grande Continente, existindo entre as ambições expansionistas imperiais e a segurança de Rhea o obstáculo intransponível das Cordilheiras Colossais.

Minha superiora replicou que Rhea também nutria interesses geopolíticos e comerciais no Lado Oriental e que havia quase uma centena de milhares de cidadãos humanos no Império – população considerável que se sente compreensivelmente dividida entre as lealdades à pátria imperial e à humanidade, cujos interesses planetários são defendidos por Rhea.

Os outros hierarcas ponderaram o argumento com a seriedade devida, mas ao final deram de ombros. Pandora foi voto vencido.

Resignada, ela colocou em ação as engrenagens do serviço secreto.

Com os préstimos de Talleyrand, conseguiu que um consulado fosse aberto em Alcoólica, em adição à sede da representação diplomática oficial de Rhea no Império, instalada na capital, Litorânea, desde o estabelecimento de relações entre as duas nações há mais de cinquenta milênios.

Quando a Alta-Hierarca da Defesa enunciou seu propósito de me nomear comandante da missão de resgate ao fóssil pré-humano, entrou em curso de colisão com a Primeira Hierarca.

Então, os papéis se inverteram.

Para minha avó era simplesmente impensável arriscar a segurança de seu precioso bibelô nativo numa missão tão arriscada.

Contudo, há ocasiões em que até mesmo a humana mais poderosa de Ahapooka, apelidada em vários círculos políticos alienígenas como a "Senhora de Rhea", é obrigada a ceder ante as opiniões de seus Altos-Hierarcas mais influentes.

Segundo os informes mais confiáveis de que dispomos, o espécime bípede de baixa estatura teria chegado ao planeta como animal de estimação a bordo de uma nave estelar humana de procedência desconhecida. O veículo teria feito sua aterragem forçada nos sertões do Planalto do Desespero, próximo às nascentes do Rio Ameboide.

Mesmo que o animal bípede não constitua representante da espécie ancestral da humanidade, sua tremenda semelhança física com os humanos, bem como o fato de ter chegado ao planeta a bordo de uma nave humana, são indícios instigantes que levam os estudiosos de Rhea a suspeitar da existência de um parentesco genético.

A hipótese favorita dos rheanos é a de que a espécie do animal bípede tenha evoluído junto com a humanidade na própria Terra, o legendário planeta original de nossa espécie.

Não acredito nestas histórias de planeta original.

Nem o Pai, um dos patriotas humanos mais ferrenhos que conheço, leva a sério esta noção de que somos uma espécie ímpar.

– O mais provável, – ele costuma dizer, – é que nossos patronos misteriosos tenham abandonado nossos antepassados remotos em meia dúzia de planetas situados em sistemas estelares distintos, após uns poucos procedimentos de aprimoramento genético iniciais. Desta forma, permitiram que continuássemos evoluindo sozinhos até a racionalidade.

Concordo com a tese do Pai.

Este argumento elegante justificaria não só a alegada ineficiência e vulnerabilidade do organismo humano, como ainda explicaria a existência das centenas de variedades da espécie e a vasta disseminação da humanidade pela Periferia Galáctica.

III

Fugitiva

Só agora entendi, amigo.
Há tempestade e tornados,
Mas não penses estar seguro comigo.
Decerto, os alados estão pousados,
Mas não terás tempo pra essa bebida.
Eis que tua hora chegaste, infante!
Despeças-te da tua querida.
Pois quem decolou em teu encalço,
Foi aquele a quem chamam Fulgurante.
O alado que sobrevoa o cume mais alto,
Onde o próprio ar inexiste.
Aquele a quem os Poderosos não ousam abater.
Portanto, meu amigo, preparas-te para morrer.

Balada de Fulgurante[2]

[2] tradução livre para o looson: John Smith, Predador da Grande Planície Vermelha, Lado Ocidental

Meia hora se passou e os imperiais não tentaram reabrir o túnel desabado.

Preferiram cercar o consulado.

Num tom preocupado, o cônsul determinou que nos dirigíssemos imediatamente ao terraço do prédio.

Eu, Gpzyt e Seleno tomamos o elevador até o terraço e nos deparamos com o Cônsul Younghide em pessoa.

Conheci Younghide quando ambos residíamos em Rhea.

Devo-lhe boa parte de meus conhecimentos teóricos sobre psicologia alienígena. Em contrapartida lhe transmiti uma série de *insights* de caráter prático sobre o assunto.

Hide é um humano hirsuto cuja estirpe, segundo consta, remonta a Archaeodelphos, o mundo humano mais antigo de que se tinha notícias lá em Tannhöuser e, pelo menos oficialmente, também aqui em Ahapooka.

Cerca de três palmos mais alto do que eu, ele não aparenta ser muito mais velho, apesar dos quase 600 anos de idade; indício seguro de que já se submeteu a pelo menos uma dose do tratamento de rejuvenescimento genético olduvaico. Tenho quase certeza de que ainda está em seu primeiro corpo.

Houve uma época em que os nativos de Archaeodelphos advogavam que o mundo deles teria sido o berço da humanidade. A Terra sob novo nome, ou seja, o planeta mítico onde os pré-humanos teriam evoluído para as formas humanas que hoje conhecemos.

Contudo, segundo ouvi dizer, a ausência de quaisquer indícios no registro fóssil do planeta capazes de corroborar a tese da primogenitura enfraqueceu bastante a credibilidade dessa hipótese esdrúxula, pelo menos nos espíritos dos archaeodélphicos mais esclarecidos.

Um par de olhos violáceos e inteligentes fulgura na face inteiramente recoberta de pelos roxos de Younghide. Envolvido pelo biotraje azul-claro, o resto do corpo é ainda mais peludo do que a face.

Tanto o Pai quanto meu avô são humanos de estatura elevada. Um palmo e tanto mais alto que ambos, Hide é gigantesco. Pronto! Aí está meu neuroimplante intrometido que não me deixar mentir: meu amigo possui 226 cm de altura.

É curioso como, mesmo depois da intimidade que desfrutamos, ainda me assusto com o tamanho dele. Acho que nunca me acostumei inteiramente.

A bem da formalidade, cumprimento o cônsul com o meneio lateral de cabeça que constitui a saudação humana típica no Lado Ocidental. Ele responde de maneira idêntica. Em seguida, mais familiar, coloca a manopla imensa sobre meu ombro num gesto de

carinho e lança ao fraterno um olhar furioso que não compreendo de imediato.

Aproximo-me do parapeito e observo a tropa de imperiais estacionada no perímetro externo do consulado, junto às grades que circundam o terreno da propriedade, considerada por tratado como território de Rhea.

Peço uma ampliação de cinco vezes a meu visor.

Há soldados insetoides, humanoides, centaurinos, ameboides, reptiliformes, além de infantes de outras espécies alienígenas de morfologias menos comuns.

Confirmo a suspeita.

Não há humanos na força sitiante. Fato deveras significativo, visto que existem humanos até mesmo nos escalões mais elevados do exército imperial.

Os soldados trajam armaduras blindadas de plástico metalizado que brilham sob os raios de Lobster nascente. O armamento padrão é a metralhadora-laser. Trata-se de uma unidade disciplinada. Ninguém mira armas em nossa direção. Ao menos, não de modo ostensivo.

Uma força de elite, não há dúvida. Bem diferente, portanto, daquela turba que trocou disparos conosco há pouco no túnel escavado sob o museu.

Somos vigiados por sistemas de detecção, é lógico. Meus implantes indicam a existência de vários feixes pulsados infravermelhos e de microondas varrendo o terraço do consulado a intervalos regulares.

Há canhões de plasma pesados espalhados em posições estratégicas.

Noto ainda duas baterias termolásicas.

Estamos inteiramente cercados.

Pelo que observo, embora irritadíssimo, Younghide não parece especialmente preocupado.

Depois de tantas horas gostosas que passamos juntos em Rhea, aposto que ele nunca imaginou que eu fosse me tornar uma autêntica batata quente em suas mãos.

Percebo que ele vasculha o horizonte leste com seus próprios sensores implantados.

Estará meu amigo por acaso à espera de um prodígio?

Antes que eu possa questioná-lo a respeito, ele se volta para mim e indaga num ânglico duro, que seu emissor transcodifica imediatamente para o Intercosmo, em benefício dos alienígenas:

– Afinal, quem foi incumbido de transportar o engradado do espécime?

"Fui eu." – O fraterno se adianta, tomando a palavra. – "Sinto muito, excelência. Em meio aos disparos do inimigo, fui atingido e perdi contato com o engradado hermético que arrastava comigo."

– Uma falha imperdoável! – Younghide rosna entre os dentes.

– Espere um pouco, Hide. Você não está entendendo o que...

– Entendo que é inaceitável per... – O cônsul corta minha explicação a meio, mas interrompe a reprimenda com um tremor abrupto, quando o fraterno, à guisa de esclarecimento adicional, sacode num gesto brusco o toco calcinado do tentáculo.

Os pelos das faces e da cabeça de Younghide se eriçam perceptivelmente quando ele adquire entendimento visceral sobre o que o centauroide quis dizer com "perder contato".

Embaraçado, murmura um pedido de desculpas canhestro.

Ato contínuo, como perfeito diplomata que é, vira-se para mim e muda de assunto, indagando num tom pretensamente amistoso:

– E a amostra do material genético?

– O agente que guardava a amostra não conseguiu regressar. – Explico, aborrecida.

O cônsul baixa o olhar para o piso de mármore branco do terraço.

Por sua fisionomia contrariada, constato que ele está pensando o mesmo que eu.

Tanto barulho por nada.

Enfim, ele levanta os olhos e me informa num ânglico mais meigo e pessoal:

– Seu resgate está a caminho. Imagino que já deva estar quase chegando.

Resgate...

Abro a boca, mas permaneço muda de espanto.

Observo as tropas que nos sitiam sem ampliação.

Não há saída possível.

É a rendição e a captura, como o comandante imperial exigiu há pouco, ou uma negociação tortuosa de meses a fio, com uma série de concessões e pedidos de desculpas de nossa parte, até que o Império concorde em me emitir um salvo-conduto.

Pelo menos eram essas as alternativas que supus que Hide tivesse em mente, até que ele mencionou essa hipótese ridícula do resgate.

Por outro lado, não consigo imaginá-lo me entregando aos imperiais de bom grado.

Mas, resgate?

Só se fosse pelo ar!

Isto noutro planeta, que não Ahapooka.

Pois não há qualquer possibilidade real de resgate aéreo neste mundo.

Nem mesmo os imperiais mais ingênuos ignoram a existência do bloqueio hipnótico que impede as criaturas radicadas de pilotar engenhos voadores.

Se bem que existem por aqui alguns citadinos tolos o bastante para, vez por outra, reclamarem pelo fato de que ninguém constrói aeronaves ou coloca satélites artificiais em órbita de Ahapooka.

Como se houvéssemos esquecido como construí-los.

Ou jamais houvéssemos tentado lançar ou decolar com um engenho desses.

E eis que ouço o batimento rápido de rotores em aproximação célere.

Então me lembro.

Ninguém consegue voar neste mundo.

Ninguém, exceto os *wingfalls*, é lógico.

Quem quer que tenha erigido o bloqueio hipnótico sobre todas as criaturas inteligentes de Ahapooka, deixou os wingfalls propositalmente de lado.

Quiçá, o fato desses alienígenas constituírem as únicas inteligências vertebradas aladas de que qualquer cultura radicada já ouviu falar tenha pesado na decisão de torná-los imunes aos efeitos do bloqueio.

Contudo, se por um lado os wingfalls não estão submetidos ao bloqueio enquanto criaturas aladas em voo individual, por outro lado também estão sujeitos a uma forma mais branda dos ditames impostos por aqueles que projetaram este misto de mundo-prisão e zoológico planetário para criaturas racionais.

Pois, se os wingfalls são os únicos capazes de manobrar veículos voadores dentro da atmosfera, nem mesmo eles conseguem fazer com que seus majestosos turbocópteros de carga se elevem mais do que umas poucas dezenas de metros acima do solo.

O que acontece quando uma aeronave wingfall tenta alçar voo numa altitude superior a, digamos, 50 ou 100 metros?

Simples. Estão sujeitas ao mesmo tipo de restrição brutal que abate todos os veículos aéreos não-tripulados deste mundo. Feixes energéticos invisíveis disparados de sítios existentes no topo das Cordilheiras Colossais atingem o veículo infrator até destruí-lo ou, ao menos, danificá-lo a ponto de obrigá-lo à aterragem forçada.

Com o tempo, após dezenas de tentativas mal sucedidas, até mesmo criaturas orgulhosas e cabeças-duras como os wingfalls tiveram que se render ante as evidências.

Ainda assim, com bloqueio e tudo, eles disparam com suas aeronaves pelos céus de Ahapooka.

Um privilégio ímpar.

Pois somente uma criatura racional alada com os reflexos de um piloto wingfall treinado é capaz de manobrar com relativa segurança por horas a fio uma aeronave em voo rasante.

Boquiaberta ao observar o ponto escuro no horizonte sudeste, constato que de fato se trata de um turbocóptero pesado aproximando-se em voo rasante, quase que a roçar os telhados dos prédios de Alcoólica.

Relativa segurança? Retiro o que disse!

– O resgate que prometi. – Younghide faz uma vênia cortês. – Você embarcará rumo à Ilha da Promissão assim que o transporte tocar o terraço.

– E quanto a meus companheiros?

– Não tema por eles, Clara. É você que os imperiais pretendem capturar. Constituiria um troféu magnífico, não há dúvida. E sua avó jamais me perdoaria se eu permitisse que algo de ruim lhe acontecesse.

Suspiro aliviada, mas também abatida.

Pouco importa o quão longe eu me afaste de Rhea, a presença sufocante de minha avó legendária não para de me soterrar nos momentos mais impróprios.

– Isto para não falar em Talleyrand, meu superior imediato, que decerto viraria minha bela pelagem roxa pelo avesso se eu deixasse o Império nos humilhar esfregando a captura da neta de Spartacus e Europa em nossos narizes.

– Pandora não permitirá que Talleyrand tosquie seu pelo além do devido. – Brindo-o com um olhar inocente.

– Sei. Muito, não. Só um pouquinho, não é? – Ele me pisca o olho, mas logo reassume o ar sério de diplomata em apuros. – A propósito, transmita minhas saudações a ela e a seu avô.

– Transmitirei suas saudações tão logo os encontre pessoalmente. – Tranquilizo-o com este comentário ambíguo.

Posso transmitir saudações de Hide a Pandora e Spartacus sem problemas.

Desde que ele não me peça para fazer o mesmo em relação à minha avó.

Porque, para cumprir o pedido, eu teria que me dirigir à ela. E, ao menos por ora, não estou disposta a abrir esse precedente.

O fato é que eu e Europa jamais nos demos muito bem. Já não

a encontro pessoalmente há quase uma década, embora nossos parciais não se eximam à troca eventual de umas poucas amabilidades em ocasiões oficiais.

Além de extremamente autoritária, creio que, conscientemente ou não, minha avó me culpa até hoje pela recusa do Pai em fixar residência em Rhea.

Ora, bolas! Por que ela se julgou capaz de persuadi-lo dessa vez? Ele já havia tomado esta decisão bem antes de eu nascer.

Por que diabos Europa enfiou na cabeça que o mero fato do Pai ter me trazido até Rhea para conhecer meus avós tornaria tudo diferente?

Por outro lado, para comprovar que nem todos os olduvaicos da Terceira Expedição são uns pedantes, meu avô Spartacus é um doce de pessoa e também o humano mais sábio que já conheci.

É por isto que eu e o Pai nutrimos genuína veneração por ele.

Saudades do Pai.

Um dia, ainda perco as estribeiras, largo de vez o serviço secreto rheano e volto a viver com ele.

Se ao menos eu soubesse onde ele está...

Quando era garota, mais de século e meio atrás, era exatamente isto que eu costumava fazer: fugia de Rhea para passar longas temporadas predatórias com meu Pai na Grande Planície Vermelha.

Aquilo sim é que era vida!

Ou, quem sabe, parto para novas aventuras ao lado de John Smith, na Grande Floresta ou em outro sítio qualquer do Lado Oriental.

O turbocóptero há muito deixou de ser um inseto zumbindo sobre os prédios distantes. Suas turbinas urram tonitruantes quando a máquina voadora paira imóvel a dois metros do piso do terraço, provocando um alvoroço por toda Alcoólica.

A face triangular de um wingfall aparece na escotilha da carlinga.

Younghide gesticula impaciente com a mão peluda, para que o piloto faça o aparelho descer mais.

Fito os soldados do Império pela última vez.

A inquietação grassa pela tropa. Vários tentáculos, braços e pseudópodes apontam para o turbocóptero. O burburinho de espanto composto de mil vozes alienígenas enche o ar repleto de ideogramas intercósmicos. Um canhão de plasma gira lentamente sobre o pedestal e conteira em nossa direção.

Surpreendo-me que ainda não tenham aberto fogo contra o aparelho.

Os oficiais do Império não sabem o que fazer.

Não é para menos. Um resgate aéreo é a coisa mais inconcebível de Ahapooka!

O turbocóptero permanece pairando a dois metros de altura.

– Por que diabos esse aparelho não baixa mais?

Porém, em vez de me responder, Younghide me agarra pelos quadris e me ergue acima da cabeça como uma criança levantaria sua boneca.

O pior é que ele não está com a mínima disposição de ser gentil. Suas manoplas são dois tornos prensando meus quadris e nádegas.

Pelo Espírito Galáctico, como pude esquecer que ele é tão forte?

Indignada, a mercê desse brutamontes, mesmo sem fôlego, reúno forças para berrar acima do rugido contínuo dos rotores.

– O que você está tentando fazer?

À guisa de resposta, ele berra de volta, relaxado, como se eu não pesasse nada:

– Os imperiais não vão permanecer neste estado de apatia muito tempo!

Da escotilha aberta do compartimento de carga, surge um par de patas tridáctilas esguias mas bem musculadas que me agarra pelos antebraços, puxando-me para bordo da aeronave com auxílio do meu galante diplomata, que me arremessa para cima com um último impulso.

O wingfall que me ajudou gira o pescoço longo e flexível para fora da escotilha, emitindo um guincho inarticulado que meu tradutor não consegue converter em Intercosmo.

O urro gutural de Younghide soa abafado sob o bramido do turbocóptero:

– Cuide-se, querida!

Vou tentar.

O alienígena me envolve com um arnês trançado em tiras de couro e afivela essa malha flexível num gancho preso à antepara do teto do compartimento.

Se acaso julguei que essa camisa-de-força desconfortável era a última palavra em termos de hospitalidade wingfall, vejo que estava redondamente enganada. Pois o tripulante indica que devo me acomodar numa banqueta de tampo duro e exíguo, somente adequada ao traseiro esquálido de um membro desse povo.

Um guincho inarticulado emerge da cabine de comando do aparelho.

Num átimo, o wingfall para de verificar se estou bem acomodada e gira o pescoço flexível em direção à escotilha escancarada.

Ato contínuo, avança e agarra o puxador interno da portinhola da escotilha, fazendo com que ela se feche apenas com o emprego de seus músculos retesados.

A portinhola atinge seu batente com impacto cavo. O compartimento reverbera como um sino. A trava de segurança mantém a escotilha cerrada.

Não há tempo para me surpreender com a ausência de comandos de fechamento eletromecânicos, pois uma chuva de pancadas secas vergasta a portinhola da escotilha em rápida sucessão.

Rajada de metralhadora!

Espere um instante...

Eles não disseram me querer viva?

O turbocóptero corcoveia para cima com um arranco brusco, alçando um voo rasante e arriscado, rente aos telhados dos prédios e o casario dessa metrópole do Império.

Preocupada, observo a portinhola. Ao menos, vista pelo lado de dentro, ela parece ter suportado bem a rajada.

E se os imperiais decidirem empregar armamento pesado?

No entanto, meus receios são infundados.

O tripulante descerra a escotilha menos de quinze segundos após a decolagem, ainda sob pleno empuxo ascendente.

Sentada com nádega e meia fora do assento, sinto um nó apertado na boca do estômago com a decolagem súbita. Só consigo controlar a ânsia de vômito quando paro de olhar para baixo através da escotilha recém-aberta.

Em poucos minutos estamos longe do perímetro urbano.

Definitivamente fora do alcance das forças terrestres do Império.

▼ ▼ ▼

Em Ahapooka, percorrer grandes distâncias através do ar é um privilégio normalmente reservado apenas aos wingfalls. E os wingfalls são comumente bastante ciosos dos seus privilégios.

Por isto, considero uma honra e tanto embarcar neste turbocóptero.

Uma vez na adolescência, pilotei uma daquelas perigosas mochilas voadoras que Spartacus e Europa trouxeram consigo de Olduvaii. Foi uma sensação fantástica, não obstante o temor constante de me ver abatida pelos poderes que controlam este mundo.

Todavia, a emoção que senti naquela ocasião não foi nem de longe algo que se compare às horas maravilhosas de voo que ora desfruto a bordo desta aeronave wingfall.

O ato rotineiro na vida de qualquer wingfall de sobrevoar, mesmo que apenas a uns meros trinta metros de altura, primeiro os campos férteis da Planície Imperial e mais tarde as águas azuis do Golfo Salgado, já em pleno Oceano Oriental, constitui uma experiência mística para mim.

Ainda que preocupada com as implicações políticas e diplomáticas de nossa invasão malograda ao museu, isto para não falar em meu destino pessoal, não posso deixar de me maravilhar com a paisagem que flui célere sob meu olhar atento. Primeiro as cidades, vilas e campos de cultivo do Império. Depois as matas e florestas da Planície Imperial. Então, a vegetação arbustiva, as dunas de areia e os manguezais da região costeira. E, finalmente, a praia e as águas espumantes do Golfo Salgado, pontilhadas aqui e acolá por inúmeros barcos e navios dos tamanhos mais diversos.

No início da viagem, só havia um wingfall comigo dentro do amplo compartimento de carga do turbocóptero. O mesmo tripulante lacônico que me guindou escotilha adentro. Creio que sua atribuição principal aqui é tomar conta de mim.

Assim que me instalou na banqueta, apressei-me em agradecer pelo resgate providencial. Minha babá respondeu com uma vênia executada com as pontas das grandes asas coriáceas.

Perguntei porque o povo dele está auxiliando uma humana fugitiva do Império. Através de gestos, deu a entender que não sabe a resposta.

Sou uma idiota rematada!

Depois de chegar a pensar que meu interlocutor era mudo, enfim percebo que ele não dispõe de transceptor de hologlifos intercósmicos.

Horas mais tarde, quando sobrevoamos a região costeira, o comandante do turbocóptero ingressa no compartimento para me cumprimentar.

Como o outro tripulante, esse possui mais de três metros de altura e uma epiderme coriácea inteiramente negra que se estica ao máximo para revestir um corpo magro como um esqueleto, todo ossos, pele, músculos e tendões, com não mais do que 50 quilogramas de massa.

"Saudações, jovem humana." – Ele fala em sua própria linguagem, repleta de pipilos e estalos da língua farpada contra o palato. O tradutor dele projeta os símbolos flutuantes intercósmicos em torno de sua cabeça. – "Sou Excelso, o comandante desta aeronave. É um prazer ter a bordo a semente da estirpe de Spartacus e Europa, humanos que lutaram lado a lado com nosso legendário concidadão Fulgurante para desvendar vários mistérios do Lado Ocidental. Espero que esteja usufruindo desta curta viagem."

– Agradeço muitíssimo por terem me resgatado. Acabaram de livrar Rhea de sério imbróglio diplomático com o Império. Só gostaria de entender porque a Confederação Wingfall está tomando nosso partido contra a nação mais poderosa de Ahapooka.

Excelso gira as extremidades em forma de gancho das pontas das asas dobradas, repetindo a vênia efetuada pelo tripulante que me tem feito companhia.

"Ora, há muito tempo seus avós salvaram Fulgurante da morte certa, sem nada exigir em troca." – O comandante abre e fecha o bico córneo revestido de escamas diminutas. – "Além disso, ao contrário do Império, cujos governantes parecem julgar que a colaboração irrestrita de meu povo é o direito inalienável que o suserano pode exigir de seu vassalo, Rhea costuma ser bastante generosa com aqueles que a apoiam em seus momentos de maior dificuldade."

Mesmo sabendo que em tese os wingfalls são criaturas guiadas por rígidos códigos de honra e conduta, estranho um pouco o fato do comandante associar meu resgate ao salvamento de Fulgurante, façanha executada por Spartacus e Europa há mais de meio milênio THP.

▼ ▼ ▼

Depois de tudo o que aprendi em Rhea, soa no mínimo curioso esse louvor oficial que o governo wingfall começou a nutrir por Fulgurante de dois ou três séculos para cá.

Porque, de acordo com Spartacus, embora o mais famoso dos paladinos wingfalls já fosse admirado como herói não só por seus conterrâneos, mas também em sítios tão longínquos quanto as cidades do Império, em Marítima ou Centauri, mesmo antes da ocasião em que ele cruzou as Cordilheiras Colossais há meio milênio para participar de inúmeras explorações e aventuras com meus avós e John Smith, os governantes da Ilha da Promissão daquela época não o tinham em grande conta, tomando-o por pouco mais do que um arruaceiro e um fora-da-lei vulgar.

Spartacus confidenciou-me que o legendário sobrevoo de Fulgurante nas Cordilheiras não passou de uma última cartada desesperada para chegar a tempo ao encontro marcado com eles, depois

que o paladino viu baldadas todas as tentativas lícitas e ilícitas para *tomar emprestado* um turbocóptero de longo curso.

Se tivesse conseguido colocar suas garras numa aeronave, Fulgurante teria chegado a tempo no ponto de encontro acordado com meu avô, de uma forma muito mais sensata e bem menos arriscada do que o sobrevoo em que quase se matou. Dispondo de um turbocóptero, Fulgurante teria sobrevoado a costa leste do Lado Oriental rumo ao norte, para depois percorrer o escarpado litoral norte do Grande Continente a poucos quilômetros da costa. Contornadas as Cordilheiras Colossais, ele então desceria para o sul, já no Lado Ocidental. Por outro lado, se dispusesse da aeronave, Fulgurante talvez não houvesse angariado nem metade da notoriedade que possui até hoje, vários séculos após sua morte.

De qualquer forma, Fulgurante não conseguiu a aeronave que almejou e, portanto, empreendeu seu fantástico voo solo. O único registro confirmado de que se tem notícias de uma travessia bem sucedida sobre as Cordilheiras Colossais.

As explorações de meus avós fizeram história, desvendaram

enigmas e geraram lendas no Lado Ocidental. Ao decidir acompanhá-los, Fulgurante garantiu um belo quinhão de glória para si e seu povo.

Quando souberam das aventuras do paladino nos ermos do Lado oposto do Grande Continente, primeiro através de boatos e notícias esparsas, mais tarde pelas letras das baladas cantadas por predadores da Grande Planície Vermelha e, na geração wingfall seguinte, pelos holodramas produzidos em Rhea, os governantes da Ilha da Promissão deram o braço a torcer e agraciaram Fulgurante com várias benesses em privado, ainda que jamais reconhecessem seus méritos em público. A versão oficial então advogada era de que o paladino despencara por mero acidente sobre a expedição exploratória comandada por Spartacus.

Contudo, os wingfalls são indivíduos de metabolismo rápido e suas expectativas de vida são consideradas curtas, até mesmo pelos padrões humanos.

As gerações wingfalls se sucedem demasiado rápido e os conceitos e ideias acompanham este passo célere. Assim, dois séculos mais tarde, a imagem de Fulgurante foi reabilitada pelas mídias históricas e noticiosas da Ilha da Promissão. Daí, a reputação do paladino foi revalidada por uma nova casta governante que assumiu o poder na Ilha muito depois do êxito das aventuras do herói no Lado Ocidental.

▼ ▼ ▼

– Para onde estou sendo levada? O cônsul me disse que eu seria conduzida até a Ilha da Promissão.

"Houve uma ligeira mudança de planos. Depois do seu resgate, nosso representante diplomático junto ao Império fez ver ao Cônsul Younghide que a Confederação Wingfall está demasiado próxima do Império para lhe oferecer segurança."

O argumento é um disparate rematado!

No entanto, pensando melhor, talvez faça certo sentido.

Como várias potências tipicamente continentais de Ahapooka, o Império não dispõe de uma Marinha de Guerra digna de nota. Mesmo nos tempos áureos, seus vasos jamais conseguiriam sustentar um bloqueio naval efetivo em torno do litoral recortado da Ilha da Promissão.

Ao menos, não contra a vontade de Marítima, a Rainha dos Mares, cidade-Estado que mantém uma aliança diplomática inquebrantável de mais de quinze milênios com os homeotérmicos alados.

Além disso, em se tratando dos wingfalls, um mero bloqueio naval talvez não surtisse o efeito esperado.

Para decidir a questão, talvez fosse necessário exercer um bloqueio *aeronaval*, operação inviável contra um inimigo que dispõe de superioridade aérea indiscutível.

Os imperiais poderiam, contudo, exigir que uma determinada criminosa humana fosse restituída ao seu território e impor sanções econômicas e comerciais significativas, caso os wingfalls se recusassem a cumprir a exigência.

O mercado interno do Império é o maior de Ahapooka. Um mercado cujo livre acesso constitui um dos bens mais cobiçados do Lado Oriental. Portanto, honrados ou não, os wingfalls não podem se dar ao luxo de arriscar que o Império lhes imponha um embargo econômico unilateral.

Pelo menos, não por minha causa.

Agora, é lógico, se os wingfalls puderem comprovar que não estou mais em poder deles quando o Império exigir minha restituição, a situação mudará inteiramente de figura.

Talvez Excelso perceba que não acredito muito na nobreza das intenções de seu governo.

Mas, enfim, eles me extraíram a fórceps de uma enrascada sem tamanho e arriscaram seus pescoços ao me salvar, o que já é mais do que eu imaginei que se dispusessem fazer.

"Minhas novas ordens são para levá-la até um navio que está fundeado a sua espera no Golfo Salgado. O *Espumas Flutuantes* zarpará assim que você e um outro passageiro embarcarem."

– *Espumas Flutuantes*? Nunca ouvi falar de um navio humano com esse nome.

"Duvido que existam. Neste ponto, os humanos são parecidos conosco: jamais batizariam um vaso de guerra com um nome tão ridículo como esse." – Excelso suspira um sopro audível pelas narinas engastadas no topo do bico adunco. – "Trata-se de uma nau-de-linha de Marítima."

– Não posso embarcar num navio das marítimas... Ao que me consta, as naus das paracrustáceas sequer dispõem de acomodações adequadas para vertebrados terrícolas...

"Considerando que minhas ordens são para embarcar você e meu outro passageiro no vaso de Marítima, imagino que elas tenham condições de abrigá-los a bordo e transportá-los em segurança até as proximidades da Ilha-Laboratório. Caso contrário, não teriam aceito o contrato."

– Até Laboratorium?! Mas isto é no Oceano Ocidental! Do outro lado do mundo... – Nem consigo me imaginar embarcada a bordo de uma nau-de-linha das paracrustáceas de Marítima por semanas a fio. – Por que não me levam até um navio qualquer da Armada de Rhea?

"Não há nenhum vaso adequado disponível. Segundo fui informado, a esquadra humana mais próxima singra em comissão no Mar das Tempestades, milhares de quilômetros ao norte da Grande Península Imperial. Levaria mais de uma semana para atingir nossa posição atual. Isto sem contar com as dificuldades que o Império talvez lhe impusesse. Esta aeronave não dispõe da autonomia de voo necessária para levá-la até lá."

Exalo um longo suspiro resignado.

Então, estou condenada a uma temporada de convívio forçado com a raça alienígena tida como uma das mais desagradáveis do Lado Oriental. Ou, para empregar um eufemismo rebuscado do repertório diplomático rheano, *"uma das culturas alienígenas aliadas que possui menos pontos em comum com a humanidade"*.

"Ouvi falar que os humanos consideram o odor corporal das Senhoras de Marítima extremamente desagradável." – O brilho dos ideogramas lançados por Excelso indica o tom de mero comentário casual.

Sujeito sutil, esse comandante wingfall.

– Não diria desagradável, mas agressivo.

"Boa resposta. Digna dos seus avós."

Desanimada, pergunto:

– E quem é esse outro passageiro?

"Um centauroide da espécie dos renatos. Fomos contratados a soldo do governo autônomo da Cidade dos Centauros para conduzi-lo até o *Espumas Flutuantes*. Creio que vocês dois têm tudo para se dar bem. Afinal, ambos são fugitivos com cabeça a prêmio no Império." – Após uma pausa ligeira, ele acrescenta. – "Ao que me consta, os renatos nutrem predileção especial pelas espécies humanoides."

Um centauro que gosta de humanos?

Esse wingfall só pode estar brincando.

IV
Passageira

A palavra da comandanta é lei.

Velho provérbio de Marítima

Com um ronco tonitruante, o turbocóptero pousou no terço de ré do convés do mercante, provocando um autêntico vendaval de poeira e gotículas d'água com as pás de suas hélices poderosas.

Excelso é o único wingfall a saltar no convés do navio. Esvoaça e pousa coisa de doze metros da escotilha do turbocóptero. Logo estabelece uma conversa animada em Intercosmo com duas marítimas que avançam em sua direção, com passos engraçados de caranguejos gigantes, assim que as hélices do aparelho param de girar. As marítimas lembram crustáceos com cerca de três metros de altura e outros tantos de diâmetro, cujas carapaças circulares se apresentam invariavelmente tingidas conforme a posição hierárquica que ocupam a bordo. Possuem oito pares de patas articuladas, quatro pinças manipulatórias, seis antenas e, óbvio, um esqueleto interno robusto capaz de sustentar quase meia tonelada de massa e um sistema respiratório notável, composto por brânquias e pulmões, que lhes faculta existências genuinamente anfíbias.

Quatro minutos e uma negociação animada mais tarde, o comandante wingfall despede-se de suas interlocutoras com uma vênia pronunciada, faz meia-volta e regressa ao turbocóptero num voo caprichado de exibicionista.

Mal pousa no bordo da escotilha aberta, pipila para dentro do compartimento de carga e o tradutor atado em seu tórax largo projeta os ideogramas intercósmicos:

"Ratifiquei os termos do contrato proposto por Rhea. Pode desembarcar agora."

Sem outra opção, engulo a indignação por não ter sido consultada quanto ao teor desses termos e desembarco da aeronave sem armas ou bagagem. Só um transceptor intercósmico pendurado ao pescoço, meu indefectível biotraje sobre a pele e um punhado de neuroimplantes sob ela.

Excelso salta para dento do turbocóptero e desaparece de minha vista. Deve ter ido chamar o outro passageiro, o tal renato misterioso que ainda não nos concedeu o ar de sua graça.

Tentando aparentar confiança que estou longe de sentir, avanço em direção às duas tripulantes de Marítima que me aguardam em posturas supostamente amistosas. O azul das carapaças indica que ambas são oficiais superiores.

Todas as marítimas são fêmeas.

Nessa espécie, os machos são criaturinhas diminutas irracionais que cada marítima adulta costuma transportar aos pares, fixados junto à cloaca, próximo às patas traseiras, sob a superfície póstero-inferior da carapaça. No idioma ancestral das marítimas, o próprio termo que define criatura racional poderia ser traduzido para o looson por "aquela que abriga os óvulos".

Giro com a mão esquerda à procura do coldre inexistente por causa do ribombo persistente de cascos martelando as placas metálicas do convés às minhas costas.

Não se trata de um centauro genuíno.

Pelo menos, não um quadrúpede com membros manipuladores articulados e tronco encimado por uma cabeça com um cérebro dentro. Um centauro clássico, como os daakis que o Pai e eu costumávamos combater na Grande Planície Vermelha durante minha adolescência.

Embora quadrúpede, o alienígena que agora observo de relance por sobre o ombro não possui membros superiores articulados. Como os fraternos e outros hemicentauros, a criatura que trota em minha direção dispõe de probóscides tentaculares em vez de braços. Porém, em lugar dos três tentáculos típicos dos fraternos, esse centauroide dispõe de meia dúzia.

O que mais chama a atenção, no entanto, é a cabeça de Medusa, coroada por miríades de apêndices vermiformes, entre antenas sensoriais e bulbos oculares que me esquadrinham de cima a baixo.

É a primeira vez que me deparo pessoalmente com um renato.

▼ ▼ ▼

Num trote curto e incerto, como se estivesse zonzo, o renato atinge o sítio onde eu e as marítimas nos reunimos.

Do alto de seus quase dois metros de altura, ele gorjeia uma série de notas surpreendentemente melodiosas e suaves num alienígena tão imponente.

Seu transceptor não tarda a projetar em Intercosmo:

"Saudações, Senhoras dos Mares. Agradeço muitíssimo a hospitalidade de terem aceito este pobre fugitivo a bordo desta bela nau mercante."

As duas marítimas respondem com as fórmulas de cortesia ritualizadas de seu povo.

O renato volta-se para mim e me estende um tentáculo imbuído de formalidade cordial que me obrigo a segurar a contragosto por um ou dois segundos.

"Lady Clara! Um prazer imenso conhecê-la pessoalmente. Peço-lhe mil desculpas por não lhe ter feito companhia durante nossa agitada jornada aérea. Como sofri de vertigens severas tão logo decolamos, o nobre comandante alado julgou melhor manter-me sedado durante toda a viagem. Decisão cuja sabedoria atesto e louvo do fundo do meu espírito."

Só me faltava esta.

Um centauro pomposo e, ainda por cima, solícito!

Quando você pensa que já viu de tudo nesta vida...

▼ ▼ ▼

Nem é preciso dizer que eu e o renato fomos colocados juntos no único camarote adaptado às necessidades de inteligências vertebradas plenamente terrícolas.

– Pare de andar atrás de mim me chamando de "Lady Clara". – Peço-lhe, algo irritada, após o terceiro ou quarto emprego seguido de meu título imaginário no último minuto. – Se vamos dividir o mesmo aposento durante as próximas semanas, é melhor deixarmos as formalidades de lado. Meu nome é Clara. Só Clara.

"Excelente, Clara. Meus amigos humanos do Planalto do Desespero me chamam de *Genteel*."

– Será Genteel, então.

"Um seu criado, minha cara."

Um centauro do Lado Oriental que possui uma designação atribuída por humanos?

Que afirma possuir amigos humanos?

Há algo que não se encaixa bem nesta história, mas eu ainda não descobri o que é.

Não se trata aqui da mera tradução de seu nome nativo para o ânglico ou looson através do Intercosmo.

Não é algo como "Seleno", "Excelso", "Fulgurante" ou, a propósito, "Clara".

Porque, quando um alienígena se refere a mim em Intercosmo, o ideograma que cintila no ar é comumente o denotador pessoal associado aos adjetivos "claro", "iluminado", ou ainda, mais raramente, à cor branca.

Esse renato, não. Ele tem um nome de batismo humano.

Até hoje eu só havia conhecido um alienígena que afirmasse possuir nome humano. John Smith, predador emérito da Grande Planície Vermelha. Amigo e mentor de meu pai.

▼ ▼ ▼

Do convés principal impecável aos vastos porões de carga, todo o resto do *Espumas Flutuantes* tresanda ao cheiro nauseabundo e à umidade salgada, característicos das paracrustáceas de Marítima. Não que o *aroma* esteja de fato ausente do ambiente teoricamente estanque e climatizado do camarote. Mas pelo menos aqui a onipresença da fragrância das marítimas está atenuada a ponto de quase não me provocar ânsias de vômito.

Genteel também julga o cheiro do navio e das tripulantes revoltante. No entanto, insiste em afirmar que com o tempo nos acostumaremos a suportar esses odores penetrantes, ao menos

nos teores reduzidos presentes neste camarote. Receio que ele tenha razão. Porque, no fundo, julgo deplorável admitir que me acostumarei a esse fedor salgado pestilento.

Consideradas as circunstâncias, até que Genteel é um sujeito agradável.

Para um centauro.

É branco como um fraterno. Porém, ao contrário dos fraternos, possui a epiderme recoberta de pelos cerdosos e uma crina espigada. De fato, exceto pela cor e a configuração quadrúpede, não se pode afirmar que renatos e fraternos tenham algo em comum. Ademais, meu companheiro de camarote afirma que também existem renatos cinzentos e castanhos. Já os fraternos se exibem com epidermes glabras invariavelmente brancas.

Genteel é bem maior e mais taludo do que um fraterno. De acordo com meu neuroimplante detalhista, possui 197 cm de altura e 272 cm de comprimento. Quase do tamanho de um daaki adulto.

Depois da pseudocabeleira constituída de um emaranhado de antenas minúsculas em perpetua agitação e da crina sedosa que lhe percorre o dorso da base do pescoço à cauda lanuda no fim dos quartos traseiros, o traço mais alienígena de Genteel é sua boca desprovida de dentes ou língua, mas repleta de barbatanas móveis pontiagudas que lhe emprestam um aspecto impressionante sempre que ele decide falar.

Aliás, Genteel não fala de maneira articulada como nós. Ao invés disso, emite trinados e gorjeios belos e pungentes, como uma imensa ave canora quadrúpede cheia de tentáculos e com cerca de 400 quilogramas de massa.

Excelso estava certo num ponto. Ao contrário da maioria dos centauros do Lado Oriental, por algum motivo misterioso esse renato parece admirar as espécies humanoides.

Torço para que nos tornemos bons companheiros de viagem ao longo dos próximos vinte e muitos dias THP. Porque, se não nos dermos bem, a convivência no ambiente confinado deste camarote se tornará rapidamente insuportável.

Repleta de conciliação pragmática, conjuro minhas reservas de paciência e resignação ao lidar com o renato. Afinal, centauro ou não, ele é o único outro vertebrado terrícola a bordo.

Qualquer pessoa criada numa sociedade poliespecífica aprende desde cedo que existem alienígenas e alienígenas. Comparado às marítimas, ainda mais alienígenas em psicologia e conduta do que na mera aparência física, eu e Genteel nos sentimos como gêmeos univitelinos.

Felizmente, ele não cheira mal. Muito ao contrário. Sua pelagem exala um aroma agradável que sabe a sândalo, com uma ligeira insinuação de almíscar.

"Sou cidadão honorário de Centauri." – O renato explica em nosso segundo dia de viagem. – "Os patriarcas da cidade incumbiram-me da missão de transportar uma carga pequena, mas de suma importância, até Etherea, um núcleo poliespecífico erigido nos recônditos do Golfo da Ilusão, em pleno Lado Ocidental."

Como sempre, quando fala comigo, ele se dirige ao mesmo tempo para mim e para um aparelho de registro acoplado em seu transceptor de símbolos intercósmicos. Vez por outra, talvez por ato reflexo, lança uma haste ocular para conferir como o dispositivo está registrando sua fala. Segundo explicou já em nossas primeiras horas de convívio, a engenhoca holograva tudo que ele vê, ouve, cheira ou experimenta com seus outros sentidos.

Até aí, nada demais, pois meus neuroimplantes de serviço e pessoais também gravam as experiências que vivencio quando estou fora de Rhea. Contudo, se acaso entendi direito, o dispositivo do renato é consideravelmente mais sofisticado, pois também grava seus estados emocionais, os pensamentos que ele articula em sua própria linguagem e seus ritmos metabólicos. Além disso, dispõe de facilidades para extrair, copiar e reproduzir cenas e registros que neuroimplante possui. Ou seja, trata-se de uma espécie de memória indelével externa. De acordo com meu novo amigo, todos os hemicentauros da espécie dele dispõem de um aparelho desse tipo.

Não compreendo porque não usam nanobios mnemônicos como nós. Afinal, não consigo imaginar solução mais elegante para uma raça que a natureza não dotou com memória perfeita se livrar de uma vez por todas dos males do esquecimento.

Tampouco compreendo porque os hierarcas da Cidade dos Centauros designaram um mero cidadão honorário numa missão importante em terras tão longínquas.

– Pensei que sua cidade concedesse cidadania plena a todos os centauroides que cruzassem seus portões.

"E concede. Mas apenas aos centauroides."

– Engraçado... Seria capaz de jurar que os renatos eram centauroides. – Esforço-me em manter o tom grave para imitar a solenidade com que ele costuma se expressar. – Desculpe-me se o ofendi de alguma forma com minha ignorância.

"Seu senso de humor é excelente para uma fêmea humana, Lady Clara." – Ele ondula os seis bulbos oculares num ritmo que emprega para denotar alegria. – "O motivo de só recebermos cidadania honorária em Centauri reside no fato de mantermos nossa a morfologia centauroide apenas ao longo de nossa primeira vida."

– Primeira vida?

"Você ouviu perfeitamente bem, minha amiga. Em nossa segunda vida, renascemos sob forma humanoide. Nenhum renato pode residir em Centauri depois de sua primeira morte, sob pena de execução sumária, isto é, da morte definitiva."

– Espere um pouco... Quer dizer que a forma centauroide só ocorre nesta fase larval em que você se encontra agora?

"Em absoluto. Sou a forma adulta da primeira vida. Imago e não simples larva." – Os olhos de Genteel serpenteiam divertidos. – "Duas vidas completas, com infância, maturidade, reprodução, senescência e morte. Para ser sincero, sou um ancião, quase no término de minha primeira vida. Mais uns poucos meses e morrerei. Então renascerei em minha bela e ansiada forma humanoide."

– Incrível! Nunca ouvi falar dessa metamorfose dos renatos.

"Bem, nunca fomos muito numerosos. Mesmo do Lado Oriental, onde há quase dez vezes mais centauros do que no Ocidental. Além disso, não fazemos alarde de nossa metamorfose, de centauroide para humanoide. Esse tipo de revelação não constituiria atitude das mais prudentes neste mundo."

– Com certeza.

Em muitos sítios de Ahapooka, humanoides consideram os centaurinos seus piores inimigos, e vice-versa. Na Grande Planície Vermelha onde cresci, há histórias de crueldades terríveis praticadas por tribos de centauros bárbaros que assolam as dunas e oásis.

Centauri, por seu lado, recusa-se terminantemente a estabelecer relações diplomáticas e comerciais com qualquer núcleo que possua cidadãos humanoides. Não abre exceção sequer ao Império.

Daí, não espanta nada que os renatos não desejem propalar seu status ambíguo aos quatro ventos. Tampouco surpreende que sejam forçados a abandonar Centauri depois de sofrerem a tal metamorfose.

De qualquer modo, imagino, a morte deve assumir uma conotação inteiramente nova, sem dúvida mais amena, ante a perspectiva concreta da ressurreição.

Talvez seja por isso que Genteel consiga comentar sua morte iminente com esse ar desprendido e blasé.

▼ ▼ ▼

Minhas anfitriãs afirmam que o *Espumas Flutuantes* é um navio pequeno.

Aliás, elas não se referem ao vaso que nos abriga como "navio".

A melhor tradução para o looson do ideograma intercósmico que elas empregam seria "nau-de-linha", no sentido de se tratar de uma embarcação que atende os requisitos mínimos para se enquadrar na classe principal de vasos construídos nos imensos estaleiros de Marítima.

Não me considero totalmente inexperiente em assuntos marinheiros.

Mesmo não tendo seguido carreira naval, por dever de ofício já estive embarcada em vários navios de grande porte.

Certa feita, embarquei por duas semanas no couraçado *Incorruptível*, a capitânia orgulhosa da Armada de Rhea. Viagem de serviço, não de lazer, como você bem pode imaginar.

Para comandar aquela invasão malograda ao Museu Paleontológico de Alcoólica, viajei de Rhea até o Império como passageira a bordo do *Mar das Tempestades*, um navio de longo curso consideravelmente rápido e luxuoso, construído e armado por cidadãos de um núcleo poliespecífico humanoide erigido no Prado do Extermínio, às margens do Grande Delta.

Considerava tanto o *Incorruptível*, com seus 360 metros de comprimento, quanto o *Mar das Tempestades*, com 320 metros, mas dotado de boca e calado superiores aos da capitânia humana, autênticos colossos dos mares.

Eu estava enganada.

Belonaves de grande porte e amplos mercantes de Rhea, transoceânicos poliespecíficos suntuosos, vastos cargueiros de Amphibia e outros pretensos gigantes dos mares não passam de barquinhos de brinquedo quando comparados a esta *pequena* nau-de-linha de Marítima.

O *Espumas Flutuantes*, sim, é um genuíno Leviatã do Oceano Oriental!

A Comandanta Borbulhante afirmou que as maiores naus-de-linha já lançadas ao mar possuem até três vezes o tamanho do *Espumas*. Imagino que devam constituir verdadeiros mundos fechados, mais plataformas flutuantes autopropulsadas do que navios propriamente ditos.

Pois, segundo informações extraídas por meu neuroimplante do banco de computadores de bordo, embora seja tida como modesta por suas tripulantes, esta nau-de-linha possui incríveis 880 metros de comprimento, 53 metros de altura acima da linha d'água, outros tantos abaixo e 300 metros de boca maior, que elas definem como a largura máxima entre os costados de boreste e bombordo.

O convés principal é constituído por uma seção retangular gigantesca, cujas extremidades se afilam para o formato de triângulos esféricos de vértices rombudos, tanto na proa quanto na popa. As linhas do costado da nau convergem em direção à linha d'água seguindo o perfil desse convés.

Sobre o convés principal reside a superestrutura do *Espumas*: uma multidão de edifícios e construções de tamanhos e finalidades diversas, invariavelmente erigidos do mesmo estilo funcional repleto de ângulos e linhas retas que caracteriza a arquitetura naval de Marítima. Assusto-me com a quantidade de prédios e armazéns, que não faria feio se comparada aos complexos portuários de várias cidades ribeirinhas pujantes de ambos os Lados das Cordilheiras Colossais.

Abaixo do convés principal – "cobertas abaixo", como as marítimas costumam dizer – reside um autêntico núcleo urbano flutuante, vasto e labiríntico em seus múltiplos pisos e ambientes interligados por ascensores, rampas e escadas. Uma urb caótica aos meus olhos, mas organizada, de acordo com minhas anfitriãs, que constitui o cerne do *Espumas*, o lar de trinta e poucas mil paracrustáceas.

Abaixo do convés principal, suspensas como excrescências horizontais que emergem do paredão metálico que define o costado, há centenas de plataformas livres, algumas com as dimensões de pátios ou varandas, outras tão amplas que poderiam abrigar com folga uma formatura de cinquenta ou mais turbocópteros pesados.

O casco do *Espumas* é revestido por uma capa ou película constituída de um polímero especial, capaz de reduzir sobremaneira a resistência que a água exerce sobre os vastos segmentos submersos do costado do navio durante o deslocamento. Supostamente trazida consigo do planeta natal das marítimas, a técnica de fabricação dessa película constitui um dos segredos industriais mais bem guardados de Ahapooka. Elas nutrem zelo paranoico pela preservação desse conhecimento. Ao que ouvi falar, o polímero é produzido apenas a bordo de naus especiais e, mesmo assim, somente nas ocasiões em que tais embarcações demandam em mar alto, bem distantes, portanto, da curiosidade alienígena.

O *Espumas Flutuantes* possui 32 conveses, sem contar com as edificações erigidas acima do vasto convés principal.

Espaço mais que bastante para as mais de 30.000 tripulantes.

Se bem que as marítimas não pensam em si próprias como tripulantes.

Elas se dizem cidadãs desta nau-de-linha.

Atitude compreensível, pois se trata de uma verdadeira cidade flutuante. Não apenas por seu tamanho descomunal, porém, sobretudo, pelo fato dessas cidadãs nascerem, viverem suas longas existências e enfim morrerem a bordo deste vaso, muitas vezes sem jamais calcarem suas patas quitinosas em terra firme.

Borbulhante confessa que existem hoje mais cidadãs residentes a bordo das centenas de naus-de-linha lançadas ao mar por seu povo, do que na cidade soberana de Marítima, cognominada com justiça a *Rainha dos Mares*.

Marítima, aliás, gaba-se de não possuir uma Armada propriamente dita.

De fato. Os estaleiros dessa cidade não lançam belonaves ao mar.

Não as fabricam para si próprias e tampouco aceitam encomendas de armadores alienígenas neste sentido.

Contudo, constituiria erro crasso de estratégia concluir de pronto que a imensa frota mercante de Marítima permanece à mercê do poderio de Armadas alienígenas, quer quando singra pelos mares e oceanos que banham o litoral, quer quando penetra pelos numerosos rios que lhe facultam acesso ao interior do Grande Continente.

Afinal, as marítimas tampouco possuem o conceito de frota mercante, como antônimo de Armada.

Todas as naus-de-linha de Marítima são ditas "embarcações multipropósito".

Ou seja, todas as naus são mercantes, no sentido em que transportam cargas para as próprias marítimas e seus contratantes alienígenas. De mesmo modo, em certa medida, todas as naus são transoceânicos, no sentido em que transportam passageiros.

Todas as naus-de-linha estão, ao menos em tese, aptas a suportar ataques de belonaves inimigas e a se defender a contento.

Ao longo do último meio milhão de anos, inúmeras gerações de estrategistas navais do Império descobriram este fato da pior maneira possível. No entanto, por vezes novos almirantes imperiais esquecem as lições do passado, forçando as comandantas de Marítima a lhes recordar que nação alguma seria apelidada de Rainha dos Mares por tantos e tantos milênios, se não houvesse um motivo relevante. Não espanta que há tempos o Alto-Comando Imperial tenha desistido de manter uma força naval efetiva, preferindo se valer de contratos mercenários temporários, sempre que necessário.

Algumas naus-de-linha de Marítima são dotadas de sistemas ofensivos sofisticados, capazes de engajar simultaneamente com todos os vasos de uma flotilha de Rhea ou de Amphibia.

Infelizmente, Borbulhante me informa, este não é o caso do *Espumas Flutuantes.* Segundo a comandanta, esta nau não possui tecnologia ou recursos particularmente modernos e sofisticados.

Imagino se essas naus-de-linha não são o que existe de mais semelhante no oceano planetário de Ahapooka às naves-das-gerações, veículos estelares com dimensões de asteroides, capazes de conduzir vastas populações de um sistema para outro, arrastando-se Periferia afora com lentidão característica, em jornadas que, não raro, desenrolam-se ao longo de séculos ou milênios. Quando eu era garota, Pandora me contou que a cultura humana de Olduvaii uma vez empregou uma nave desse tipo para conduzir uma espécie recém-promovida à racionalidade até seu novo mundo, orbitante na ecosfera de uma estrela distante cento e tantos anos-luz de seu sistema.

▼ ▼ ▼

Um silvo agudo nos acorda no meio de nossa terceira noite a bordo.

Genteel pipila uma ordem em seu idioma para que a luz do camarote acenda, enquanto eu levanto de minha plataforma num salto e tateio os quadris, frustrada em busca de armas que já não possuo.

"O que foi isto?" – Os apêndices vermiformes de seu crânio tremulam de forma descoordenada. Será esse tremor irritante uma exteriorização de medo nos renatos?

– Um alarme de bordo, provavelmente. – Arrisco, no intuito de tranquilizá-lo. – Que tal darmos um pulo no salão de comando para descobrir o que está havendo?

O zumbido das turbinas do navio torna-se subitamente mais alto.

"Sair deste camarote seco, cheiroso e confortável?" – Os tentáculos agora giram frenéticos. – "Não será perigoso?"

– Talvez. Mas é melhor do que permanecer na ignorância trancados aqui dentro. – Observo com impaciência sua postura indecisa. Ativo o controle e a escotilha do camarote fende-se em duas, cedendo passagem. – Então, você vem comigo?

Após breve instante de hesitação, o renato assente com um gesto incerto dos bulbos oculares e salta num trote desajeitado escotilha afora. Seus tentáculos rodopiam mais agitados do que nunca.

Como é que um centauro tão grande e possante consegue ser tão poltrão?

Caminhamos lado a lado por um corredor largo, desviando-nos vez por outra das caranguejas que correm apressadas sobre longas pernas quitinosas arqueadas, nem sequer se dignando a parar para responder as indagações intercósmicas que projetamos às suas costas.

Ouço sequências rítmicas de estalos no fonoclama, sistema de áudio antiquado que dissemina as determinações do comando nau adentro. Reconheço o tamborilar cadenciado de patas e pinças sobre o piso e anteparas metálicas do navio, ruídos que identifico como ordens e instruções expressas no idioma de Marítima, embora eu não distinga patavina do significado.

Gotículas de água salobra pontilham as anteparas escuras e lodosas do corredor. Aqui e acolá filetes úmidos e viscosos escorrem vagarosos até o piso que brilha sob uma película de limo esverdeado.

Não fossem as solas adaptáveis do biotraje, eu já teria resvalado meia dúzia de vezes.

Quadrúpede de cascos largos e achatados, Genteel não parece enfrentar dificuldades com o piso escorregadio.

O odor nauseabundo de maresia e peixe podre impregna minhas narinas.

O biotraje não me resguarda contra o mau cheiro reinante no corredor. Por incrível que pareça, não existem elementos nocivos à minha saúde nesse ar pútrido. Portanto, o simbionte não recobre meu rosto automaticamente com a película protetora semitransparente.

Eu poderia ordenar a formação da película. Mas pretendo evitar fazê-lo, pelo menos enquanto for capaz de suportar esse odor nefando, pois minha aparência com o rosto oculto com quase toda certeza ofenderia minhas anfitriãs.

Ao fim do corredor que mais parece um túnel, há um elevador de carga e outro de passageiros. Vislumbro um lanço de escada helicoidal e o neuroimplante me informa que constitui um atalho para o convés onde se situa o salão de comando. Subo dois ou três dos degraus baixos e largos, projetados para criaturas providas de muitas patas e pinças. Sou detida no contrapé entre um degrau e o seguinte por um trinado angustiante e um tentáculo que Genteel enrodilha delicadamente em torno do braço que mantenho próximo ao corrimão.

Viro-me e leio nos ideogramas que flutuam em torno da minha cabeça:

"Por favor, Clara. Não me largue aqui sozinho."

– Ora, vamos subir para a... – Interrompo-me.

Idiota! Centauros não sobem escadas!

Lapso imperdoável para alguém criada numa cultura poliespecífica como eu... Ainda mais esta escada íngreme, com voltas e mais voltas em torno de si mesma.

Definitivamente. Essa vida hedonista em Rhea está me tornando distraída das coisas mais básicas.

Emito um glifo inarticulado em Intercosmo à guisa de desculpas e volto para o piso do convés que habitamos bem a tempo de evitar a colisão com quatro marítimas de carapaças amarelas que descem a escada em carreira desabalada. As patas e pinças dessas subalternas movem-se tão rápido que mal consigo distinguir quais membros pertencem a que tripulante.

Tomamos o elevador de passageiros e saltamos no convés principal.

Aqui a tensão parece ainda maior do que a reinante cobertas abaixo. Mas neste convés as Senhoras de Marítima parecem mais controladas.

Forte indício de que a maioria delas sabe o que está se passando.

Uma marítima recém-saída do salão de comando nos surpreende no vestíbulo de acesso. Pela cor vermelha que lhe tinge a carapaça, constato tratar-se de uma oficial. Mediante uma sucessão de mímicas engraçadas com as pinças manipulatórias, ela tenta impedir nosso acesso ao compartimento.

– Saia da nossa frente. – Exijo em looson e meu transceptor projeta em Intercosmo. – Precisamos falar com a comandanta.

As pinças maiores voltam a abrir e fechar, agora com gestos mais lentos e resolutos. Postura ameaçadora ou mero eco gestual da dúvida que essa marítima parece nutrir quanto à conveniência de nos facultar ou não o ingresso ao salão de comando?

Ela decide afinal. Abre a escotilha e se afasta para o lado a fim de nos dar passagem.

O salão de comando é muito mais amplo do que o centro de operações de combate do *Incorruptível*. Mais úmido e bafioso também.

Há um conjunto de tanques holográficos embutidos nas anteparas desse vasto aposento à guisa de vigias, com vistas panorâmicas para todas as direções em torno do *Espumas*. Os holos se exibem embaçados até que os neuroimplantes ópticos efetuem os ajustes automáticos de praxe em minhas córneas e retinas. Observo um princípio de claridade despontando na linha do horizonte da *vigia* sob a qual há o símbolo "Leste" escrito nas runas das marítimas. Direção verdadeira, portanto, e não relativa, como as indicações de boreste/bombordo e vante/ré presentes nos holotanques da capitânia humana.

Lobster está prestes a nascer. Ainda visível no céu matutino, o semidisco diminuto de Anhangah, o outro mundo habitável do sistema, apresenta um fulgor azul manchado de branco.

Ladeada por Genteel e pela oficial marítima que nos abriu a escotilha, avanço até o pedestal cilíndrico elevado que constitui o posto da comandanta.

O cheiro forte já conhecido bafeja sobre meu rosto com o ímpeto do coice de um daaki enfurecido. Pisco os olhos, para espantar a tontura e a náusea. Não sem um certo esforço, recupero o fôlego e falo entre engulhos:

– Saudações, Comandanta Borbulhante. Viemos saber o motivo de tantos alarmes e correrias.

Borbulhante gira dois dos três olhos pedunculares em nossa direção, perscrutando-nos em silêncio.

A pintura dourada elaborada de sua carapaça brilha fosforescente na penumbra úmida do comando.

Então, suas oito patas traseiras começam a tamborilar alternadamente no piso metálico do pedestal, produzindo ruídos semelhantes aos de pequenos estalos ritmados. O transceptor dela projeta a tradução:

"Teria sido mais sensato permanecer em vosso camarote. Estaríeis mais seguras e confortáveis por lá."

As marítimas tratam todos os indivíduos, alienígenas ou não, como se fossem fêmeas.

É lógico que elas não ignoram a existência de machos racionais em muitas espécies alienígenas. Só que as convenções sociais delas não preveem esta anomalia. Pelo menos, não a ponto de criar formas de tratamento específicas para machos alienígenas. Afinal, os machos marítimos não passam de apêndices diminutos, aos quais uma cidadã dedica tanta preocupação quanto uma humana ao seu neuroimplante mais humilde.

– Como expliquei há pouco, viemos para cá em busca de informações.

A comandanta emite um chiado de despressurização súbita do fundo de seu tubo respiratório vestigial. Então volta a tamborilar no piso.

"Poderíeis ter me consultado a partir do terminal existente em vosso camarote" – Ela faz uma pausa e acrescenta – "Há três navios de guerra em nosso encalço."

Dou as costas para o posto de comando da marítima e observo o tanque norte. Falo para o biotraje ativar o visor infravermelho.

Sim! Três vultos compridos e esguios como agulhas negras, construídos com superestruturas muito mais elevadas do que qualquer projetista naval contratado à Armada de Rhea julgaria sensato implementar. Tão altas que atingem quase metade da altura do costado gigantesco do *Espumas Flutuantes*. Um absurdo, em se tratando de vasos que se afirmam belonaves.

Enfim, vasos de guerra com o perfil inconfundível de belonaves da República Anfíbia, uma potência marítima do Lado Oriental, situada na fronteira norte da Grande Floresta.

"Navios de Amphibia..." – Genteel constata o óbvio num Intercosmo franco e aberto que denota toda a sua confusão. – "Não pensei que ousassem singrar tão ao sul. O que eles desejam? Não são aliados de Marítima?"

"Foram no passado e talvez voltem a sê-lo no futuro." – Borbulhante admite. – "Mas não hoje. Aqui e agora representam o inimigo. Imediata, mostre a elas."

As patas de uma marítima próxima, cuja carapaça está pintada com o azul das oficiais superiores, tamborilam numa cadência ríspida e os navios de cascos negros aparecem subindo e descendo, cavalgando as vagas do mar alto. Exibem-se consideravelmente ampliados no tanque holográfico que antes reproduzia a vista panorâmica do horizonte norte. Os primeiros raios de Lobster nascente banham os topos das torres de vante das três belonaves, revelando discos pintados com o brasão imperial.

– Quadrúpedes de Amphibia a serviço do Império?

Essa aliança inesperada é no mínimo inoportuna.

Pois, apesar de nossas divergências comerciais esporádicas e disputas territoriais acirradas por algumas ilhas e portos naturais do Litoral Norte em ambos os lados das Cordilheiras Colossais, jamais imaginei que Amphibia fosse se colocar contra Rhea numa disputa política com o Império. No passado, nossas duas Armadas foram aliadas no esforço comum de baldar o expansionismo naval das esquadras imperiais.

Sim, porque não tenho dúvidas de que os anfíbios nos perseguem com o intuito de executar uma certa ordem de prisão emitida pelo Império.

A imediata tamborila algo para a comandanta. Esta fala para nós: "Estabelecemos contato com os navios de Amphibia." – Para suas comandadas, ela ordena: – "Projetem no holotanque principal."

Todos voltamos a atenção para o grande cubo escuro que se ergue do piso até o teto no centro do salão de comando. O holotanque acende com um brilho amarelo e logo se enche com o holograma em tamanho natural de um anfíbio robusto de epiderme escamosa, quase inteiramente recoberta por um padrão intrincado e mutável, composto por miríades de tatuagens dinâmicas.

"Sou Virtude Exemplar, comandante desta flotilha da República Eterna, ora em cruzeiro de patrulha marítima sob bandeira e autoridade do Império." – Após uma pausa, o grande quadrúpede eriça as escamas brilhantes que lhe revestem o dorso musculoso e agita as dezenas de manípulas articuladas que emergem de seu tórax. – "Preparem-se para manobra de abordagem. Dispomos de um mandato de apreensão e uma ordem de prisão com selo imperial."

"Daqui repercute Borbulhante, Pinça-Dourada e Pata-Primeira do *Espumas Flutuantes*, embarcação multipropósito da cidade soberana de Marítima." – A comandanta responde no mesmo tom duro e formal empregado por seu interlocutor. – "Singramos em águas internacionais, onde não reconhecemos a autoridade de Amphibia ou do Império para invadir nossa nau. Tampouco concedemos o direito de arrestar mercadorias que supostamente transportamos e, muito menos, deter passageiras ou cidadãs porventura presentes a bordo."

"Honorável comandanta, em consideração aos laços de amizade que unem nossas espécies aquáticas, cumpre alertá-la de que estamos preparados para empregar a força caso necessário a fim de cumprir nosso dever-de-contrato."

"Pois saiba, Comandanta Militar, que também estamos dispostas a ir até as últimas consequências em prol da integridade de nossa nau, de sua carga e passageiras."

"Muito bem, Comandanta." – O quadrúpede grande e atarracado sacode a cabeçorra para um lado e outro. – "Ambos sabemos que nossos povos já foram aliados fiéis. Todos em Amphibia admiram as proezas navais e comerciais de Marítima, a Rainha dos Mares, a quem há séculos tomamos como exemplo. Em reconhecimento aos vínculos de admiração recíproca que ainda unem nossos dois povos, reformularei meu ultimato. Queremos a fêmea humana de Rhea e a mercadoria subtraída pelo hemicentauro. Sabemos que ambos estão embarcados convosco. Se nos cederdes esses dois itens, prometo não abordar vossa bela nau-de-linha e facultar vossa partida incólume. Relembro, no entanto, que vosso vaso é um cargueiro desarmado em confronto com três belonaves da República Eterna." – O comandante anfíbio faz nova vênia e então conclui – "Esta é minha última proposta e meu último aviso."

"Vossa proposta é absolutamente ultrajante!" – A comandanta gira o corpo maciço sobre o pedestal. – "Imediata, comunicações encerradas!"

A marítima de carapaça azul já devia estar aguardando um desfecho deste gênero, pois mal a comandanta ordena, tamborila um comando breve com uma das patas dianteiras e o tanque se apaga.

Borbulhante determina:

"Propulsão, toda força avante. Comunidades em postos de combate. Ativar sistemas defensivos de longo alcance."

Os tentáculos de Genteel parecem cataventos no meio de uma tempestade.

Se isto não é pavor abjeto, então eu não sei o que é.

O centauroide se acalma o suficiente para enlaçar minha perna acima do joelho, atraindo minha atenção.

"Conseguiremos nos evadir das belonaves de Amphibia?"

Quem responde, no entanto, é Borbulhante:

"É o que iremos descobrir nas próximas horas."

O *Espumas Flutuantes* desloca-se bem rápido para um navio mercante de grande porte. Mercante algum de Rhea conseguiria superá-lo numa corrida.

As belonaves de Amphibia, contudo, não são vasos comerciais, mas máquinas de guerra.

Por isto, malgrado rompa as vagas sulinas do Oceano Oriental a quase 50 km/h, o *Espumas* é alcançado em menos de 20 minutos.

Suspensos sobre largos hidrofólios de estabilização, os três navios de Amphibia mais parecem aerobarcos gigantescos do que belonaves. Não veem a menor dificuldade em acompanhar nosso ritmo.

Já é dia claro. A capitânia dos anfíbios nos ultrapassou ao largo e agora se mantém um quilômetro a nossa proa. Os outros dois navios posicionam-se cerca de 800 metros a nossa ré, fechando o triângulo por boreste e bombordo.

Estamos a 60 quilômetros da costa. Embora naveguemos sobre a plataforma continental num curso paralelo ao litoral que se estende de norte para sul do Rio da Amargura ao Rio dos Centauros, já não vemos terra no horizonte há um bom tempo.

"Dez graus de leme a bombordo." – Borbulhante determina. – "Manter a guinada até apontar no rumo leste."

A imediata confirma o cumprimento da ordem e em breve o *Espumas* começa a guinar, distanciando-se ainda mais da costa do Grande Continente.

Os vasos de Amphibia tentam acompanhar a manobra. Os dois que seguem à ré executam a guinada de forma impecável. A capitânia, no entanto, só percebe a alteração de rumo um ou dois minutos mais tarde. Afinal, acompanha a guinada para bombordo, forçando o ritmo até retomar a distância anterior.

Estamos nos afastando do Grande Continente. Nesta latitude, se seguirmos sempre para leste, percorreremos milhares de quilômetros de mar aberto sem o menor sinal de terra, até retornarmos à mesma massa continental pelo oeste.

Será que a esquadra de Amphibia estaria disposta a nos perseguir por toda essa vastidão oceânica?

Decerto que não.

Ao que parece o inimigo acaba de se decidir contra uma perseguição prolongada deste tipo, pois inicia afinal seu ataque.

A imediata tamborila algo num ritmo frenético.

Borbulhante solicita, sem demonstrar alteração:

"Marcação e distância dos torpedos inimigos."

Sinto o corpanzil do renato tremer através do probóscide que me enlaça a cintura.

Quando a informação é prestada, a comandanta ordena:

"Lançar acústicos de interceptação!"

– Quantos torpedos os anfíbios lançaram contra nós?

"Cada um dos vasos à ré disparou um torpedo ecoguiado." – Borbulhante explica. – "Estamos equipadas com minas de engodo fabricadas em Rhea. Esses dispositivos foram programados para emular a assinatura acústica de nossas turbinas."

"Essas minas conseguirão enganar os torpedos?" – Genteel me pergunta, agora com um tentáculo trêmulo enlaçado em minha cintura e outro enrodilhado na minha coxa esquerda.

De algum modo obscuro, a proximidade comigo parece lhe infundir confiança.

Será que é pelo fato da minha aparência lembrar vagamente a de um renato humanoide?

A pressão cálida e pulsante desse contato sobre o biotraje não me é de todo desagradável.

Ao contrário.

Será que ao longo de suas primeiras vidas, durante as situações críticas, os renatos centauroides costumam buscar conforto junto às formas humanoides da espécie, em tese mais sábias e experientes?

Que tal deixar as divagações xenoetológicas pra mais tarde?

Há coisas bem mais urgentes a descobrir agora.

Ainda enlaçada por Genteel, volto-me para o pedestal da comandanta e indago:

– Vocês acaso sabem qual a procedência e modelo desses torpedos?

"Lógico. São fabricados pelas próprias anfíbias. As belonaves da República vêm empregando o mesmo modelo básico com pequenas modificações há quase um milênio."

– Foi o que imaginei. E quantos acústicos foram lançados para cada torpedo?

"Estratégia padrão: três minas para cada torpedo. A mais próxima do *Espumas* será ativada primeiro e a mais próxima do inimigo por último."

– Se é assim, eu diria que temos grandes chances de escapar ilesos deste primeiro ataque.

"É o que esperamos. É também o que o inimigo espera. Pelo menos por enquanto, só estão tentando nos intimidar."

A imediata informa e Borbulhante nos transmite:

"O primeiro torpedo acaba de explodir sobre nossa mina Nº 2." – Observo a *vigia* norte. Um gêiser de água salgada jorra a dezenas de metros de altura cerca de 400 metros a nossa ré. Quando me volto de novo para ela, a comandanta continua: – "Segundo torpedo ainda em corrida de ataque."

A imediata tamborila alguma coisa e a comandanta responde:

"De acordo. Propulsão a meu comando: turbinas em ponto morto. Agora!"

Alguém tamborila a confirmação do cumprimento da ordem. O zumbido a bordo reduz-se a um tom quase imperceptível.

A ideia tem mérito.

Com as turbinas em silêncio, os acústicos emulando os ruídos que elas fazem e a inteligência reduzida desses torpedos anfíbios, não há como sermos atingidos.

Várias marítimas expelem silvos agudos de seus tubos respiratórios.

A imediata tamborila.

"O torpedo desviou-se de seu curso de impacto e está rumando para a mina Nº 1." – Borbulhante faz uma pausa, presta atenção às informações da imediata e então emite a ordem: – "Equipe de contramedidas acústicas: chavear o controle das minas para manual."

Algumas marítimas silvam sua surpresa pelo comando, mas a confirmação de cumprimento chega prontamente através do tamborilar das patas da imediata.

"Informe contínuo da distância torpedo-alvo."

A imediata dirige um dos olhos pedunculares ao holotanque diminuto que parece atuar como monitor do sonar. Em seguida, começa a tamborilar de forma intermitente, passando à comandanta a distância cada vez menor entre o torpedo e o acústico mais próximo de nossa nau.

"A meu comando, desativar acústico." – Borbulhante aguarda alguns segundos, que parecem se arrastar vagarosos. Então ordena. – "Agora!"

Antes que a imediata confirme o cumprimento, a comandanta fala:

"A meu comando, ativar acústico Nº 2... Agora!" – Borbulhante aguarda a confirmação de que o torpedo adquiriu a segunda mina como alvo, afastando-se do *Espumas Flutuantes* em direção aos vasos que o perseguem.

O tamborilar periódico da imediata indica que ela está informando a comandanta quanto às distâncias entre o torpedo e o novo alvo.

Finalmente, ela emite a ordem aguardada com ansiedade:

"Desativar acústico Nº 2. Contramedidas, a meu comando, ativar acústico Nº 3..." – A pausa se prolonga. Sinto a tensão das tripulantes crescer a olhos vistos. O tentáculo de Genteel aperta minha coxa com mais força. – Agora!

"O torpedo vai explodir contra essa última mina, não vai?" – O renato fita a comandanta ao indagar, nervoso.

"Tenho perfídia pior em mente." – Borbulhante responde com

indicativos de seriedade entremeados nos ideogramas. – "Um bom susto constituirá pagamento justo pela afronta sofrida."

"Como assim?"

A comandanta não responde. Mas ordena à tripulação:

"Jatos de atitude do acústico em manual. Alterar curso. Rumar ao vaso inimigo de boreste."

– Ora, Comandanta. Lógico que esse truque não dará certo.

"Claro que não. Nem é meu anseio destruir a belonave anfíbia. Como falei, só pretendo lhes pregar um susto tremendo."

Afinada com os anseios de Borbulhante, a imediata continua examinando o holotanque do sonar. Transmite as distâncias decrescentes entre o torpedo e o último acústico ativo, que agora empreende curso evasivo rumo à nau inimiga. Mais rápido do que a mina, o segundo torpedo se aproxima inexorável de seu novo alvo.

"A meu comando, desativar acústico... Agora! Imediata, informe."

A informação tamborilada chove num fluxo quase contínuo.

Borbulhante nos repassa o essencial:

"Torpedo aproado para a nau inimiga."

"Nosso sonar indica manobra de orientação e aquisição de alvo."

"Torpedo em corrida de ataque rumo ao vaso anfíbio."

– Não tenha dúvidas de que irão desabilitá-lo. Ou talvez nem seja preciso. Imagino que deva existir uma trava automática em algum ponto do sistema de armas da belonave.

"Sim. Mas torço para que só consigam desarmá-lo no último instante!"

Observo o vaso inimigo de boreste pela *vigia* norte. Alguém tomou a liberdade de ordenar a substituição da imagem normal por uma ampliação. O navio anfíbio desliza como um bólido. Na parte de vante da embarcação, o casco se projeta quase inteiramente emerso da água, suspenso sobre hidrofólios esguios.

Em sua corrida final, o torpedo já subiu à superfície, deixando uma esteira visível atrás de si.

Se essa arma for semelhante aos torpedos armados nos submarinos de Rhea, nesta fase do ataque a aquisição acústica do alvo já deve ter sido substituída pela termo-óptica.

Portanto, agora não há mais possibilidade de iludir o atacante.

Sequências de caracteres fluem rápidas na extremidade inferior da *vigia*. Rápidas demais para que meus neuroimplantes consigam traduzir mais do que uns poucos fragmentos.

"Torpedo ainda em curso de interceptação com a nau inimiga."

– Eles devem estar suando frio agora.

"Já deviam ter desabilitado o torpedo. Ah, não..." – O suspiro do tubo da comandanta soa como um gemido. – "As idiotas não conseguiram! Impacto iminente..."

O torpedo desaparece sob o costado de vante do navio pelo bordo de boreste.

"De qualquer modo," – A comandanta explica, recuperando a fleuma, – "a carga explosiva não se destina a perfurar a blindagem de um navio desse porte, mas apenas a danificá-la a ponto de tornar o vaso inoperante."

Danos aceitáveis?

Não é o que presencio com sentimento misto de surpresa, júbilo e pesar.

A explosão parece pequenina na vigia, mas o navio anfíbio sofre um tranco considerável. O costado de vante camba para boreste com velocidade assustadora, até que o casco da belonave nesse bordo atinja a água com um sacão.

Tudo acontece em poucos instantes.

O navio começa a girar sobre o eixo longitudinal, ao mesmo tempo que, num rodopio pavoroso, a popa avança girando e fazendo o barco emborcar numa espiral macabra, a ponto da quilha se exibir acima do convés principal!

Enfim, como uma fera mortalmente abatida em pleno bote, a belonave estanca em sua corrida alucinada, à medida que o casco começa a submergir em meio a um maremoto de água e espuma.

Em poucos segundos, o vaso para por completo e afunda.

"Pelos Poderosos!" – Genteel exclama com o corpo todo a tremer. – "Como uma tragédia medonha dessas pôde acontecer?"

"O torpedo atingiu o hidrofólio de vante a boreste." – O tom consternado da comandanta é óbvio mesmo através de seu Intercosmo contrito. – "Eu devia ter previsto este desastre. Com toda a seção de vante elevada acima da linha d'água, os únicos alvos oferecidos ao torpedo eram os hidrofólios dianteiros!"

– Um belo dum estrago! Felizmente os anfíbios conseguem respirar debaixo d'água. Caso contrário, é de todo provável que não houvesse sobreviventes.

Mesmo assim, estamos em mar alto. Os tripulantes permanecerem presos em seus compartimentos, não logrando escapar da belonave que afunda, serão em breve esmagados pela pressão elevada reinante em águas profundas. Uma morte horrível. Mesmo para quem possui guelras capazes de extrair oxigênio da água do mar.

"Acreditem, não planejei esta tragédia." – Borbulhante parece prestes a mergulhar num estado de choque. – "Jamais imaginei que não conseguissem desativar a própria arma... Devem ter ocorrido dezenas de mortes!"

– Não se sinta culpada. Não havia como prever o desenlace. Se existe de fato algum culpado por essa fatalidade, é o comandante anfíbio, que nos forçou a um confronto insensato. Bem como o Alto-Comando Naval da República, que aparelha vasos com tecnologia obsoleta e nomeia comandantes tolos e incompetentes. – Mudo para meu tom otimista no intuito de tentar consolá-la. – Veja as coisas pelo lado positivo. Os dois outros navios serão obrigados a abortar a perseguição para recolher e prestar assistência aos sobreviventes.

"Agradeço as palavras de ânimo e simpatia, Lady Clara. Mas, compreenda. Somos cidadãs residentes em um vaso mercante e não numa nau militar multipropósito. Não estamos em absoluto acostumadas a conviver tão próximas à morte trágica." – Borbulhante suspira e continua. – "Ao contrário do que acontece com as humanas, a eliminação física da oposição não está arraigada em nossos genes."

Sinto-me péssima com este último comentário da comandanta marítima.

Meu embarque no *Espumas Flutuantes* parece ter trazido para bordo os riscos inerentes ao estilo de vida que escolhi para mim.

Por isto, decido, vou me empenhar ao máximo para reduzir estes riscos no futuro. Afinal, não é justo que minhas anfitriãs sofram por minha causa.

V

Artilheira

Na busca incessante da paz entre as espécies radicadas, os humanos de Rhea invariavelmente recorrem à violência das armas.

Provérbio imperial

Sou forçada a reconhecer. Conquanto imbecil ou demasiado azarado, esse tal Virtude Exemplar possui um bocado de sangue-frio. Duvido que um comandante da Armada de Rhea exibisse tamanha determinação ante a catástrofe que se abateu sobre sua flotilha.

Lógico que, como não somos capazes de respirar dentro d'água sem extratores de oxigênio, esse comandante humano hipotético se sentiria mais compelido do que seu análogo anfíbio a prestar auxílio urgente à nave sinistrada.

De fato, uma das belonaves remanescentes abandona a perseguição e retrocede para iniciar os procedimentos de resgate dos sobreviventes do naufrágio.

A nau capitânia, contudo, reduz a velocidade, emparelha conosco e assesta seus canhões de plasma contra o costado elevado de nosso bordo de bombordo.

"Eles vão nos pôr à pique!" – Genteel lastima, desalentado.

Os tentáculos que não se encontram agarrados em mim retomam seus rodopios de catavento frenético. Os que me enlaçam transmitem os tremores que sacodem o corpo do renato.

"Esse comandante de Amphibia deve estar sedento de vingança por seus mortos e feridos. Decerto esquecerá a antiga pretensão de nos recapturar vivos!"

– Depois desse autotorpedeamento patético e do naufrágio de uma das suas belonaves, é bem provável que ele se deixe mesmo levar pela ira, em vez de tomar a decisão com base no cumprimento de sua missão.

No entanto, se bem me recordo, Virtude Exemplar mencionou que *me* queria viva.

Do renato, exigiu apenas a restituição de uma carga misteriosa. Segundo o comandante anfíbio, uma carga roubada.

Examino a *vigia* que exibe a belonave inimiga.

É melhor deixar para depois este incidente da receptação de material roubado por Genteel. Se sobrevivermos às próximas horas, haverá tempo bastante para esclarecer este assunto mais tarde.

Instalado no convés de vante, o canhão de plasma principal da capitânia, uma peça pesada de curto alcance, efetua seu primeiro disparo. Um jato sólido de fluido azul jorra da antena tubular e atinge nosso costado à queima-roupa, lambendo um belo trecho a meio-navio por bombordo.

Escrupulosas, no intuito provável de evitar pânico, as câmeras externas do *Espumas* se furtam de exibir os estragos causados pelo disparo no sítio atingido, mas uma série de sirenes no fonoclama e os silvos desolados das tripulantes no salão de comando não prenunciam nada de bom.

Borbulhante confirma meus receios:

"Casco perfurado a meio-navio nos conveses dois e quatro. Dutos de refrigeração da turbina de bombordo comprometidos. Duas baixas até agora. Equipes do controle de avarias já se encontram a caminho do local."

A imediata tamborila algo em tom nervoso.

"Correção: três baixas." – A comandanta nos informa num Intercosmo contrafeito.

O *Espumas* sacode-se como um globhf descendo de uma duna íngreme.

Várias marítimas silvam e tamborilam numa autêntica orquestra cacofônica. Após alguns instantes, Borbulhante nos descreve o resultado deste segundo disparo inimigo:

"Impacto direto. Disparo de plasma nos atingiu à meia-nau à altura da linha d'água. Turbina de bombordo inoperante. Estanquidade comprometida nos conveses oito por bombordo e nove por boreste. O *Espumas Flutuantes* está fazendo água."

"Pelos Poderosos!"

Genteel enlaça minha cintura com tanta força que perco o

fôlego e me vejo obrigada a cravar-lhe as unhas no tentáculo túmido. Depois de um gemido bastante humano, prossegue com sua sessão de pânico:

"Vamos morrer afogados!"

Borbulhante e duas outras marítimas fitam-no com incompreensão abúlica, típica de alienígenas capazes de respirar sob a água.

A comandanta reage afinal e o tranquiliza de certa forma:

"Ainda não. Nosso controle de avarias já está trabalhando para isolar os compartimentos atingidos. Não corremos risco imediato de naufrágio. Pelo menos, não por enquanto."

– Temos que responder ao ataque, antes que o inimigo nos ponha a pique.

"O *Espumas* é um navio mercante. Não dispomos de armamento ofensivo."

– Foi o que pensei. – Tento imaginar o que meu pai ou John Smith faria se estivesse numa enrascada desta. A lembrança dos tempos de predadora insuflam-me com uma inspiração súbita. – E quanto ao armamento portátil?

"Há carabinas-laser e pistolas de projéteis no paiol das oficiais."
– Borbulhante responde – "Mas, de que servem contra um navio de guerra?"

– Talvez não sirvam para muita coisa. Contudo, caso não se importe, eu gostaria de experimentar uma ideia que tive. O importante é agir rápido. Antes que os anfíbios afundem a nau ou iniciem uma operação de abordagem.

▼ ▼ ▼

Cinco minutos mais tarde, estamos Borbulhante, a imediata Pertinaz, Genteel e eu observando a belonave anfíbia por uma vigia real, constituída por uma portinhola circular, aberta num compartimento de carga sete conveses abaixo do principal, avante e por bombordo.

Pertinaz sustenta meia dúzia de carabinas-laser em suas pinças manipulatórias. Genteel atrapalha-se todo segurando outras três num par de tentáculos.

Olho para o alto e observo o casco brilhante de metal escuro da capitânia anfíbia que se desloca sem esforço ao lado do *Espumas*.

De seu costado de boreste escorrem filetes de água, formados a partir da condensação da nuvem de gotículas produzida pelas grossas esteiras lançadas para trás pelas pranchas largas dos hidrofólios dianteiros.

"O que pretende fazer, Lady Clara?" – Borbulhante me assesta seus três pedúnculos oculares com ar inquieto. – "Seria preciso um canhão pesado para perfurar essa blindagem."

– Sei disso. – Examino o casco da belonave anfíbia desde a amurada de seu convés principal até a curvatura inferior que se eleva uns poucos metros acima das ondas tranquilas do oceano.

De nossa posição atual, mais de trinta metros abaixo do convés principal do *Espumas*, consigo vislumbrar o êmbolo pneumático robusto que constitui a coluna de sustentação do hidrofólio de boreste da belonave inimiga.

Introduzo o cano da carabina vigia afora, desabilito as travas de segurança e analiso a imagem plana que se apresenta desfocada na mira telescópica.

Só enxergo um borrão oblongo.

Tento regular o dispositivo.

É inútil. Essa mira foi fabricada para os olhos pedunculares das marítimas e não para o aparelho ocular humano.

O jeito é arriscar o disparo a olho nu, somente com o auxílio dos circuitos de correção dos neuroimplantes e o apêndice de ampliação recém-exteriorizado pelo biotraje.

– Não planejo disparar sobre o costado.

Pressiono o disparador da carabina com a mão esquerda. O indicador e o dedo médio mantêm a pressão. O jato contínuo emerge do cano da arma e atinge a coluna sob forma de um feixe vermelho com dois centímetros de espessura.

Projetado para as duras pinças quitinosas das marítimas, o disparador afiado da carabina machuca meus dedos através da luva do biotraje quando abro fogo em feixe contínuo. Conjuro as reservas de disciplina desenvolvidas em meus tempos de predadora para colocar a dor de lado e me concentrar na mira contra a coluna do hidrofólio.

A ferida incomoda um pouco, mas não chega a preocupar.

Esta é uma das vantagens principais em se possuir um dos raros biotrajes inteligentes trazidos direto de Tannhöuser e não os símiles fabricados em Rhea, como os que eu costumava vestir em minhas expedições predatórias.

Esse simbionte reage às minhas mínimas necessidades. Por isto, antes que eu possa me preocupar com a lesão, meus dedos feridos são tratados por suas enzimas curativas miraculosas e o tecido fino da luva adapta-se de imediato, tornando-se espesso e rugoso em questão de segundos.

Agora meus dedos estão protegidos desse maldito gatilho serrilhado!

A carga da carabina esgota-se após cerca de meio minuto de fogo contínuo.

Devido ao movimento relativo dos barcos e ao jogo do *Espumas*, não acredito ter obtido mais do que uns oito ou nove segundos de fogo efetivo contra a coluna.

Nada mal para um disparo praticamente a olho nu nestas condições adversas.

Sinto-me animada em prosseguir com o plano.

Arremesso a carabina a meus pés e arranco outra dos tentáculos hesitantes de Genteel.

Miro e disparo.

Mantenho fogo contínuo contra o pilar.

Atiro melhor desta vez. Estimo ter aproveitado mais da metade da carga desta segunda carabina no fogo contínuo concentrado sobre a coluna de sustentação.

"Clara, você está consumindo as cargas dessas armas num ritmo absurdo!" – O renato reclama com um tentáculo solícito sobre meu ombro. – "Julguei que, como predadora, fosse exímia conhecedora de armas portáteis. Mas vejo que me enganei. Se continuar assim, em breve não disporemos de armas o bastante para nos defender das tropas anfíbias que nos irão invadir."

Será que esse idiota por acaso está pensando que somos capazes de enfrentar centenas de fuzileiros anfíbios em trajes de combate blindados e armados até os dentes, quando só dispomos de duas dúzias de carabinas-laser?

Numa situação como essa, resistir equivaleria a implorar para ser morto.

Suspiro e rosno entre os dentes:

– Verdade? E o que você sugere que eu faça? – Não permito que as asneiras desse renato bobalhão me distraiam da tarefa de examinar o suporte do hidrofólio. Não se trata de mera impressão! O eixo mudou de cor. De seu negro uniforme, passou a um cinza escuro com belos laivos rubros. – Que mantenha uma regulagem padrão de disparos pulsados? De fato, isto preservaria a carga dessa carabina por uma ou duas horas. – Lanço a segunda carabina a menos de dois palmos de seus cascos dianteiros e tomo a terceira de seus tentáculos trêmulos. – Só que esse tipo de disparo não causaria o mínimo dano ao hidrofólio que estou tentando destruir.

"O quê? Destruir o hidrofólio?" – O tom histérico é perceptível mesmo no Intercosmo. – "Você está louca? Dezenas de anfíbios podem morrer se você for bem sucedida!"

Definitivamente, esse renato sabe como me irritar!

Felizmente para a saúde dele, Borbulhante acorre em meu auxílio:

"Acaso prefere que sejam mais de trezentas e vinte centenas de marítimas e duas vertebradas terrícolas a morrer em lugar dos nossos inimigos?" – A comandanta indaga com hologlifos irados. Ainda deve estar com a cabeça nas cidadãs mortas e nos danos causados à turbina. – "Pare de tentar ensinar o que ignora a quem sabe muito mais do que você! Lady Clara sabe perfeitamente o que fazer numa situação crítica. Como você mesma lembrou, ela é uma predadora. Não uma predadora qualquer, mas a filha e discípula de Aeneas, a grande predadora humana da Planície Vermelha. Ou acaso ignora que Lady Clara possui uma das pontarias mais mortíferas do Lado Ocidental?"

Pontaria mortífera, eu?

Ahapooka é um planetinha engraçado!

Basta alguém disparar uns tirinhos certeiros e abater dois ou três inimigos à distância e *voilà*! Ei-la guindada ao status de lenda-viva.

Ademais, não é tão difícil assim emular pontaria exímia com as armas semi-inteligentes fabricadas em Rhea diretamente conectadas aos neuroimplantes de que disponho.

De qualquer modo, apesar do rubor causado pelo elogio excessivo de Borbulhante, sinto-me honrada por sua escolha ao citar minha ascendência.

É de conhecimento geral em ambos os Lados das Cordilheiras

que descendo de Europa e Spartacus, o casal legendário de *magos humanos* de Olduvaii que se radicou em Rhea. Porém, são poucos os que sabem de Aeneas. Mais pela sensibilidade da menção oportuna do parentesco com Aeneas do que pelo mero fato de ter acorrido em minha defesa, Borbulhante eleva-se consideravelmente em meu conceito.

Porque, em se tratando de parentesco, prefiro infinitas vezes ser identificada como a "Filha do Predador" do que como a netinha superprotegida da Primeira Hierarca de Rhea.

A carga da terceira carabina se esgota. Antes que eu peça, Pertinaz me estende uma nova arma. Empunho-a, introduzo o cano chanfrado pela vigia, faço mira e abro fogo contra o ponto médio da coluna do hidrofólio, já claramente avermelhada.

A imediata caminha até outra vigia do compartimento. Dali examina o pilar com uma espécie de esfera cheia de agulhas espetadas que mantém junto a um pedúnculo ocular distendido.

Ouço-a tamborilar informações para Borbulhante. A comandanta repassa para nós:

"A estrutura da coluna de apoio já apresenta graves sinais de comprometimento. Estimamos que mais uma ou duas cargas devam bastar para que desabe sob o peso que sustenta."

Esgoto a quarta carabina e Pertinaz me passa a seguinte.

Quando estou pronta para disparar, o piso do compartimento corcoveia como um globhf no cio, sumindo debaixo de meus pés.

Num átimo, vejo-me arremessada contra a antepara e bato com a cabeça na borda da vigia. Meus pés voltam ao piso com um impacto.

As pernas bambas recusam-se a sustentar o peso do corpo.

Um véu escuro desce à minha volta.

▼ ▼ ▼

Recobro o tino instantes mais tarde.

Não cheguei a ficar de fato inconsciente. Apenas um pouco fora do ar. Descubro-me sustentada pelos tentáculos robustos de Genteel, que me mantém de pé, apoiando-me contra o segmento vertical de seu tronco.

Seu tórax exala um cheiro fresco decididamente agradável. Apesar da poltronice eventual, até que esse renato não é de todo inútil.

"Clara, seu crânio está sangrando." – Ele comenta preocupado, ao perceber que recobrei a capacidade de reação. – "Como está se sentindo?"

Constato que a hemorragia do corte no supercílio já estancou.

O biotraje estende novo pseudópode a partir do colarinho elevado em meu pescoço e toca a ferida uma vez mais para concluir o processo de cura.

– Estou bem. Obrigada por ter me amparado. – Vislumbro uma série de ideogramas esvanecidos sob os símbolos mais recentes emitidos pelo renato, mas não os consigo ler. – Fomos atingidas?

"Afirmativo." – Borbulhante me confirma a suspeita. – "O inimigo efetuou um terceiro disparo com o canhão de plasma. Essa comandanta anfíbia é uma facínora cruel! Não deveria comandar sequer uma lancha auxiliar... Nosso casco foi vergastado e rompido a meio-navio e no terço de vante à altura da linha d'água. Temos sete irmãs mortas e quinze feridas. Propulsão a meia-força pela turbina de boreste. Nossa capacidade de manobra encontra-se reduzida em 70% e nossa velocidade caiu para 20 km/h."

"Estamos indefesos, então!" – Genteel me aperta a cintura, fazendo-me perder o fôlego.

Borbulhante medita sobre o assunto por um momento e então me fala em tom sério:

"Lady Clara, salvo melhor juízo, creio que a rendição é a única saída segura de preservar vossas vidas."

Rendição.

Medida cujo resultado prático culminará num julgamento público no Império. As autoridades judiciárias daquele país não pouparão esforços no intuito de angariar o máximo de publicidade possível para o caso.

Então, para salvar minha pele, Rhea deverá pagar um preço político e diplomático insuportavelmente alto.

Conhecendo meus avós como eu conheço, sei que não medirão recursos ou consequências para ter-me de volta sã e salva.

Mesmo que meu resgate implique declarar guerra ao Império.

Uma guerra que, em condições normais, Rhea não teria chances de vencer.

Condições normais? Em meio à crise e aos olhares preocupados de Genteel e das marítimas, controlo o riso histérico. Porque, melhor do que ninguém, sei do que meus avós são capazes. Podem até parecer bonzinhos quando lhes interessa, todos sorrisos e palavras doces, mas, quando necessário, golpeiam de forma abrupta e implacável.

Ademais, Rhea dispõe de um trunfo secreto, nem tão secreto assim. Uma arma insuperável: a *Penny Lane*, nave estelar que trouxe Pandora e Talleyrand para Lobster e que ainda se encontra em perfeito estado mais de duzentos anos depois daquela primeira aterragem.

Até as próprias entidades que regem os destinos de Ahapooka já aprenderam do pior modo possível com a *Lucky Man* que naves dessa classe costumam reagir com extrema violência quando contrariadas.

A rigor, a *Penny Lane* permanece sob comando de Pandora até hoje. Imune ao bloqueio que impede o voo em Ahapooka, o veículo se encontra estacionado em Jericho, num hangar subterrâneo construído especialmente para ele. Europa conseguiria convencer a antiga comandanta estelar a empregar a nave autoconsciente contra o Império? Se minha vida depender disso, tenho o forte palpite que sim.

O pior é que neste caso nem posso julgar minha avó paterna tão mal assim. Afinal, de seu jeito sufocante e superprotetor, no fundo, Europa ama um bocado esta descendente a quem costuma chamar carinhosamente *"minha nativazinha selvagem da Planície..."*

Minha avó provavelmente conseguirá seu intento. Através da pressão diplomática, com ou sem concessões ao Império. Se tal não resultar, Rhea recorrerá às artes da guerra. Porque, há mais de 400 anos THP, a vontade da Senhora de Rhea sempre prevalece no final. Como ela própria costuma afirmar:

– Se não pela força da lógica, então pela lógica da força.

No entanto, se tudo ocorrer da forma como antecipo, de um jeito ou de outro, minha avó terá provado seu ponto contra mim e eu, uma vez sã e salva em Rhea, jamais poderei sair sozinha outra vez da segurança do Planalto da Solidão para me aventurar nas vastidões alienígenas mais interessantes de Ahapooka. Libertada pelo Império, serei condenada à existência tediosa de hierarca, repleta de compromissos, horários e obrigações. A vida que Europa sonhou para mim. Uma vida definida por restrições intoleráveis.

Com a mente imersa em tais perspectivas sombrias, acabo por engendrar um plano desesperado.

– Talvez ainda tenhamos uma carta na manga.

"Uma carta?" – A comandanta indaga.

– Velha expressão humana. Deixe pra lá. O quão comprometido está o pilar do hidrofólio?

A comandanta fita a imediata. Esta volta a observar a coluna através da esfera de agulhas e tamborila a informação para a superior.

"O pilar está comprometido o bastante para precisar de reparos urgentes." – Borbulhante nos informa. – "Mas não o suficiente para que a nau inimiga desabe sob o próprio peso em tempo hábil, se é isto que você tem em mente."

– Tomando emprestada uma expressão da Pata-Primeira, *tenho perfídias piores em mente*! Com a capacidade de manobra atual, seria possível ao *Espumas* guinar bruscamente para bombordo?

"Claro que sim. Mas, a bombordo está a nau inimiga..."

Então a comandanta marítima deduz o que tenho em mente.

Mastiga a decisão durante um ou dois segundos. Ambas sabemos que não temos muito tempo.

"Imediata, transfira o comando da manobra para cá."

Pertinaz tamborila no fonoclama do aposento. Patas distantes batucam em resposta. Então, ela tamborila a confirmação.

Imagino que Borbulhante tenha ativado seus próprios microfones, pois não se dá ao trabalho de se aproximar do fonoclama para percutir a ordem:

"Manobra a meu comando, vinte graus de leme a bombordo." – Ela faz uma pausa, como que a tomar fôlego. – "Propulsão a meu comando, força máxima de emergência avante."

Nada acontece.

"Segurem-se o melhor que puderem." – Borbulhante recomenda, virando-se para nós.

Sento-me no piso e me seguro com ambas as mãos numa espécie de banqueta baixa soldada à antepara. Genteel firma as quatro patas bem afastadas e me envolve com os tentáculos num gesto protetor.

Só então a comandanta conclui o comando.

"Manobra: executar!" – E, depois de dois ou três segundos. – "Propulsão: agora!"

O urro cavo da turbina remanescente ecoa por todo o navio.

Segundos mais tarde, o piso do compartimento começa a vibrar com violência e a se inclinar, como se estivéssemos caindo para bombordo.

O fonoclama enche-se com a cacofonia apavorante de centenas de patas tamborilando em pânico.

Tento observar o navio dos anfíbios pela vigia, mas só vislumbro a sombra escura de seu costado aproximando-se rápido, muito rápido...

Impacto!

O clangor horrível da colisão do casco gigantesco do *Espumas* contra o corpo menor do navio de guerra reverbera onipresente, ensurdecendo-me para o ronco da turbina.

O estrondo áspero de metal atritando e rasgando metal ecoa cavernoso por toda a nau, bradando ao oceano que as duas embarcações iniciaram um embate mortal marcado pela desventração mútua.

De repente, as luzes piscam e se apagam, deixando o compartimento totalmente às escuras. Genteel geme e me aperta com força.

Esse desgraçado ainda vai me fraturar as costelas com esse pânico inútil!

As duas marítimas suspiram infelizes.

Para mim a escuridão dura pouco mais de um segundo, pois os neuroimplantes ópticos ativam de imediato a visão infravermelha sem que eu precise ordenar. Observo que as duas marítimas permanecem ancoradas, com as pinças bem cravadas no piso do compartimento.

O fragor medonho do entrechoque das duas embarcações prolonga-se nesta escuridão relativa, até que as luzes de emergência se acendem, expulsando as trevas.

A visão infravermelha se apaga num piscar de olhos, justamente no instante em que me agarro com todas as forças à banqueta. Não é o bastante.

Depois de alguns segundos de dor insuportável, minhas mãos tornam-se insensíveis e sou arrancada da banqueta. Somente os tentáculos robustos do renato impedem-me de sair voando compartimento adentro.

Do exterior, o estalido seco e agudo invade o aposento.

O *Espumas* sofre um solavanco abrupto. Seu casco reverbera, transformado num sino colossal. Então começa a voltar ao prumo pouco a pouco.

O trovejar contínuo de metal rasgando metal acalma e se dissipa inteiramente em poucos segundos.

Borbulhante recebe os informes das comandadas e comunica:

"A colisão rompeu a coluna do hidrofólio. O navio inimigo emborcou para bombordo, com danos tremendos. Jaz inerme a nossa popa e não deve tardar a naufragar. Captamos a transmissão de um pedido de socorro dirigido à nau que engajou na missão de salvamento."

"Isto quer dizer que conseguimos escapar?" – Genteel exulta. – "Estamos livres da perseguição?"

"As belonaves de Amphibia não representam mais ameaça." – Borbulhante confirma. – "Mas é bem provável que em breve o *Espumas Flutuantes* deixe de fazer jus ao nome. Nossa nau está praticamente sem propulsão. Pior que isto: agora estamos de fato afundando..."

VI
Confidente

Os fracos jazem tranquilos em suas tumbas em terra firme.
O funeral no mar é o que melhor convém aos bravos.[3]

[3] Dístico existente no frontispício da Academia Naval de Pireus, Rhea, a Magnífica

Contrariando as piores expectativas de Borbulhante, o alagamento foi contido e o *Espumas Flutuantes* escapou do naufrágio sem grandes percalços.

Nossa briosa nau-de-linha arrastou-se para longe da área da conflagração com a flotilha anfíbia a uns míseros 5 km/h.

Os sistemas de detecção passiva das marítimas indicavam que não fomos seguidas. Embora esta informação por si não nos forneça segurança absoluta, sinto-me confortada ao lembrar que minhas anfitriãs fabricam os melhores sonares passivos de Ahapooka. Porém, volto a me preocupar quando considero que os sonares do *Espumas* não chegam aos pés daqueles que Rhea importa de Marítima para instalar em sua força de submarinos.

Distamos agora mais de 200 km da posição onde provocamos a colisão e o naufrágio da capitânia dos anfíbios 60 horas atrás.

Ecos das estações automáticas de sonogoniometria que as marítimas mantêm ao largo da costa do Grande Pântano Litorâneo indicam que o Espuma dista cerca de 400 km da costa oriental do Grande Continente.

Demandamos rumo ao sul em curso paralelo à costa.

Por esta altura, é de todo provável que novos navios de Amphibia se tenham juntado à caçada do *Espumas Flutuantes.* Torcemos para que as naus inimigas permaneçam sobre a plataforma continental.

Por nosso lado, singramos em mar alto, onde em princípio não corremos risco de sermos detectadas. Toda cautela é pouca, enquanto as marítimas não concluírem os reparos possíveis nos sistemas de propulsão.

Em nossos raros passeios pelos corredores e conveses do navio, sou reverenciada por cidadãs agradecidas. Curioso como elas passaram a me idolatrar após o engajamento com a flotilha anfíbia. Não conseguem entender que eu jamais poderia ter agido de forma diversa, depois de atrair tamanha ameaça para o *Espumas*.

Eu poderia ter concordado com Borbulhante, quando ela propôs a rendição...

Não.

Analisando o quadro a posteriori, concluo que, do ponto de vista de Amphibia, antes do naufrágio da primeira belonave, a rendição teria sido uma ideia factível.

Depois daquele autotorpedeamento absurdo e do opróbrio que decerto resultará do inquérito para apurar as causas do incidente, era de todo provável que Virtude Exemplar deixasse de honrar sua designação intercósmica. Dificilmente manter-se-ia firme ao propósito de me capturar viva.

Se conheço bem as disposições desses anfíbios irascíveis, teria

sido extremamente fácil àquele comandante incompetente passar do dever à vingança. Bastaria a determinação para que seus fuzileiros invadissem o *Espumas Flutuantes* com ordens de atirar primeiro e apreender depois.

Enfim, como diz o velho ditado humano, "o que está feito, está feito. Como feito, não há como ser desfeito".

A própria Borbulhante confessou-me que jamais imaginara que um vaso de guerra de Amphibia pudesse ser abatido com o emprego de meras carabinas-laser. No entanto, se há uma lição que aprendi bem com o Pai é a de que sempre devemos tentar fazer o máximo possível com os recursos disponíveis.

O casco do *Espumas* já se encontra vedado.

Compartimentos anteriormente alagados foram esgotados da água salgada que quase nos fez afundar.

É bem possível que a cidade de Marítima também acabe enviando naus-de-linha em nosso auxílio. Embarcações maiores e, sobretudo, mais bem armadas do que o *Espumas Flutuantes*.

Porque as paracrustáceas constituem as inimigas mais ferrenhas do Império e, conforme comecei a descobrir nesta viagem, também são, a seu próprio modo lacônico, as criaturas mais honradas e éticas que conheci no Lado Oriental.

As marítimas vivem e respiram sua ética.

Porém, ao contrário dos wingfalls, jamais a esfregam em nossa cara.

Contudo, não obstante a suposta presença das magníficas embarcações multipropósito de Marítima, o oceano é vasto. Como sabemos, não há meios confiáveis de nos comunicarmos à longa distância neste planetinha dos infernos, onde não existe ionosfera para refletir as ondas de rádio de volta para a superfície e não somos capazes de colocar em órbita sequer um pedregulho, quanto mais um satélite de comunicações.

Assim, em sã consciência, só contamos com os recursos a bordo do *Espumas*. É verdade que a nau dispõe de um sistema de transcepção submarina atuante em frequências extremamente baixas. Em tese, uma transmissão nessa faixa pode alcançar centenas de quilômetros sob a água. Marítima possui transceptores automáticos de escuta espalhados pela plataforma continental. Contudo, persiste o risco de que um eventual pedido de socorro atraia mais prontamen-
te o inimigo do que o auxílio almejado.

Portanto, Borbulhante decidiu ater-se ao curso original, até certo ponto.

Quando a turbina de boreste estiver plenamente reparada, o *Espumas* acelerará rumo ao sul, mas não dobrará para o oeste tão logo atinja o vértice sudeste dessa vasta massa emersa de formato grosso modo retangular que constitui o Grande Continente.

Porque é justamente esta manobra que o inimigo espera que assumamos.

Neste exato instante, concentrados no entorno do vértice, suponho que haja dezenas de navios de guerra de Amphibia praticamente trombando com as gigantescas naus multipropósito de Marítima.

Isto para não mencionar a presença provável dos vasos da Armada de Rhea que, de qualquer modo, devem estar demandando a plena força para o ponto de conflagração.

Estimamos que o cenário militar no vértice sudeste esteja maduro para um confronto naval de graves proporções.

É dessa eventual guerra em alto-mar que Borbulhante e eu decidimos nos afastar.

Sob protestos enfáticos do renato, combinamos seguir rumo sul até as proximidades do polo. Só então assumiremos rumo oeste. E só guinaremos para o norte quando já estivermos bem do Lado Ocidental do Grande Continente.

Não há postos avançados do Império dotados de radares de ondas superficiais nesta latitude. Os sistemas de vigilância dos núcleos locais se limitam aos aparatos de detecção convencionais, incapazes de observar navios distantes da costa.

Ignorantes do nosso real paradeiro, inimigos e aliados talvez permaneçam em nosso aguardo semanas a fio na região do vértice sudeste.

Quem sabe, não especulem sobre um eventual naufrágio, sobretudo após o relatório calamitoso do combate que o comandante da flotilha de Amphibia decerto prestará à base naval mais próxima da República Eterna.

Talvez ambas as facções decidam até mesmo empreender patrulhas costeiras ao longo do Grande Pântano Litorâneo, na esperança

de tropeçar com o casco do *Espumas* encalhado nalgum mangue ermo dessa região inóspita do litoral sulino.

Não importa.

Enquanto outros navios estiverem engajados nessas missões, deveremos singrar em segurança pelas águas geladas coalhadas de icebergs do círculo polar meridional.

Genteel treme de medo ante à perspectiva de navegar tão próximo ao polo. Afirma que ficaremos retidos entre as banquisas durante o inverno planetário que se aproxima.

Tomando nosso atraso por certo, ele começa a perder as esperanças de chegar a Etherea durante sua primeira vida.

"Quando enfim chegarmos ao Lado Ocidental," – confessa-me, sem explicar – "já será tarde demais para mim."

▼ ▼ ▼

Borbulhante estava certa.

A estratégia de rumar direto para o sul afastou-nos de todos os perseguidores. Inimigos e aliados.

Afastado o risco iminente da abordagem e captura, eu e Genteel voltamos a nos recolher ao conforto seco e inodoro de nosso camarote.

Incrível como, na hora do combate, a tensão é tanta que nos tornamos totalmente insensíveis ao incômodo da umidade e ao mau cheiro insuportável, características típicas do habitat das marítimas.

No dia seguinte à conclusão do reparo da turbina, depois que retomamos à saudável velocidade de cruzeiro de 30 km/h, Pertinaz ordenou que fosse instalado um link de tradução intercósmica no terminal de nosso camarote para nos facultar livre acesso à farta e diversificada biblioteca de bordo. O novo influxo de informação e lazer enriqueceu bastante nossa rotina diária nesta nau tão pouco adaptada ao conforto de criaturas vertebradas terrícolas e homeotérmicas.

Pela manhã, quando o tempo está limpo e ensolarado, eu e Genteel passeamos pela vastidão impressionante do convés principal. Sinto-me como se caminhasse num planalto de plastiaço e bioconcreto. Parece até coisa de realidade virtual, só que não é.

Nesses passeios, vez por outra, avistamos marítimas à distância, quando essas decidem aproveitar suas horas de lazer ao ar livre. Suas carapaças azuis, vermelhas e amarelas reluzem sob os raios matinais de Lobster, pouco cálidos nesta latitude e estação. Elas acenam de longe, vibrando as pinças manipulatórias umas contra as outras para produzir o estrídulo penetrante que se traduz como brado de cumprimento entusiasmado.

Imersos em conversas intermináveis, não raro passamos horas e horas debruçados na amurada observando a linha do horizonte, onde o azul-cobalto do Oceano Meridional acaricia o azul-celeste riscado com laivos esverdeados esporádicos do céu deste fim de outono.

De vez em quando, avistamos grandes serpentes marinhas corcoveando alegres e confiantes por entre as ondas. Ou ictiossauros gigantescos, sempre à caça dos cardumes de lulas e calamares que abundam nas águas frias destas latitudes.

Uma única vez deparamo-nos com uma manada de macrotúbulos, os maiores animais do planeta, cujas formas adultas possuem mais de 250 metros de comprimento, ainda assim pequenos, quando comparados à extensão do *Espumas Flutuantes*. Os seis macrotúbulos nos passaram quilômetros ao largo, nadando com vigor vagaroso, a esguichar água a grandes alturas como gêiseres ambulantes.

O que mais fazemos nesses passeios é jogar conversa fora em filosofias vãs e infindáveis, enquanto observamos o voo das aves e pterossauros marinhos e o progresso lento das três luas diminutas.

Falamos sobre humanos e humanoides; renatos e centauroides; as características peculiares deste mundo-constructo que é Ahapooka e do propósito da existência deste vasto e incrível zoológico planetário.

Divagamos sobre as diversas civilizações alienígenas aqui radicadas; de como mudaram seus padrões culturais para melhor se adaptarem ao ambiente inóspito deste planeta; ou de como lutaram para se manter aferradas às tradições de suas sociedades ancestrais, com diferentes graus de sucesso.

A cada dia aprendo mais sobre a cultura e os hábitos dos renatos.

Segundo Genteel, sua espécie foi promovida à racionalidade mais de cem milênios THP atrás num planeta orbitante em torno de uma estrela tipo K, distante uns parcos 60 anos-luz de Lobster.

Seus patronos foram outra raça centauroide.

Genteel afirma que os humanos que visitavam os sistemas estelares colonizados pelos patronos dos renatos os teriam batizado "kironianos".

Embora jamais tenha ouvido falar dessa espécie centauroide, estabeleço alguns parâmetros de busca. Para minha surpresa e alegria, a biblioteca do *Espumas* tem informações sobre essa espécie patrona.

O mais incrível de tudo é que a concepção artística dos tais kironianos coincide bastante com a de um daaki.

Após diversas pesquisas no terminal do camarote, Genteel examina o holograma de um daaki e me confirma que eles são os kironianos.

Como a Periferia é pequena!

Os daakis foram realmente os patronos dos renatos...

Fantástico!

Onde nasci, os daakis sempre foram inimigos figadais dos predadores.

Recordo do primeiro daaki que matei. Na época, eu era uma garotinha com pouco menos de vinte anos.

Como afirmam as baladas compostas pelos predadores da Grande Planície Vermelha, *"o primeiro daaki morto você nunca esquece!"*

Engraçado.

Jamais imaginei um daaki comportando-se de maneira civilizada, embora, é lógico, num passado remoto os antepassados deles devam ter construído e tripulado suas próprias naves estelares. De outro modo, jamais teriam sido atraídos até Ahapooka.

De fato. Há registros de inúmeras raças portadoras de cultura estelar que regrediram à barbárie em coisa de poucas gerações após a aterragem forçada. Isto, quando não são os próprios ex-tripulantes que adotam o estilo de vida das tribos bárbaras, renegando voluntariamente os ensinamentos e o estilo de vida de suas culturas maternas.

De um modo ou outro, é estranho visualizar os daakis como indivíduos civilizados o bastante não só para singrar o espaço interestelar, mas também para promover à racionalidade uma espécie sábia e pacífica como os renatos.

Inconscientemente, creio que sempre preferi imaginar os daakis como uma espécie-cliente semirracional trazida até Ahapooka pelo capricho de seus patronos a bordo das naves estelares construídas por esses últimos.

Mais ou menos como imagino que tenha ocorrido à criatura humanoide cujo fóssil tentamos em vão subtrair daquele museu imperial.

Confirmo com Genteel: não existem daakis – ou kironianos, como ele prefere se referir, respeitosamente, aos patronos de sua espécie – na Cidade dos Centauros e tampouco em todo o Lado Oriental.

Ao que tudo indica, os daakis estão mesmo restritos à Grande Planície Vermelha. Por isto, muito poucos ouviram falar deles em outras regiões de Ahapooka.

Não estranharia se os geneticistas um dia descobrissem que todas as centenas de milhares de daakis da Planície Vermelha descendem dos náufragos de uma única nave estelar sinistrada na região há milhões de anos.

▼ ▼ ▼

Depois de uma conversa com Genteel, rumino sobre os dois segmentos estanques do ciclo vital dos renatos.

Descubro que estou com um monte de perguntas não respondidas.

Não sei se devo questionar meu amigo diretamente. Afinal, se ele se furtou a me fornecer explicações detalhadas sobre uma série de pontos relevantes, é bem possível que tais assuntos constituam tabu para seu povo.

Por outro lado, a curiosidade espicaça meus escrúpulos.

Perguntar não ofende, não é?

O pior é que, dependendo da intensidade do tabu, às vezes ofende, sim. E muito.

Sinto-me dividida entre a curiosidade natural, exacerbada por minha formação acadêmica de xenóloga, e o receio de magoar Genteel, abalando os sentimentos de amizade que começamos a estabelecer um com o outro.

Portanto, resolvo consultar a biblioteca do *Espumas*.

Se, depois de uma boa pesquisa, ainda restar dúvida e minha curiosidade mórbida ainda perturbar meu sono, aí sim, encurralo Genteel num canto e disparo minha saraivada de perguntas.

Meu ponto de partida são uns poucos fatos desconexos que ele me transmitiu em nossas conversas.

Por exemplo, ontem mesmo ele afirmou que os renatos centauroides atingem a maturidade sexual e, ao procriarem, geram crias centauroides.

As formas centaurinas envelhecem lentamente pelos padrões humanos e, ao final da primeira vida, em vez de morrerem, sofrem a metamorfose.

Permanecem inertes por algum tempo no interior de um casulo segregado a partir dos próprios órgãos e tecidos. Então emergem como criaturas humanoides de dois metros de altura, dois braços articulados e aspecto vagamente semelhante à aparência externa de algumas subespécies humanas.

Contudo, e quanto a esses renatos humanoides?

Produzem crias humanoides ou centauriformes?

Algo surpresa, descubro que as formas humanoides simplesmente não procriam.

Em princípio, a informação parece pouco crível. Porque, se verídica, para que raios servem os renatos humanoides do ponto de vista evolutivo?

Decerto, o advento da forma humanoide não se deve a mero capricho dos patronos. Afinal, a espécie irracional a partir da qual os daakis civilizados criaram os renatos já apresentava um ciclo de vida dual, segmentado numa primeira fase quadrúpede e uma segunda fase bípede.

Com a metamorfose, os tentáculos centaurinos desaparecem e as quatro patas se modificam, transformando-se nos braços e pernas da fase humanoide.

Por que diabos a natureza escolheu uma trilha tão sinuosa no mundo natal dos renatos?

Em que ponto essa existência segmentada em duas fases estanques tornou-se uma vantagem evolutiva crucial?

Não encontro em fonte alguma da biblioteca uma explicação convincente capaz de sanar esta dúvida, mas tão-somente um punhado de especulações de segunda mão elaboradas por xenólogos centauroides. Explicações sem pé nem cabeça.

É fato que a vida de alguns insetos divide-se igualmente em várias fases distintas, separadas umas das outras por diversos processos de metamorfose. No entanto, jamais ouvi falar da ocorrência deste fenômeno em criaturas racionais.

Fico tonta só de pensar nas implicações sociológicas dessa metamorfose na cultura dos renatos, tanto em seu mundo natal, quanto aqui em Ahapooka. Genteel contou que os renatos reencarnados mantêm uma vida sexual tão ativa na segunda vida quanto na primeira. Será esta informação uma pista?

De volta à pesquisa no terminal.

Algumas horas mais tarde, creio ter solucionado o enigma.

A concepção resultante da cópula entre macho e fêmea centauriformes só é possível em presença de um ferormônio especial. Uma molécula orgânica produzida apenas pelas glândulas sexuais do macho humanoide.

Assim, a cópula entre macho e fêmea humanoides é necessária, não para gerar prole, mas sim para segregar o ferormônio que estimula a ovulação da fêmea centauriforme. Deste modo, as práticas sexuais de ambas as morfologias da espécie permanecem intimamente vinculadas. A fertilidade das fêmeas centaurinas depende do êxtase sexual do casal humanoide e da consequente liberação do ferormônio num ambiente compartilhado com os renatos da primeira encarnação.

Imagino que esse ciclo extravagante obrigue os renatos a migrar para fora da Cidade dos Centauros na época da procriação, visto que os guardiões das muralhas não permitem o pernoite intramuros de formas humanoides.

Pesquiso a questão e aprendo que atualmente esse esforço migratório só é empreendido pelos renatos centauriformes mais apegados às tradições de seu povo. Pois a substância que promove a ovulação das fêmeas da primeira encarnação começou a ser sintetizada há alguns milênios por bioquímicos renatos residentes em Centauri.

A maneira pela qual o ciclo reprodutivo renato se encaixa com perfeição à existência dual centaurina-humanoide é deveras engenhosa e, em termos evolutivos, faz todo o sentido da Periferia Galáctica.

A posteriori.

Porque, aprioristicamente falando, continuo sem entender como um mecanismo de seleção natural tão tortuoso pôde se estabelecer em primeiro lugar.

Todavia, minhas descobertas revolucionárias não se encerraram com a revelação do papel sexual desempenhado pelos humanoides no ciclo reprodutivo centaurino.

Ao contrário, o melhor ainda estava por vir.

Genteel se apresentou a mim como um renato macho.

Ele de fato se julga no direito de se considerar macho, visto que, numa cópula, introduz seu órgão sexual no orifício vaginal da fêmea.

No entanto, os renatos machos não inseminam suas fêmeas com gametas masculinos para fecundar os óvulos no interior do organismo da fêmea.

Ao invés da ejaculação de sêmen na vagina da fêmea, os machos segregam apenas umas poucas gotas de hormônio para estimular a fêmea a liberar vários milhões de gametas. Só depois de liberada essa vasta quantidade de gametas *femininos*, o macho lançará na vagina da fêmea o seu único gameta *masculino*. O primeiro gameta *feminino* a penetrar o *masculino* efetuará a fecundação.

Isto quer dizer que, nos renatos centauroides, os machos produzem óvulos e as fêmeas esperma.

O que é uma asneira rematada, é lógico!

Pois, como todos sabem, na concepção biológica clássica, a fêmea de uma espécie heterogâmica é definida como sendo o indivíduo que produz óvulos, ou seja, os gametas que serão fecundados. Analogamente, o macho é aquele que produz gametas pequenos e móveis, capazes de penetrar e fecundar o óvulo.

Todos sabem, mas os renatos encaram a questão de outra forma.

Porém, pouco importa o enfoque Renato, pois contra fatos não há argumentos.

Em termos estritos, Genteel é uma renata e não um macho da espécie!

Algo chocada, confirmo que são os machos reencarnados, e não as fêmeas, que segregam o ferormônio responsável pela ovulação das fêmeas centaurinas.

Quer dizer, os machos humanoides, os verdadeiros machos da espécie, atingem o êxtase sexual ao serem penetrados pelos pênis de suas fêmeas humanoides. Nesse estado de êxtase, eles produzem o ferormônio que estimulará a ovulação das fêmeas centaurinas, isto é, aqueles indivíduos que empregam seus órgãos sexuais para introduzir os óvulos no interior das vaginas dos machos centaurinos.

É isto mesmo, ou me enrolei toda em algum meandro traiçoeiro deste raciocínio confuso?

Quem diria? Nos renatos, são os machos, tecnicamente falando, que são impregnados e ficam grávidos.

Então Genteel é uma fêmea?

Se eu e ele copulássemos, a relação seria homossexual?

Tolice! Estas definições arcaicas sequer se aplicam mais ao sexo entre humanos, que se dirá então dos relacionamentos sexuais humano-alienígenas...

Ademais, a questão é retórica, visto que não pretendo copular com alienígena algum, macho ou fêmea.

Muito menos um centauroide!

Como será que os ferormônios dos machos humanoides chegam até as fêmeas centaurinas?

Contágio por via aérea?

Meu lado sacana pragmático não tarda a imaginar um método mais eficiente.

Do ponto de vista evolutivo, o método mais simples e seguro seria a fêmea centaurina sentir curiosidade e atração sexual irresistível pelo macho humanoide. Pois só assim garantiríamos que essa fêmea centaurina se disporia a penetrar a vagina do macho humanoide com seu órgão sexual sempre que possível. O órgão decerto emergiria impregnado de ferormônios.

Será por isto que Genteel é tão carinhoso comigo?

Por isto que vem demonstrando tamanho interesse pela conduta sexual humana?

Ora, veja quem fala!

Com distanciamento clínico, observo que eu também venho me mostrando demasiado curiosa quanto à sexualidade dos renatos.

Absurdo.

No meu caso, pelo menos, trata-se de genuína curiosidade científica, em boa parte motivada por minha formação de xenóloga.

Tudo bem. No meu caso.

E quanto a Genteel? Será que sente atração por mim?

Afinal, nossas espécies são tão diferentes...

Por outro lado, diferenças são relativas.

Nós humanos somos bastante diferentes da forma centaurina dos renatos.

Pelo que pude observar nos hologramas da biblioteca, já não se pode afirmar o mesmo quanto à forma humanoide.

Suspiro, exausta de tantas questões sem resposta.

E eu que imaginava que a conduta sexual humana constituísse um mecanismo evolutivo complexo...

▼ ▼ ▼

Genteel observa Lobster com um aparelho diminuto que mantém acoplado num de seus bulbos oculares.

Todos os dias, durante nossos passeios matinais, ele examina o diâmetro aparente do primário, à medida que Ahapooka se aproxima de seu apoastro, posição orbital em que o inverno planetário atingirá seu ápice.

Invariavelmente, comenta com o mesmo tom sombrio:

"O inverno está chegando. E será mais intenso este ano. Não duvido que ficaremos retidos no extremo sul, quando o oceano congelar."

Tento tranquilizar meu amigo, acariciando-lhe a crina sedosa de seu dorso, que se arrepia de prazer ante meu toque.

Porém, no fundo, imagino se ele não tem razão.

Penso em como deve ser a vida num mundo como Tannhöuser, Archaeodelphos, Gil-galad, ou vários outros habitados por humanos, onde as estações climáticas não são fenômenos globais, mas, ao contrário, alternam-se entre os dois hemisférios planetários.

A se confiar nas lendas ancestrais, segredadas à boca pequena, jamais comprovadas ou desmentidas de fato, diz-se que também na Velha Terra, o mítico mundo original da humanidade, quando o verão reina no hemisfério sul, faz inverno no norte, e vice-versa.

Muitos estudiosos em Rhea, no Império e na Nação Ameboide, recusam-se a aceitar a inclinação axial diminuta de Ahapooka como fenômeno natural, atribuindo a consequente ausência da alternância de estações entre os hemisférios a mais um capricho dos arquitetos misteriosos deste mundo-prisão.

Spartacus me contou que em Tannhöuser animais homeotérmicos migratórios empreendem deslocamentos sazonais para fugir dos rigores glaciais do inverno de seu hemisfério meridional. Já em Neoden, as legendárias tripterídeas migram em direção aos polos para escapar ao braseiro em que o continente equatorial se transforma durante o longo verão.

Muito pouco disto é possível aqui em Ahapooka, onde o inverno se abate de uma só vez sobre todo o planeta. Embora as regiões equatoriais e tropicais do Grande Continente mantenham temperaturas médias amenas durante todo o inverno, não há registros de migrações sazonais maciças semelhantes as que ocorrem em outros planetas habitados por humanos.

Quando nosso mundo atinge o periastro de sua órbita excêntrica, é verão em todo o Grande Continente, que se estende de norte a sul, quase de polo a polo. Então, não restam icebergs nos mares polares e tampouco neve nos cumes das montanhas, exceto nos píncaros das Cordilheiras Colossais e no platô assentado em sua Zona Anaeróbia, onde nenhum radicado jamais pôs os pés, embora existam lendas quanto à existência de uma cultura monoespecífica alienígena lá em cima.

Em compensação, quando Ahapooka se aproxima do apoastro, como agora, as neves descem dos cumes para as altitudes intermediárias das Cordilheiras Colossais, tingindo de alvo esse acidente geográfico que vários estudiosos humanos comparam com justiça à coluna vertebral do Grande Continente – obstáculo intransponível que divide nossa massa emersa em dois Lados inteiramente separados e estanques, entre os quais o único contato possível se dá por via marítima.

Os últimos invernos têm sido extremamente rigorosos.

Segundo climatologistas imperiais, esse rigor advém do acúmulo

de cinzas vulcânicas na alta atmosfera, fruto provável da série de erupções registradas pelos sismógrafos de várias comunidades há cerca de uma década e que supostamente ocorreram em algum ponto do inatingível Pequeno Continente.

Não que invernos rigorosos nos incomodem muito em Rhea. Pois embora situado no extremo norte, nosso litoral é banhado pela Terra Mater, corrente quente que se forma na região equatorial do Lado Ocidental e abraça toda a costa noroeste do Grande Continente como uma mãe bondosa.

O litoral sul, contudo, é banhado por uma corrente fria, a Circumpolar. Além disso, a extremidade sul do Grande Continente dista menos de 350 km do polo, contra quase 800 km de distância na costa norte.

Daí, o temor de Genteel não é de todo injustificado.

O inverno está próximo e, segundo as previsões, será o pior dos últimos tempos.

As marítimas terão que exercitar toda sua notória destreza marinheira para manter o casco do *Espumas Flutuantes* longe dos icebergs.

Como leiga nestas fainas de mareagem, imagino que seja difícil determinar o curso do navio através dos corredores estreitos abertos nas fendas e rachaduras existentes entre as banquisas que já devem estar se acumulando na região polar.

Borbulhante comanda a guinada para boreste quando distamos cerca de 500 km a sudeste do Grande Pântano Litorâneo. Assumimos um curso paralelo à costa sul a uma distância média de 200 km do litoral. Neste curso, o *Espumas* demanda para oeste a menos de 120 km do polo sul.

▾ ▾ ▾

"Clara, você por acaso já praticou rishathra?"

A inocência enganosa da pergunta de Genteel fulge no interior exíguo de nosso camarote.

Sentada à plataforma, giro o tronco em sua direção.

Dizer o quê numa hora desta?

– Algumas vezes, para experimentar. – Desconfiada, examino-lhe o semblante alienígena, aparentemente cordial. – A prática nunca me entusiasmou muito. Sou dessas pessoas antiquadas, que preferem copular com indivíduos da própria espécie.

Passado o choque da descoberta sobre a sexualidade e a reprodução dos renatos centauroides, constato que continuo considerando Genteel como macho da espécie. Malgrado o fato de seu organismo produzir óvulos e não esperma.

Força do hábito.

É bem verdade que nossa intimidade cresceu bastante nas últimas semanas. Graças a essa camaradagem, pude esclarecer várias dúvidas, sobretudo depois que o frio intenso, que tanto incomoda meu amigo, restringiu bastante nossos passeios pelas áreas externas do convés principal.

Ainda assim, que raio de assunto é este, agora?

"Desculpe a rudez da pergunta. É que, como sua avó é tida como entusiasta do rishathra, eu pensei que..."

– Pensou errado. – Corto em tom brusco. – Não sou minha avó.

Observo sua fisionomia magoada. As antenas descaídas sobre as têmporas de seu crânio hiperdolicocéfalo.

Um tanto arrependida, decido esclarecer:

– Aquilo foi na juventude dela, antes de meus avós decidirem fixar residência definitiva em Rhea. Além disso, como já expliquei para você cinco vezes, não costumo seguir os exemplos de Europa.

"Mas o rishathra serve para aproximar amigos de espécies diferentes."

– Olhe, não me tome por preconceituosa, mas o caso é que não gosto muito da ideia de copular com parceiros alienígenas.

"Bem, você tem que admitir que essa aversão gratuita parece preconceito mesmo."

– Escute, Genteel. Sei que muitos humanos apreciam a prática do rishathra. Pelo que pesquisei ultimamente, o mesmo se dá entre várias espécies centauroides, dentre as quais os renatos. Nasci e fui criada num núcleo urbano poliespecífico, de modo que não nutro preconceito algum contra alienígenas. Alguns de meus melhores amigos são alienígenas.

"Mas..." – O ideograma solitário projetado pelo transmissor de glifos intercósmicos permanece flutuando por um bom tempo pouco acima de suas antenas.

– Preste atenção: no que me diz respeito, sexo e alienígenas simplesmente não combinam. Prefiro parceiros humanos. As anatomias se complementam perfeitamente. O que, aliás, é bastante natural, se pensarmos que nossos órgãos e sensações evoluíram juntos para combinarem uns com os outros.

"Isto é especismo e você sabe disto. Por exemplo, se nós dois praticássemos rishathra..."

– Antes de mais nada, vamos esclarecer só umas coisinhas. Em primeiro lugar, não se trata de especismo coisíssima alguma, mas de preferência individual. – Decididamente, não gosto nem um pouco do rumo que esta conversa está tomando. – Em segundo lugar, não sei como é com os renatos, mas para nós o termo "rishathra" refere-se exclusivamente à cópula entre humanos e alienígenas *humanoides*. Se eu e você copulássemos não seria rishathra, em absoluto. Seria outra coisa, muito diferente. Além disso, está fora de cogitação.

"Por que eu sou centauro?"

– Não, querido. Porque você não é humano. Nem sequer humanoide.

"Acaso constitui tabu para as fêmeas humanas copular com alienígenas não humanoides?"

– Não se trata disto, Genteel. – Suspiro, exasperada. – Puxa vida! Que fixação, hem?

"Se a cópula com não humanoides é tabu para você, lembre-se que possuo um lado humanoide." – Ante meu ar incrédulo, ele se explica – "Pelo tempo que nossa viagem está demorando, creio que, antes de seu término, já terei emergido do casulo em minha nova forma humanoide."

– Se é assim, – argumento, com o intuito exclusivo de ganhar tempo, – vamos combinar o seguinte: depois que a metamorfose se concluir, retomamos este assunto, o.k.?

"Será tarde demais então." – Ele lamenta, deixando as antenas se abaterem sobre a fronte comprida e repuxada para trás, num gesto típico de desânimo. – "Você até pode vir a se tornar minha querida guardiã da memória, mas jamais seremos amantes. Porque, embora registrado, o sentimento não costuma florescer da mesma forma outra vez, após a morte. Por isto, é muitíssimo raro que amor e paixão sobrevivam à passagem."

Passagem? Sentimentos perdidos? Guardiã da memória? Este papo está ficando ainda mais esdrúxulo do que de costume.

Confusa, opto pela estratégia-padrão do mutismo.

Ele compartilha o silêncio comigo.

Porém, não resiste e volta à carga dois ou três minutos mais tarde:

"Você não sente desejo? Segundo a biblioteca do navio, pelo fato de terem vidas efêmeras, os humanos apreciam viver intensamente e não conseguem passar sem sexo mais do que uns poucos dias."

A velha questão da efemeridade humana...

Por que será que, em certas ocasiões, até mesmo o alienígena mais sábio e compassivo não consegue se impedir de soar presunçoso e condescendente?

Suspiro profundamente e então me forço a responder:

– Nosso apetite sexual costuma ser tão exagerado quanto nossa curta longevidade. Em Rhea há vários humanos já bem entrados em seu segundo milênio.

"Ah, Clara!" – Ele emite esse chilreio afetado que está farto de saber que eu odeio. Afirma que o trinado curto mas floreado corresponde ao nosso riso bem-humorado. Mas não é verdade. Trata-se de sarcasmo em estado puro e ele sabe que eu sei disso. – "Até eu tenho mais de mil anos de idade. E olhe que ainda estou na primeira vida..."

– Tudo bem. Quer saber? Minha superiora imediata na Hierarquia da Defesa tem quase 7.000 anos de idade. – Satisfeita, constato que todos os seis bulbos oculares estão focados no meu rosto. Sintoma nítido de grande interesse. – E agora? Primeira vida, segunda vida... Que importa? Acaso já ouviu falar num renato que vivesse tanto?

"Você está falando a verdade!"

– É lógico que estou. Por que está tão espantado com isto?

"Não é que eu duvidasse de..." – Os hologlifos denotando surpresa permanecem pendurados no ar. – "É que renato algum já viveu tanto assim."

Não saboreio meu triunfo como devia.

Afinal, Pandora é uma humana excepcional. Sob muitos aspectos.

Ademais, a maior parte de sua longa existência decorreu sob dilatação relativística, saltando de um sistema estelar para outro a bordo de naves de exploração olduvaicas.

– Quanto à sua pergunta original, – esforço-me para desviar o assunto dessas questões embaraçosas ligadas à nossa longevidade, até porque já falei mais do que devia, – é lógico que às vezes sinto desejo.

"Por mim?" – Seus bulbos oculares distendem-se com interesse.

– Não por você, seu bobo. Apenas vontade de copular.

"Com um macho humano?"

– De preferência. Embora uma fêmea humana atraente também viesse a calhar.

"Ora, eu sou macho."

– Sei disso, meu querido. Só que não é humano.

"Quer dizer que não sente nada quando enlaço seu corpo em meus tentáculos?"

– Sinto-me aconchegada e protegida. Não deixa de ser prazer. Mas não *esse* tipo de prazer.

"Se não é *este* o tipo de prazer que sente comigo, então por que me disse para não lhe tocar entre as coxas?"

– Porque não gosto quando você me toca ali.

"Essa elevação súbita em seus batimentos cardíacos indica que você está mentindo, não é?"

– Você consegue ouvir as batidas do meu coração? – Esta novidade realmente me pega de surpresa. Ele confirma com o tremor dos bulbos oculares. E agora? Falar o quê numa hora desta? Controlo-me antes de responder – Não menti. Apenas não expliquei direito.

"Então, você se sentiu excitada quando lhe toquei entre as pernas?"

– Senti. – Reconheço. Ante à audição sobre-humana do renato, torna-se inútil mentir. Inútil e arriscado. Afinal, não recebi treinamento para controlar meus sinais metabólicos. – Mas não gostei de ter me sentido assim.

"Compreendo." – Ele faz uma pausa. Decerto analisa minha resposta e constata que agora falo a verdade. Então solta um suspiro bem humano. – "Vocês são criaturas desnecessariamente complicadas. É lógico que não têm culpa de serem assim. Mas seus patronos, sim. Eles deveriam se envergonhar pelo péssimo trabalho que fizeram quando patronearam sua promoção à racionalidade..."

Mais uma pitada de condescendência e eu mato esse renato!

▼ ▼ ▼

Dias mais tarde, consultando a biblioteca de bordo, confirmo a suspeita.

Renatos centaurinos de ambos os sexos apreciam sobremaneira a cópula com suas contrapartes humanoides.

É compreensível que a seleção natural os tenha predisposto a tal predileção. Afinal, ela proporciona maior proximidade entre as formas centaurinas e humanoides, facilitando sobremodo a ação do ferormônio.

Segundo xenólogos de Centauri, a *perversão* torna-se mais intensa à medida que a época da metamorfose se aproxima.

Sou a única fêmea humanoide disponível num raio de mil quilômetros.

▼ ▼ ▼

Convido Genteel para um passeio até a amurada.

Ele recusa.

Replica que faz muito frio lá fora.

Ele tem razão, é lógico.

Não fosse o biotraje, a mera ideia de passear a céu aberto me faria tremer de frio.

Ademais, não há muito o que ver no convés principal. Há mais de uma semana que não vejo serpentes marinhas, ictiossauros, aves ou qualquer outra forma de vida, com exceção de pseudomoluscos, que vez por outra avisto sobre os icebergs.

É mesmo preferível permanecer no camarote e conversar ou me divertir no terminal.

Sinto-me tentada a propor a Genteel nova visita à Borbulhante no salão de comando. Então me lembro da umidade e do odor penetrante que impregnam todos os demais compartimentos do *Espumas* e mudo de ideia.

Talvez a comandanta se disponha a conversar comigo via terminal.

É lógico, Borbulhante é a marítima mais ocupada desta nau-de-linha. Portanto, não costuma dedicar muito tempo a nossas conversas pelo circuito holofônico interno. Já quando conversamos pessoalmente, a situação muda de figura.

Genteel me faz decidir contra a chamada holofônica quando me pede para descrever como é a vida cotidiana dos humanos de Rhea. Acedo à sua vontade de bom grado.

Em meio à conversa animada que daí se origina, ele comenta:

"Rhea nem sempre foi a grande potência científica e militar que vemos hoje. Meus pais contaram que, na juventude deles, pouco se ouvia falar de Rhea no sul do Lado Oriental. Os humanos então eram apenas a mais comum das espécies humanoides que abundam a leste das Cordilheiras Colossais."

– De fato. O impulso tecnológico advindo do conhecimento trazido pelas quatro expedições de Olduvaii possibilitou um avanço considerável aos humanos radicados em geral e à Rhea em particular.

"Tem razão. Tudo mudou com a chegada desses olduvaicos. O próprio conceito dos humanos como criaturas atrasadas, que sequer conhecem sua origem, mudou bastante ao longo do último milênio. Sobretudo após a chegada dos *magos humanos* da terceira expedição de Tannhöuser."

– Sei. Meus avós famosos.

"Desculpe, querida. Não resisti." – O trinado-riso desta vez ecoa sincero. – "Enfim, depois que Spartacus e Europa chegaram a Ahapooka e decidiram se radicar em Rhea, a Magnífica, os humanos passaram a ser respeitados. Principalmente no Lado Ocidental, a norte do Vale do Pavor. Em pouquíssimo tempo, Rhea tornou-se uma força que as demais potências do planeta têm que levar em conta. Uma força capaz de influenciar eventos até mesmo no extremo sul do Lado Oriental."

Curioso.

É nessas horas que eu concluo que nós humanos realmente assumimos a existência como experiência essencialmente passageira e fugaz, não obstante os novos tratamentos de longevidade proporcionados pela tecnologia olduvaica.

Porque, para mim, do ponto de vista subjetivo, apesar dos holos históricos afirmarem o contrário, o poder de Rhea me parece eterno e imutável.

"Mas não houve uma quarta expedição de Tannhöuser? Aquela que você mesma recepcionou no ofício de predadora?"

– Se contarmos com aquela nave estelar perdida, então de fato foram quatro as expedições enviadas pela humanidade do Sistema Olduvaii. Só que, segundo Pandora e Talleyrand, os dois tripulantes daquela nave, eles é que deveriam ter constituído a terceira expedição em lugar de Spartacus e Europa.

"Como assim?"

– Uma história curiosa e um tanto melancólica. Pelo que eu soube, antes de rumar para Lobster, aquela nave deveria cumprir uma missão primária de livrar uma civilização alienígena da extinção e uma missão secundária de rotina num sistema estelar de uma espécie recém-promovida pelos olduvaicos. Contudo, uma vez naquela segunda escala, tropeçaram numa suposta ameaça à sobrevivência da tal raça tutelada e foram obrigados a investigar a fonte dessa ameaça num sistema estelar longínquo. À época do regresso deles, Tannhöuser já havia armado outra nave estelar para conduzir a terceira expedição para cá. Assim, Pandora e Talleyrand perderam a corrida para Lobster. Pois, nem mesmo os hierarcas de Tannhöuser tiveram paciência para aguardar mais dois milênios para descobrir as soluções dos enigmas que envolvem Ahapooka.

"Após tudo que já ouvi falar a respeito das naves dessas duas últimas expedições olduvaicas, presumo que a ameaça à sobrevivência da espécie tutelada tenha sido debelada com relativa facilidade."

– Este é o ponto mais curioso. Pelo que depreendi, quando chegaram enfim ao sistema que abrigava a tal ameaça, eles constataram que a mesma já havia desaparecido. Por ironia cruel, os galácticos que os tutelados julgaram constituir um risco para sua sobrevivência também emigraram para Ahapooka 900 milênios antes.

"Sem dúvida, uma história intrigante." – Genteel sacode as antenas no equivalente de um sorriso filosófico humano. – "Não sabia que os humanos eram patronos de outras espécies racionais."

– Por que o espanto? Se até os daakis bárbaros foram capazes de promover uma espécie à racionalidade...

– Ah, Clara! – Ele me enlaça os ombros com dois tentáculos e me puxa para si, comprimindo meu tronco contra seu tórax amplo numa demonstração óbvia de afeto. – "Se você soubesse como aprecio esse seu senso de humor humanoide!"

VII

Cidadã

Você é boazinha, mas sabe ser firme

E ninguém aqui duvida que você sabe jogar duro.[4]

[4] Velha balada humana, pretensamente originária da Terra

Genteel vem demonstrando curiosidade desmedida por tudo que se refere a Rhea. Falo horas a fio sobre a nação humana e ele não se cansa de ouvir.

Rhea, a Magnífica.

Ao contrário do que os imperiais alegam, não fomos nós que batizamos nossa nação assim. Foram os nativos do Lado Ocidental a norte da Floresta Louca que cunharam o termo.

Meu avô afirma ter ouvido essa expressão no dia em que aterrou em Ahapooka, tanto em Intercosmo quanto em três idiomas humanos diferentes.

Com pouco mais de 3.500.000 km^2, o território de Rhea é bem menor que o do Império. Um pouco menor também que o de Amphibia ou da Nação Ameboide. No entanto, abriga no interior de suas fronteiras quase um quinto da população humana de Ahapooka, hoje estimada em cerca de 100 milhões de habitantes.

A maior parte do território de Rhea situa-se a cavaleiro do setor nordeste do Planalto da Solidão.

Banhada pelo Rio Terrae, essa região planaltina é cercada por uma cadeia de píncaros inexpugnáveis. É ali que foi erigida Jericho, a capital de Rhea e a cidade humana mais antiga de Ahapooka e a mais populosa da Nação Humana, com quase 200 mil habitantes. Segundo os rheanos, Jericho é a única cidade de verdade do país.

Rhea possui uma faixa litorânea estreita, comprimida entre o

Planalto da Solidão e o Litoral Humanoide. Nessa faixa costeira, próximo à foz do Terrae, está Pireus, o maior complexo portuário do Lado Ocidental. A visita e a permanência de alienígenas em território rheano só é permitida nessa faixa litorânea, onde estão instaladas todas as representações diplomáticas e comerciais extra-humanas.

A Armada e a frota mercante rheanas sempre dominaram a navegação litorânea e de alto-mar em todo o Oceano Ocidental. Contudo, nos últimos milênios, graças à afluência de conhecimentos científicos e tecnológicos trazidos pelas expedições olduvaicas, Rhea transformou-se na maior potência econômica e militar do Lado Ocidental.

Uma potência cuja influência política se faz sentir em todos os confins do Grande Continente.

▼ ▼ ▼

Quando eu era criança e residia com meus pais num núcleo de povoamento poliespecífico da Grande Planície Vermelha, Rhea, a Magnífica, parecia tão distante quanto um país de sonhos. Tão inatingível quanto o Sistema Gigante de Olduvaii. Tão mítica e lendária quanto a própria Terra.

Então, um dia, quando eu era uma garotinha de dezoito anos, minha mãe fugiu para Rhea. Para minha surpresa e a do Pai, ela teve seu pedido de cidadania aceito por lá. Isto ocorreu duzentos e poucos anos atrás, época em que Rhea já abandonara há muito a política de aceitar automaticamente o pedido de cidadania de qualquer humano de Ahapooka que quisesse fixar residência em seu território.

Sem a mãe para me impedir, segui os passos do Pai e me tornei predadora.

Ele costumava brincar comigo, afirmando que eu lhe trouxera sorte, pois em nossa primeira excursão conjunta pela Planície Vermelha, tropeçamos na *Penny Lane*, a nave estelar da controvertida quarta expedição de Olduvaii.

O acordo estabelecido com os tripulantes daquela nave tornou-nos famosos e, porque não dizer, consideravelmente ricos pelos padrões da Planície.

De um dia para outro, ninguém mais ria de meu pai por ele ser um predador humano.

Com o prestígio, o reconhecimento não tardou.

Inclusive da parte de Rhea.

Durante nossa negociação com os tripulantes da *Penny Lane*, descobri o maior segredo do passado de meu pai. Um fato genealógico fundamental que ele jamais julgara necessário revelar.

Ele é filho de Europa e Spartacus, antigos tripulantes da terceira expedição de Olduvaii e atuais Primeira Hierarca e Alto-Hierarca da Ciência de Rhea, respectivamente.

Quando conduzimos os tripulantes da *Penny Lane* até Rhea, meu pai não foi recebido apenas com honras de herói, mas com o carinho e as saudades devidas a um filho querido, ausente de casa há décadas.

Na mesma ocasião, fui reconhecida como neta primogênita desse casal legendário. Até então uma mera pré-adolescente boba de 20 anos, de repente me vi com Rhea, a Magnífica, a meus pés.

Nada em minha curta experiência de vida me havia preparado para um choque cultural tão avassalador.

Aos dezoito anos, eu era uma criança chorosa, abandonada pela mãe fujona. Aos dezenove, a filha de um predador subitamente famoso e rico. Aos vinte, a neta amada da Senhora de Rhea, a humana que então há mais de dois séculos já era o que nosso regime político semianárquico de mais próximo possui de uma chefe-de-Estado.

Mudança demasiado abrupta. Uma transição que penei até lograr me adaptar.

Sofri para me adaptar.

De uma hora para outra, já não era mais a nativazinha empoeirada da Planície Vermelha, mas a herdeira legítima do patrimônio científico-cultural e das tradições mais caras não só de Rhea, a Magnífica, mas do próprio Tannhöuser, o Planeta dos Sábios.

Minha avó fez questão absoluta de que eu recebesse a melhor educação disponível em Rhea. O que, do seu ponto de vista chauvinista, equivalia simplesmente à melhor educação de Ahapooka.

O Pai não quis nem ouvir falar disso.

Assim, após um ano e seis meses de alegre convívio familiar entre pais, filho e neta, regressamos à Grande Planície Vermelha, livres e felizes, para retomar nossas existências de predadores.

Na década seguinte praticamente não abandonamos os limites da Planície.

É lógico que meus avós nos mandavam notícias frequentes e, pelo menos uma vez por ano, pediam que fôssemos passar uma temporada em Rhea.

Não é que eu não quisesse visitá-los. Mas estava sempre adiando para o ano seguinte.

Estaria mentindo se afirmasse que não senti falta dos recursos, do conhecimentos e do conforto material que Rhea podia proporcionar.

Só que não estava disposta a abrir mão de minha liberdade. Pelo menos, não tão cedo.

Sabia que um dia seria necessário residir em Rhea. Meu futuro e meu destino me conduziriam até lá.

Porém, não havia pressa. Eu não iria para lá no ano seguinte. Tampouco na década seguinte.

Às vésperas do quadragésimo aniversário, minha menarca deu o ar de sua graça para esclarecer ao Pai e a mim que eu já não era tão criança assim.

Daí, sentamos e conversamos longamente sobre meu futuro.

Uma conversa comprida e dolorosa para ambos.

Pois, embora não quiséssemos nos separar, nós dois sabíamos que eu deveria passar pelo menos algumas décadas com meus avós, para aprender alguns fatos e conceitos sobre a humanidade e para adquirir certos conhecimentos que apenas Rhea teria condições de ministrar.

Desse modo, fui residir em Rhea.

Meus avós me receberam com imensa alegria.

Minha chegada também trouxe consigo uma ponta de mágoa e decepção.

Pois Spartacus e Europa haviam nutrido esperanças de que o filho viesse comigo. Esperaram que o Pai houvesse enfim decidido abandonar sua vida de aventuras para fixar residência em Rhea. Quem sabe ele assumiria afinal suas responsabilidades para com a nação e a humanidade?

Todavia, o Pai fez meia-volta e partiu outra vez, tão logo me viu segura sob proteção de meus avós.

▼ ▼ ▼

Passei as décadas seguintes aprendendo a ciência e a cultura, a história e os costumes de Rhea. Uma aprendizagem prazerosa, apesar dos pesares.

Aprendi também a entender e respeitar o estilo de vida rheano. E a amar e admirar a pujança, a cultura e a integridade de Rhea do fundo do meu espírito. Malgrado, como o Pai, jamais ter aceito integralmente seus princípios e filosofia política.

Como a maioria das nações e cidades soberanas de povoamento monoespecífico, Rhea não concede direitos políticos aos alienígenas, salvo raras e honrosas exceções.

Em compensação, concede às inteligências artificiais autoconscientes o direito de pleitear cidadania plena, desde que sejam consciências artificiais humanas. IAA concebidas por alienígenas são consideradas ilegais em Rhea.

Para alguém criada numa sociedade poliespecífica, especismo e outros xenopreconceitos desse tipo soam no mínimo ridículos.

Na cidade onde nasci, os indivíduos costumavam ser medidos por seu caráter e competência; não por sua espécie ou pelo planeta onde nasceram. Se havia alguma discriminação específica por lá, esta atuava sempre contra os humanos, jamais a favor. Contudo, o especismo era vigorosamente combatido tanto pelo conselho quanto pelo fórum da cidade.

Ah, e por lá as inteligências artificiais eram simplesmente programinhas metidos a besta, por mais inteligentes e voluntariosos que fossem. Não havia essa liberalidade tola que permite às IAA rheanas opinarem sobre tudo e se meterem a decidir sobre o destino dos indivíduos e sociedades que as criaram.

O especismo pró-humano não foi a única coisa que estranhei no início de minha estada em Rhea.

Acostumada ao ar cálido e às noites estreladas da Grande Planície Vermelha, demorei a me aclimatar à temperatura mais fria e aos dias nublados do extremo norte. As constelações em Rhea são outras, distintas daquelas que conheci nos céus claros de minha infância na região equatorial. Onipresente nas noites da Planície, a faixa brilhante da Via

Láctea quase não é vista nos céus do norte do Planalto da Solidão. Em compensação, com um pequeno telescópio óptico se pode observar o primário de Archaeodelphos.

Embora Rhea tenha o ânglico, o mandarim e o looson como idiomas oficiais, graças à influência olduvaica boa parte da elite governante atual insiste em articular exclusivamente o ânglico.

Os humanos de minha cidade só falam o looson.

Contudo, graças à insistência do Pai, absorvi o ensino hipnótico do ânglico ainda criança, mas só vim adquirir proficiência no mandarim durante meus estudos em Rhea.

Em nossas altercações mais sérias, quando desejo realmente irritar minha avó, começo a responder todos os argumentos que ela articula em ânglico com réplicas em looson. Essa atitude costuma deixar Europa muito brava, embora arranque sorrisos cúmplices e discretos de Spartacus.

Meus avós só tomaram conhecimento da existência do looson quando puseram os pés em Ahapooka.

Talvez por isto, Europa não aceite minha brincadeira muito bem.

Afinal, mesmo nas raras ocasiões em que Europa se digna a articular o looson, ainda se refere a Ahapooka como *Escaramuça*, mera tradução literal do ânglico *Skirmish*, e a Anhangah como *Enigma*. Nomenclatura olduvaica que Spartacus lhe ensinou a bordo da *Lucky Man*.

Às vezes até que consigo conduzir minha avó direitinho...

▼ ▼ ▼

Os solos da região do Planalto ocupada por Rhea são daquele mesmo tipo especial, também presente na Grande Pradaria e na região de Entrerrios, cuja fertilidade extrema e inesgotável é atribuída por muitos a uma dádiva dos arquitetos de Ahapooka.

Essa fertilidade extraordinária, comumente associada tão-somente ao crescimento ultrarrápido de qualquer cereal nativo ou introduzido, possibilita a colheita de várias dezenas de safras por ano. Por isto, ao contrário do que ocorre com os campos de cultivo imperiais, em Rhea as atividades agrícolas ocupam frações reduzidas do território. Afinal de contas, em termos de síntese de alimentos, ninguém *aqui embaixo* dispõe da abundância de hidrocarbonetos presentes nos núcleos cometários.

Em Rhea, a maior parte dos solos permanece inculta sob forma de matas virgens, ou abriga reservas ambientais introduzidas para a proteção de biomas nativos e alienígenas.

Quase não existem cidades em Rhea.

A maioria da população reside em casas móveis espalhadas pelo país e capazes de se locomover livremente, quer pelas áreas florestadas, quer pelas praias e pradarias, ao bel-prazer de seus moradores, ou permanecer estacionadas por anos a fio num único sítio agradável.

As poucas cidades rheanas destinam-se a fins específicos, como a capital Jericho, os núcleos urbanos industriais, científicos ou universitários, e os complexos militar e portuário.

As cidades de Rhea são inegavelmente belas.

Alguns dizem que foram erigidas mais à semelhança das urbs da Velha Terra do que às cidades de Tannhöuser, Neoden ou Archaeodelphos.

Ao que me consta, exceto por Água-Marinha, a legendária cidade-fantasma dos dolfinos, Tannhöuser não possui cidades propriamente ditas, apenas vilarejos de umas poucas centenas de habitantes.

O fato é que, belas ou não, pouca gente reside nas cidades de Rhea. O que eu sei é que as cidades rheanas são muito diferentes daquela onde nasci.

Jamais me senti à vontade na época em que me vi forçada a residir em Acropolis, a maior cidade universitária do Planalto. É uma cidade linda, com suas praças, monumentos, jardins, alamedas arborizadas e teatros ao ar livre.

Só que nunca aceitei a pretensa necessidade de morar lá. Como todos os sítios de Rhea encontram-se interconectados por densos feixes de fibras ópticas subterrâneos, teria sido muito mais cômodo frequentar os cursos através de um sistema de telepresença holográfica.

Em suma, as cidades rheanas são lugares excelentes para visitar, mas tediosos para permanecer mais do que umas poucas semanas.

▼ ▼ ▼

Os cientistas encontram-se no ápice da escala social de Rhea, embora o comércio, a indústria, a política e a vida militar também sejam atividades respeitáveis de prestígio.

Todo cidadão rheano adulto e saudável tem que trabalhar em prol da comunidade, se quiser ser sustentado e protegido por ela. No entanto, é o próprio indivíduo e não o Estado quem decide no que consiste exatamente esse trabalho útil em prol da comunidade. De forma geral, esta decisão é respeitada, ainda que uma pequena minoria pareça trabalhar muito menos do que deveria, enquanto que uns outros poucos optam por tarefas irrelevantes. Se a situação atingir um nível de irresponsabilidade insustentável, em tese o cidadão pode ser conduzido a julgamento e condenado à perda dos direitos políticos e privilégios socioeconômicos inerentes à cidadania plena. Na prática, isto implicaria deixar de residir em Rhea. Em meus mais de dois séculos de vida, nunca vi um cidadão ser punido desta forma. Até porque as IAA que gerenciam as interações sociais em Rhea costumam tomar providências brandas, mas efetivas, muito antes da situação chegar ao ponto de ruptura.

Não posso negar que me apaixonei por Rhea e por tudo aquilo que a Nação Humana representa.

Por vezes ouso cogitar que apenas em Rhea nós humanos podemos concretizar todas as nossas potencialidades em suas plenitudes.

Pois Rhea é a grande defensora dos interesses da humanidade como espécie radicada em Ahapooka.

Pode ser verdade que sejamos de fato consideramos os párias da Periferia em toda Via Láctea, exceto em Olduvaii e nuns outros poucos sítios.

Neste planeta, contudo, as coisas estão começando a mudar. A humanidade está começando a ser considerada de outra forma. Pela primeira vez, desde a chegada das primeiras naves estelares humanas a Lobster, nossa espécie é respeitada.

Creio que é a existência de Rhea e o efeito aglutinador que ela exerce que fazem a diferença.

No entanto, apesar dessa paixão insensata que nutro por Rhea, jamais me adaptei à vida de luxo e conforto de suas residências móveis. Tampouco à certeza de uma existência muito longa e tranquila, isenta de sobressaltos e emoções.

Devo ter herdado a inquietação e a sede de aventuras do Pai. O prazer de viver ao ar livre por minha própria conta e risco sob o céu estrelado da Planície Vermelha infectou meu espírito nas breves décadas em que vivi com ele como predadora.

A vida em Rhea é fácil demais, suntuosa demais, segura demais e, a longo prazo, demasiado insípida. Tédio mortal para alguém que possui alma de predadora.

Enfrentei minha avó para recuperar minha liberdade.

Europa é um bocado dura.

Lógico que é! Afinal, o próprio Spartacus educou-a para enfrentar as agruras e o ambiente hostil de Ahapooka.

Quase tão dura quanto eu, que nasci e me criei aqui.

Após breves períodos de residência em Rhea, o Pai sempre regressa ao exterior, *ao agreste*, como a mãe dele costuma dizer.

Como eu, ele jamais se sentiu à vontade sob a proteção zelosa de meus avós.

Para mim não foi tão fácil.

Primeiro houve os estudos e o deslumbramento com o estilo de vida rheano.

Depois, deixei-me inocular de bom grado pelo vírus da lealdade à causa humana.

Ah, a lealdade!

Todas as armadilhas de Rhea...

Sabe aquele amor impossível? Amar de paixão e, mesmo assim, não suportar coabitar sob um mesmo teto?

Pois, então. Assim é meu caso de amor com Rhea.

Portanto, quando minhas décadas de estudos findaram, cheguei a um compromisso com Rhea e com meus avós. Não viveria obrigatoriamente no interior de suas fronteiras, mas continuaria a viver por Rhea e para Rhea.

Deste modo, ingressei primeiro no corpo diplomático e, mais tarde, no serviço secreto.

Embora minha avó jamais tenha digerido bem esta decisão, meu avô e alguns amigos comuns ajudaram-na a aceitar o que não conseguiu mudar.

Portanto, logrei manter o vínculo com Rhea e ainda conquistei a liberdade de ir e vir do Planalto da Solidão. O direito, ainda que parcial, à vida de aventuras que almejei para mim desde o dia em que decidi me tornar predadora.

▼ ▼ ▼

Acordo na escuridão da noite com um movimento pendular suave, mas inusitado, em nosso camarote.

No escuro, sinto o toque delicado de um tentáculo de Genteel na ponta do meu nariz, como que para se assegurar de que estou bem. Pelo fato de enxergar na faixa do infravermelho, sempre sabe onde estou por causa da minha emanação de calor corporal.

Sonolenta, mais por reflexo do que raciocínio, seguro-me no bordo da plataforma-de-dormir, temerosa de rolar para o piso. O *Espumas* não está jogando tanto assim. Na verdade, quase não se percebe. A questão é que a nau nunca joga, muito ou pouco. Balbucio em looson e meus ideogramas intercósmicos bruxuleiam no breu do camarote:

– Genteel... O que está havendo?

"Estou aqui, Clara. Bem a seu lado." – Ele assobia um comando em seu idioma e as luzes se acendem. Como a maioria dos centauros, dorme de pé sobre as quatro patas. – "Deve ser uma tempestade."

– Já enfrentamos tempestades antes. O *Espumas* nunca jogou assim.

"Talvez esta tempestade seja mais forte." – Noto que ele tenta me convencer, mas não ouço convicção em seu trinado. – "Que tal ligarmos para o salão de comando para perguntar à oficial de serviço o que está havendo?"

– Prefiro ir até lá. Gosto de ver o que está acontecendo com meus próprios olhos. – Levanto-me da plataforma e prendo os cabelos num coque rápido. – Vem comigo?

Ele me fita apontando-me todos os bulbos oculares de uma só vez. Seus tentáculos giram inquietos, denotando incerteza com uma pitada de receio.

O navio continua seu movimento pendular de amplitude reduzida. Mesmo assim, tropeço e quase perco o equilíbrio.

"Há algum meio de dissuadi-la deste propósito?" – Ele responde meu gesto negativo impaciente com um chilro resignado. – "Era o que eu temia. Tudo bem. Neste caso, eu vou contigo."

Os corredores estão às escuras. À medida que nos aproximamos, luzes fracas avermelhadas se acendem à nossa volta, apagando-se tão logo passamos.

O cheiro está medonho como de praxe. E nós que pensávamos que iríamos nos acostumar...

Enfim, após uma caminhada de cinco minutos, ingressamos no salão de comando sem maiores incidentes.

As holovigias mostram um mar revolto feericamente iluminado por dezenas de relâmpagos que rasgam seguidamente um dos céus mais negros e assustadores que já vi. Nuvens pesadas, prenhes de raios e trovões, cujos estrondos são trazidos até nós pelos microfones externos. O cobertor espesso de nuvens oculta as estrelas e as três luas minúsculas.

"Pelos Poderosos!" – Genteel invoca, como de hábito, os arquitetos hipotéticos deste mundo.

Uma vaga gigantesca atinge o *Espumas* pelo través de boreste. O piso deste bordo se eleva de forma gradual mas nem por isso menos assustadora. Vários conveses-plataformas situados abaixo do convés principal parecem alagados por uma autêntica avalanche de água salgada, mas em seguida emergem incólumes, à medida que os resquícios do vagalhão regressam ao mar.

Por garantia, o renato finca os cascos no piso rugoso e me enlaça com tentáculos protetores. Já aprendeu por experiência a não depositar demasiada confiança naquilo a que se refere na intimidade do camarote como *precário equilíbrio bípede.*

Percebo o reflexo reluzente da carapaça dourada sobre o pedestal de comando. Borbulhante reconhece nossa presença com uma crítica preocupada:

"Teria sido mais sábio permanecer em seu camarote. Lá o jogo é menor. Com apenas uma das turbinas virando, nossos estabilizadores não funcionam mais a contento durante a borrasca."

"Viemos até aqui para saber se corremos algum perigo." – O temor de Genteel está patente no fulgor incerto de seus glifos intercósmicos.

"Por certo que sim. Correm o risco de cair e se ferir. Sobretudo Lady Clara." – Em tom de desculpa, acrescenta – "Humanas são frágeis."

– Creio que meu amigo se referia à nau, Comandanta.

“Risco para o *Espumas Flutuantes*?” – As patas de Borbulhante martelam o piso metálico num ritmo furioso. Seu Intercosmo cintila com laivos de incredulidade e indignação. – “Claro que não! Decerto que esta é a maior borrasca que já enfrentei nestas latitudes e que nosso vaso está longe de sua boa forma. Porém, pelo Oceano Original, está para surgir a borrasca capaz de soçobrar uma nau de Marítima!”

– É reconfortante saber disso.

“Clara, vamos voltar para o nosso camarote.” – Genteel pipila em seu tom mais convincente.

– Vamos, querido. – Concordo, avançando em direção à escotilha de acesso. – Estamos em boas mãos. Não temos nada a fazer aqui.

Despedimo-nos de Borbulhante e regressamos ao conforto seco e inodoro de nosso camarote.

▼ ▼ ▼

“Quem, em sã consciência, é capaz de afirmar quais foram os propósitos últimos dos Poderosos ao criarem este mundo-zoológico?” – Genteel indaga com esse arzinho retórico e petulante que assume às vezes em meio a uma de nossas numerosas discussões.

Detesto essa mania dele de se referir aos arquitetos de Ahapooka como se eles fossem divindades.

Só me falta agora ele começar a orar para os Poderosos...

– O propósito imediato parece extremamente óbvio. – Afirmo, irritada. – É o mesmo propósito de nossos biólogos quando montam um zoológico ou reserva ecológica.

“Biólogos humanos ou renatos não permitem que os animais de seus zoológicos interajam livremente com outros de espécies diferentes. Mesmo numa reserva, onde os animais não estão confinados, só se permite que interajam com outros que já estão presentes em seus habitats originais.”

– Talvez os arquitetos desejassem estudar justamente essas formas de interação pouco naturais. Por que outro motivo atrairiam milhões de naves estelares de milhares de espécies diferentes, ao longo de milhões de anos, para um planeta especialmente preparado para sustentar as culturas erigidas pelos descendentes dos náufragos?

"Quem sabe, para testar as espécies aqui presentes e selecionar as mais aptas. Uma nova ordem de promoção?"

– Promoção, uma ova! Onde estão os patronos? Não, meu amigo. Os arquitetos de Ahapooka, quem quer que fossem, partiram de Lobster há muito e deixaram seu experimento de âmbito planetário para trás. O programa ainda funciona, mas está rodando em modo automático.

"Não posso crer nisto! Eles jamais nos abandonariam por completo!" – Ele assobia, indignado. – "Decerto não ignora as numerosas manifestações dos Poderosos. Aparições que, aliás, nos últimos milênios têm sido mais frequentes justo no hemisfério norte do Lado Ocidental."

– Já ouvi falar dessas aparições. Certa vez, meus avós chegaram mesmo a conversar com uma delas no Planalto da Solidão.

"Está vendo só? Seus próprios avós! Nem mesmo assim você acredita na realidade dos Poderosos?"

– Segundo Spartacus, os tais Poderosos não passam de holorre-
gistros sofisticados. Simulacros autoconscientes, espertos o bastante para iludir a maioria das inteligências orgânicas ou consciências artificiais. Contudo, ainda assim, meras holoprojeções.

"Não é possível! Há tantos relatos dessas aparições, ao longo de tantos milênios... Alguns deles foram fartamente documentados, para além de qualquer margem de dúvida razoável. Eles existem, Clara. Os Poderosos caminham entre nós."

– Ah, Genteel, você está farto de saber que muitas dessas realidades virtuais são convincentes a ponto de tornarem-se indistinguíveis de seres vivos reais, pelo menos enquanto o sujeito permanece imerso no ambiente simulado. – Observo-o balançar as antenas para frente e para trás. Gestual típico de negação cética. – Associe esta reconhecida incompetência em distinguir o real do simulado com a capacidade proverbial que Ahapooka parece dispor para induzir sugestões pós-hipnóticas a náufragos e nativos, e não é difícil admitir que essas aparições não passam de avatares autoconscientes dos programas-mestres que os verdadeiros arquitetos de Ahapooka deixaram para trás a fim de gerenciar o zoológico em sua ausência.

"Não creio que os Poderosos, os *arquitetos* como você prefere chamá-los, tenham realmente ido embora. Para mim, o verdadeiro centro de controle desta vasta experiência situa-se no Pequeno Continente. É por isso que nossos navios não conseguem se aproximar de lá."

Não adianta discutir. Está para ser inventado o argumento lógico e racional capaz de extirpar uma crença arraigada profunda.

Limito-me a um suspiro profundo para ativar minhas reserva de paciência.

▼ ▼ ▼

Com uma superfície estimada de 7.000.000 km^2, o Pequeno Continente não é tão diminuto assim. É por isto que os rheanos preferem chamá-lo de "Continente Proibido".

O fato de não conseguirmos atingir essa massa emersa, situada sobre o equador no antípoda das Cordilheiras Colossais, leva parte da estirpe crédula de pretensos especialistas em enigmas a argumentar que os arquitetos de Ahapooka ainda residem por lá.

Tais especulações possuem algum fundamento.

Existe algo misterioso naquela massa continental salpicada por dezenas de vulcões ativos para além da simples barreira hipnótica que atinge os tripulantes dos navios que tentam desembarcar lá, submetendo-os a sensações dolorosas de intensidade diretamente proporcional à proximidade de suas costas escarpadas. Dizem que barcos automáticos são simplesmente destruídos ao se aproximarem além de certa distância.

De qualquer modo, no auge de suas aventuras exploratórias, antes de se fixarem em Rhea, meus avós descobriram que o Continente Proibido abriga de fato um centro de controle.

Um centro de controle ainda operacional e capaz de influenciar tudo o que ocorre não apenas em Ahapooka, mas também em Anhangah, o outro planeta habitável de Lobster.

Contudo, não havia arquitetos nesse centro de controle do Continente Proibido.

Nunca houve.

Porque, durante sua estada de milhões de anos no sistema, os arquitetos não residiram em Ahapooka, mas no conforto hipertecnológico de Anhangah, o mundo que Spartacus costuma apelidar, meio jocoso e meio a sério, de "Planeta dos Deuses".

A se crer no relato fantástico de meu avô, como eu creio, existe um sistema de teleporte no tal centro de controle. A convite da consciência artificial que gerenciava o tal centro de controle, Spartacus ingressou no portal ativo, materializando-se instantaneamente numa estação receptora de Anhangah.

Segundo os cálculos da nave consciente da terceira expedição, a transmissão de Spartacus deu-se num intervalo de tempo inferior a um picossegundo. Não obstante o fato da distância mínima entre as órbitas de Anhangah e Ahapooka ser superior a quatro minutos-luz! Se isto não é tecnologia de deslocamento hiperluz, então eu não sei o que é!

Em pensar que os arquitetos já dominavam esta técnica há pelo menos dez milhões de anos...

Contudo, ao chegar em Anhangah, Spartacus deparou-se com um mundo deserto, tão abandonado e vazio de inteligências orgânicas quanto o Continente Proibido.

Autômatos eficientes mantêm as cidades dos arquitetos intactas e funcionando, plenamente aptas a receber seus mestres quando esses decidirem regressar. Por isso, Spartacus não pôde estimar há quanto tempo os arquitetos haviam partido. Como simples autômatos, as máquinas não souberam informar grande coisa a meu avô.

Então, os avatares apareceram outra vez. Holorregistros dos alienígenas que os radicados costumam associar aos Poderosos.

Esses *Poderosos* não foram os arquitetos de Ahapooka. Embora infinitamente sábios e longevos, os galácticos que criaram avatares à própria imagem não foram os proprietários do zoológico, apenas seus zeladores.

Pesarosos, os holorregistros informaram ignorar o paradeiro de seus criadores. Tampouco sabiam onde estavam os arquitetos, os verdadeiros mestres de seus criadores.

Spartacus pensa que os arquitetos foram os patronos dos galácticos que estabeleceram os holorregistros. Um dia, há mais de nove milhões de anos, os criadores das aparições finalmente descobriram para onde os arquitetos de Ahapooka haviam migrado.

Eufóricos, programaram uma máquina que os holorregistros batizaram de "portal interestelar" com as coordenadas do destino e foram embora.

Prometeram que voltariam um dia para buscar os holorregistros e observar os progressos das culturas radicadas em Ahapooka.

Jamais regressaram.

É lógico que ninguém em Ahapooka jamais soube a respeito da viagem de Spartacus a Anhangah.

Nem mesmo a cúpula governante de Rhea sabe do fato.

Spartacus só contou o que descobriu em Anhangah para Europa e para a consciência artificial que comandava a *Lucky Man* e comungava dos pensamentos do casal olduvaico.

Mais tarde, quando julgaram que o filho estava pronto para conhecer a verdade, contaram-na para ele.

Aeneas, filho deles e meu pai, jamais tocou no assunto comigo. Talvez julgasse que cabia a Spartacus decidir o momento certo para me contar essa e outras histórias.

Muito mais tarde, quando visitei Rhea pela primeira vez e co-

nheci meus avós, na presença de Pandora e Talleyrand, Spartacus recapitulou suas descobertas em Anhangah para os dois olduvaicos recém-chegados a Ahapooka.

Com ninguém me mandou sair do aposento, eu ouvi tudo e passei a conhecer este segredo.

Portanto, eu e o Pai somos os únicos nativos de Ahapooka que sabem o que existe de fato no Continente Proibido e em Anhangah.

Tannhöuser, contudo, também sabe.

Sabe ou saberá em breve.

Porque a nave estelar consciente que trouxe a terceira expedição até Lobster conseguiu decolar da Grande Planície Vermelha. Pela época, calculo que não falte muito para ela ingressar no Sistema Gigante de Olduvaii.

É lógico que as forças que controlam Ahapooka tentaram deter a *Lucky Man*.

Frustradas com o fracasso nesse primeiro intento, tentaram destruí-la.

Um feixe luminoso tremendo jorrou do topo das Cordilheiras Colossais em direção à pequena nave esférica de Olduvaii.

As crônicas das tribos bárbaras da Grande Planície Vermelha e as baladas dos predadores contam que a erupção de energia foi tão brilhante que os cumes próximos não puderam ser fitados diretamente e que o ar superaquecido pelo feixe energético deu origem a uma série de distúrbios atmosféricos, que culminaram em sucessões de ciclones e tornados. Fala-se também que os céus azuis da Planície tingiram-se de rubro e que milhares de aves foram abatidas em pleno voo, caindo mortas e calcinadas sobre o solos pardos e arenosos da Planície.

Mesmo ameaçada, a *Lucky Man* era uma nave de ideias próprias e não se deixou intimidar. Sobreviveu incólume ao ataque. Embora tenha desaparecido por instantes sob o fulgor feérico do impacto energético que se abateu sobre seus campos defensivos, ao fim das contas, Ahapooka não conseguiu destruí-la.

Spartacus me confidenciou uma vez a suspeita de que o programa-mestre da nave almejava em seu íntimo pela oportunidade de um confronto com o planeta.

Uma vez agredida, obteve o pretexto necessário para ripostar o ataque.

A reação da *Lucky Man* deu origem ao Grande Rombo, esse orifício circular escavado a quinze quilômetros de altitude em pleno paredão vertical da encosta oeste das Cordilheiras Colossais. Não obstante sua abertura circular, o fundo do Grande Rombo apresenta um formato bastante irregular, fruto da energia estupenda liberada na explosão da bateria automática – que lançou o feixe graser para abater a nave estelar de Tannhöuser – no interior da rocha de alta densidade molecular daquele acidente geográfico.

Ao ouvirem essa parte do relato impressionante de meus avós, os dois olduvaicos recém-chegados não demonstraram o menor alarme. Pareceram julgar perfeitamente natural o fato extraordinário e, ao que eu saiba, sem precedentes, de uma simples nave ter conseguido derrotar Ahapooka e regressar a Olduvaii.

Com seu jeito divertido e irreverente, Talleyrand chegou a comentar que Ahapooka e os arquitetos tiveram muita sorte de terem enfrentado a *Lucky Man* em vez de a *Penny Lane*. Segundo esse olduvaico pretensioso, a nave de meus avós havia se comportado de forma demasiado comedida para o seu gosto.

– Pois a *Penny Lane*, – jactou-se, zombeteiro mas inteiramente a sério, – não hesitaria em mandar o planeta inteiro pelos ares ou, pelo menos, pulverizar as Cordilheiras Colossais para lhe servir de lição.

Já àquela época, mesmo ingênua como era, lembro ter julgado que a afirmação não passava de fanfarronice de Talleyrand.

Naquela mesma noite, após Pandora e Talleyrand se haverem recolhido aos aposentos que lhes foram designados, ouvi o Pai cochichar a meu avô:

– Antes de conhecer Talleyrand, não supunha que olduvaico algum pudesse ser tão inconsequente. Tão pouco sábio.

– Ora, filho, Talleyrand ainda é muito jovem. Apesar de ter nascido muito antes de mim, passou quase todos os seus milênios de vida em estado de dilatação relativística ou repousando no interior de um hibernáculo. Somaticamente falando, é mais novo que você. – Então, meu avô me lançou um olhar de relance. Piscou o olho para mim e continuou. – Contudo, você tem razão. Olduvaico ou não, pelo menos como primeira impressão, também o julguei um tanto ou quanto tolo.

▼ ▼ ▼

Anos mais tarde, meu avô me confirmou a suspeita antiga: se a nave dele quisesse, poderia ter de fato destruído Ahapooka.

Porém, apressou-se em explicar que nave consciente alguma de Olduvaii destruiria um planeta habitado num rompante de ira.

Em absolutamente nenhuma hipótese. Independentemente dos motivos.

De qualquer modo, a *Lucky Man* partiu sozinha de Lobster, deixando sua tripulação orgânica para trás e iniciando a viagem de regresso a Tannhöuser há quase 500 anos THP.

Com o êxito da terceira expedição e a miríade de informações coligidas nos bancos de dados da *Lucky Man*, duvido muito que os sábios de Tannhöuser não decidam enviar novas expedições a Lobster.

Talvez já não se interessem tanto por Ahapooka, agora que desvendaram boa parte de seus segredos. Afinal, quase todas as culturas aqui residentes são relativamente primitivas pelos padrões tecnológicos de Olduvaii.

É possível que decidam investigar melhor o tal centro de controle do Continente Proibido.

Contudo, julgo impossível que a humanidade olduvaica não se interesse pelas maravilhas da hipertecnologia alienígena que os arquitetos deixaram praticamente à disposição em Anhangah. Segredos científicos que a humanidade talvez demorasse milênios para desvendar sozinha, ou que talvez jamais fosse capaz de descobrir sem ajuda. Avanços tecnológicos que guindariam a humanidade com toda certeza muito além do patamar das civilizações alienígenas catalogadas.

Sem dúvida, anos-luz acima do status insignificante de párias da Periferia, que tanto incomoda os olduvaicos e os rheanos.

▼ ▼ ▼

"Você está muito calada." – Genteel comenta, observando meu silêncio pensativo com atenção. – "Pensativa. Os segredos-de-Estado de Rhea estão lhe incomodando outra vez?"

– Rhea não possui segredos para seus verdadeiros amigos. – Sorrio para esclarecer que não falo sério, pois não espero que acredite. – Só estava pensando um pouco no passado.

"Pensando sobre a época em que seus avós descobriram a verdadeira natureza dos Poderosos?"

Só então compreendo que essa conversa, como tantas outras, não passou de um jogo.

Na verdade, o renato não desiste de tentar me fazer revelar alguns dos segredos que a Alta Hierarquia de Rhea pretende que permaneçam sob domínio exclusivo da humanidade.

– Bela tentativa. – Respondo, esforçando-me ao máximo para não mentir explicitamente ao centauro.

Se o fizesse, ele perceberia.

VIII

Predadora

Um dia ainda riremos disso tudo...

Velho provérbio renato

– **Quer mesmo saber como era minha vida** como predadora? – Indago em meio a uma das conversas sobre as experiências de meu passado. – Talvez possamos programar os recursos de realidade virtual da biblioteca para vivenciarmos algumas horas como predadores da Grande Planície Vermelha. Assim você adquiriria sem riscos uma boa noção do que é ser um predador. Há experiências que devem ser vivenciadas e não apenas ouvidas.

"Acha possível conectar os sensórios do terminal a nossos olhos e cérebros?"

– Bem, as marítimas afirmam ter adaptado o equipamento para o nosso uso, não é?

"É. Mas me pergunto que parâmetros elas utilizaram para ajustar as saídas de dados aos nossos sentidos."

– Aquela holoprojetista azul fez questão de mapear nossos centros sensoriais três vezes, esqueceu? Imagino que aquela chatice toda tenha servido para algo. Mas só descobriremos se dará certo se experimentarmos.

Após uma pesquisa sumária, descubro que a biblioteca do *Espumas* de fato dispõe de algumas realidades virtuais psicointerativas sobre a vida dos predadores. Não passam de holodramas baratos inspirados nas aventuras de antigos predadores que prosperaram no Planalto da Solidão há coisa de doze ou quinze milênios antes da última Guerra Imperial. – Época em que Ahapooka forçava as naves estelares capturadas sobre o

Lado Oriental a aterrar naquela região e não no interior protegido do Vale da Neblina como hoje em dia.

Não é bem isto que desejo mostrar a Genteel.

Depois de uma hora de pesquisa, o melhor que consigo encontrar é um velho holo interativo sobre os predadores da Planície Vermelha.

Não é a mesma coisa que uma psicointeratividade de imersão absoluta, mas é melhor que nada.

Coloco a tiara de interface, ajusto os controles e comando o início do holo.

Experimento a imersão.

Sinto a lufada suave e reconfortante do vento cálido em minhas faces, trazendo o aroma acre que sobe das areias da Planície, na região às margens do Lago Tétrico.

No entanto, continuo fitando um renato inquisitivo dentro do camarote do *Espumas*.

– As sensações olfativas e táteis estão funcionando, mas estamos sem estímulo audiovisual. Nada. Da imersão parcial de personalidade, nem sombra.

"Mau sinal. Vamos pedir à imediata que mande alguém aqui para regular o terminal."

Minutos mais tarde, o camarote parece acanhado pela presença de três marítimas vermelhas, técnicas em optofotônica e duas carapaças azuis, uma da neurologia, a outra da holointeratividade.

Através do seu tradutor intercósmico, a neurologista explica ter cursado sua especialização em xenoneurologia sensorial vertebrada numa renomada universidade do Império. Sem dúvida, uma coincidência feliz.

As duas azuis varrem nossos cérebros com uma série de sensores não invasivos. Efetuam medidas, fazem cálculos e tamborilam ideias entre si com pose de sólida competência profissional. Em seguida orientam as técnicas de carapaça vermelha e estas começam a ajustar os circuitos do terminal, segundo os parâmetros calculados.

O procedimento de exame, conversas, cálculos, orientação, experimentações e ajustes se repete mais duas vezes, até que as azuis se dão por satisfeitas.

"Deve funcionar agora." – A holoprojetista declara. – "Não haverá imersão de personalidade. Lembrarão o tempo todo que se trata de uma simulação. Sugiro certo esforço de imaginação para vivenciar os enredos. Sempre ouvi dizer que os indivíduos de suas espécies costumam possuir poderes de imaginação pronunciados. Portanto, julgo que não haverá problema. É bem provável que nas primeiras experiências, as encarnações não sejam perfeitas, exceto se escolherem avatares muito semelhantes a vocês mesmas. Com o tempo, no entanto, o gerenciador de simulação aprenderá a fazer seu trabalho de modo mais convincente."

– Então, por ora, isto é o melhor que vocês podem fazer? – Indago com uma ponta de decepção. – Sem imersão de ego, a experiência não vai ter lá muita graça.

"Por enquanto é o que é possível fazer." – A azul tamborila no piso do camarote. Depois de uma pausa curta, acrescenta – "Continuaremos trabalhando no problema. Solicitarei autorização à Pata-Primeira para utilizar parte da capacidade ociosa do complexo de processamento do *Espumas*. Se tudo correr a contento, espero lhes poder oferecer um punhado de semi-imersões dentro em alguns dias."

▼ ▼ ▼

"Que animal é esse que você cavalga?" – Genteel bufa, algo sem fôlego, apertando o galope para se manter a meu lado.

– É um globhf. – Do alto da carapaça maciça do pseudoinsetoide, tenho que baixar os olhos para fitar o renato.

Então observo seus ombros centaurinos musculosos. A lanugem fina empapada de suor. Estranho que ele transpire tanto, porque não está tão quente assim.

Manipulo as antenas do animalão como aprendi com meu pai. As dez patas reduzem as marteladas frenéticas no solo duro e arenoso da Planície.

O globhf trina, contrafeito por ter sido obrigado a reduzir a velocidade.

– Simplesmente a melhor montaria deste Lado das Cordilheiras.

"Já ouvi falar dessas criaturas gigantescas. Decerto há um registro sobre elas num canto empoeirado qualquer de meu núcleo mnemônico.” – Aliviado, ele reduz o ritmo de seu avanço, passando para um trote rápido para se manter a meu lado. – “São nativas deste mundo?”

– As várias teorias divergem neste ponto. De qualquer modo, se não evoluíram em Ahapooka, foram trazidas para cá muito tempo atrás, pois já se encontram perfeitamente adaptadas aos ecossistemas mais diversos. Há manadas de globhfs selvagens de meia dúzia de espécies diferentes espalhadas por todo o Grande Continente, inclusive o globhf anão da Grande Floresta.

As ondulações e colinas baixas da Planície parecem convincentes. A dureza rugosa da carapaça do globhf sob minhas nádegas também. Por que diabos não há uma velha e boa sela almofadada nesta maldita simulação?

Porque ela não foi feita para humanoides de traseiros humanos sensíveis como o meu, é lógico!

Acontece que, ao contrário de seus portadores, biotrajes não se deixam enganar por imersões em realidades virtuais interativas, independentemente do quão sofisticadas as emulações sejam.

Nem poderia ser de outro modo. Em certas circunstâncias, para a própria segurança da portadora, o biotraje precisa distinguir a ficção da realidade.

Portanto, meu simbionte ignora solenemente minhas nádegas doloridas. Não libera sequer uma mísera molécula de endorfina em prol do meu alívio, por saber que na verdade estou sentada numa plataforma confortável.

Enfim, pelo menos a vegetação arbustiva esparsa e o tipo de rocha avermelhada que aflora do solo em penedos ocasionais são exatamente como me lembro.

Só que a temperatura não é cálida o bastante para esta hora do dia.

Não é sequer preciso observar a altura de Lobster no horizonte para constatar que existe alguma coisa errada.

Ainda sinto no rosto algo do frescor climatizado do camarote.

Desconfio que essa inconsistência climática se dê por culpa involuntária de Genteel. A simulação age com cautela ao manipular o controle ambiental do camarote, pois o renato não suportaria os gradientes térmicos reais da Planície Vermelha por muito tempo.

– Que tal a temperatura? – Decido verificar a hipótese. – Tudo bem contigo?

"Este calor é insuportável! Se não estivesse morrendo de curiosidade de vivenciar esta experiência com você, já teria pedido ao terminal para abortar a aventura. Faz sempre este calor abrasador por aqui?"

– Durante o dia costuma ser muito mais quente do que está agora.

"Mais quente ainda? Pelos Poderosos! Ainda bem que é só uma simulação."

Este é o problema. A baixa qualidade desta vivência nos faz lembrar a todo instante que se trata de uma simulação. Aliás, só o fato de nos preocuparmos com essa qualidade já é sintomático.

Como as marítimas nos alertaram: sem imersão de personalidade.

Genteel me chama atenção com um silvo agudo e aponta um tentáculo para um vulto escuro atarracado no horizonte.

"O que é aquilo? Uma colina rochosa ou os restos de uma nave?"

Examino o objeto indicado.

Peço visão ampliada ao biotraje e logo me arrependo.

Irritada, constato a flagrante perda de resolução. Fenômeno característico das simulações malfeitas.

– Uma nave. – Respondo, num esforço hercúleo para vivenciar a aventura. – Ou o que resta dela.

"Há quanto tempo você imagina que essa nave tenha caído aqui?"

– É difícil saber ao certo. Mas eu diria que a aterragem forçada deu-se há pelo menos um ou dois milênios. Repare o acúmulo de terra e vegetação que recobre a carcaça.

"Minha querida, aquilo é parte da colina onde a nave caiu."

– Que colina, que nada! Ahapooka não força as naves a pousar em colinas, seu tonto! O que você está chamando de colina é, na verdade, a parte inferior da nave que deve ter ruído na aterragem forçada e que mais tarde acabou recoberta pela terra e pelo mato.

"Então essa nave era um colosso! Não é possível..."

– Pois é. Naves estelares costumam ser grandes. – Lanço-lhe um olhar divertido do alto de meu globhf. – Façamos o seguinte: vamos acampar à sombra dessa sua *colina*. Assim, você se refresca e descansa um pouco do calor até Lobster tocar o horizonte. Quem sabe não podemos até explorar o destroço.

"Podemos entrar nessa nave? E o bloqueio?"

– Já ingressei em dezenas de ruínas de naves estelares. A sugestão hipnótica só funciona em relação a naves capazes de decolar.

▼ ▼ ▼

Os holografistas não pouparam esforços desta vez.

A simulação do casco sinistrado é perfeita ao tato e visão. Alguns de seus corredores desventrados transformaram-se num vasto complexo de túneis e cavernas estreitas e profundas, habitadas por animálculos da Planície.

Os cascos de Genteel arrancam ecos metálicos do chão arenoso das galerias subterrâneas numa lembrança sutil da origem artificial dessas cavernas.

Esmero surpreendente!

O cheiro é o de terra úmida, ferrugem e excrementos da fauna de pequeno porte da região.

Não poderíamos exigir mais realismo.

De volta à claridade benigna do exterior, à boca da caverna que outrora foi uma escotilha de embarque, o renato pergunta:

"Como eram os tripulantes desta nave?"

– Dizem as lendas que eram humanoides. – A simulação sopra o fato em meu espírito. Ato contínuo, eu o repito convicta. – Mas não humanos.

"Uma vez fora da nave, jamais puderam retornar a ela." – Genteel articula a frase como afirmação e não pergunta.

– É o que acontece nesses casos. Se eles demoram muito a desembarcar por livre e espontânea vontade, ou se resta alguém a bordo, Ahapooka lhes invade o espírito e inocula a compulsão para abandonar o veículo.

"Essa compulsão não atingiu seu avô."

O tom é novamente afirmativo. Ele dirige os seis bulbos oculares num olhar grave e atento.

Não respondo.

Meu avô é um humano complexo.

É bem provável que alienígenas não entendam essa complexidade. Mesmo se entendessem, talvez não aceitassem. Ao menos, não de imediato.

O vento seco da Planície fustiga as antenas do renato, fazendo-as ondular, alheias à vontade de seu dono.

"De acordo com a lenda, Spartacus seria imune à influência hipnótica do planeta."

– É o que a lenda diz. – Desconverso. – Por outro lado, lendas são lendas. Já a sugestão hipnótica é um fato indiscutível.

"Compreendo. Um fato da vida. Algo como uma lei natural, não é?"

– Eu não chegaria a tanto. Em todo caso, uma limitação séria que os arquitetos nos impõem.

Genteel mastiga minha declaração por alguns instantes. Então pergunta:

"Os contatos entre náufragos e predadores são sempre hostis?"

– Em absoluto. – Suspiro aliviada com a mudança de assunto, pois já começava a me sentir *sondada*.

Será capaz de perceber quando não falo a verdade mesmo quando estamos imersos nessa simulação vagabunda?

Melhor não pensar nisto agora, ou vou estragar o pouco prazer que nos resta.

– Ao contrário do que aparece nos holodramas, as relações entre predadores e ex-tripulantes são normalmente amigáveis.

"Gostaria de vivenciar uma experiência dessas."

– Então sigamos em frente. – Proponho, caminhando em direção ao globhf que pasta placidamente a poucos metros de distância. – Quem sabe, não temos sorte e tropeçamos numa presa...

Deixamos o destroço da nave estelar para trás.

Ambos sabemos que neste tipo de cenário onde sempre acontece alguma coisa, não é difícil ter sorte. Por obra e graça dos roteiristas, cedo ou tarde, nossos anseios e temores acabam se concretizando.

▾ ▾ ▾

À tardinha, trinta quilômetros ao norte do sítio onde exploramos a carcaça da nave-colina, deparamo-nos com um grupo de quatorze alienígenas bípedes de epiderme escamosa e aspecto reptiliano a nossa frente.

Avançam em fila indiana rumo noroeste.

As criaturas passariam por vagamente humanoides, não fossem as caudas cônicas e rombudas que se estendem rígidas a partir do meio de suas costas.

Pelo aspecto desmazelado e abatido de retirantes, aposto com Genteel que os reptilianos são náufragos recém-chegados a Ahapooka.

Não deu outra!

As escamas minúsculas de seus ombros e dorsos refletem os raios vespertinos de Lobster, fazendo com que os alienígenas pareçam faiscar num belo padrão fractal multicolorido.

Estacionamos sobre uma duna alta para melhor observá-los sem os assustar.

Então trotamos vagarosos até eles.

Não trajam quaisquer vestes, exceto bermudões largos repletos de bolsos, além de mochilas, armas e equipamentos trazidos a tiracolo.

Ótimo. É bem provável que em meio a essa tralha toda exista pelo menos um holoemissor de ideogramas intercósmicos.

Os reptilianos param uma dezena de passos do topo de uma duna e nos aguardam com expressões inescrutáveis.

– Bem-vindos a Ahapooka, o zoológico planetário para animais racionais. – Saúdo os forasteiros. – Imagino que sua nave tenha sido forçada a aterrar poucas horas atrás.

Os alienígenas se entreolham com as caudas vibrando no que suponho que seja uma manifestação de nervosismo.

Ou, quem sabe, não travam uma espécie de diálogo para decidir quem será o porta-voz do grupo.

De qualquer modo, sinto-me feliz ao intuir que venci a aposta.

O fato é que, após ligeira hesitação, o maior deles se destaca dos outros que se espalham em torno da duna onde estacionamos, rodeando-nos num semicírculo desarrumado.

O porta-voz avança dois passos.

As mandíbulas do reptiliano abrem e fecham diversas vezes, deixando-nos antever três fileiras de dentes cônicos.

Emite uma série de zumbidos indistintos que seu tradutor intercósmico traduz como:

"Aterramos por nossa vontade, enviados por nosso povo para investigar os mistérios deste mundo famoso. O planeta no qual tantos chegam e donde, pelo que se sabe, ninguém regressou."

Eu e Genteel nos entreolhamos, mas não tecemos comentários ao estilo empolado de nosso interlocutor.

Não se fazendo de rogado, ele continua sua história:

"Seguimos as indicações do farol espacial e pousamos nesta vasta planície. Nossos problemas começaram assim que ordenei que os motores fossem desligados."

Num gesto enfático, o alienígena ergue o braço com a mão quadridáctila aberta e a palma voltada para nós. As escamas finíssimas da palma passam do cinzento comum a toda a epiderme a um tom rosado.

Que sentimento este gesto exprime?

Pesar? Remorso? Culpa?

Certas reações psicológicas são de difícil expressão, se o indivíduo tiver que se valer apenas das entonações emocionais do Intercosmo.

O alienígena recolhe o braço e retoma seu relato:

"Uma compulsão irresistível nos forçou a desembarcar. Os mais fortes e previdentes dentre nós ainda foram capazes de resistir tempo suficiente para se lembrarem de trazer consigo algum equipamento, mas foi só o que conseguimos. Uma vez fora da nave, não houve esforço de vontade que nos fizesse regressar para bordo. Sem recursos ou opções, decidimos caminhar em direção a um núcleo urbano que um dos tripulantes observou minutos antes de pousarmos."

– Vocês estão rumando para o noroeste. Nesta direção, a cidade mais próxima dista quase 300 km daqui.

"É uma notícia deplorável. Nossas reservas de água e alimentos não durarão sequer até a metade do caminho."

– O oásis mais próximo dista apenas 15 km. Podemos guiá-los até lá.

"Nós lhes seremos eternamente gratos!" – As pupilas do alienígena se dilatam nos olhos sem pálpebras e de íris imensas, como que a enfatizar essa gratidão.

– Antes de seguirmos rumo ao oásis, há uma proposta que eu gostaria de lhes fazer.

"Uma proposta?"

O semblante do reptiliano permanece tão inescrutável quanto antes.

Começo a desconfiar que essas criaturas não exprimem emoções e sentimentos através de mudanças fisionômicas, mas sim alterações na cor da epiderme.

A desconfiança, no entanto, flui dos hologlifos de seu Intercosmo.

"Pois bem. Faça a sua proposta."

– Possuímos meios para ingressar em sua nave. – Faço uma pausa de efeito para deixá-los absorver a gravidade da minha declaração. – Caso nos indiquem a localização dos equipamentos portáteis mais valiosos, poderíamos dividir com vocês todo o material e os gêneros recuperados. A venda de itens de alta tecnologia costuma atingir preços bastante razoáveis nas cidades da Planície. Com um pouco de sorte, vocês podem conseguir o bastante para se estabelecerem com conforto por muitos anos. Daí, terão tempo de decidir sem atropelos o que farão do resto de suas vidas.

Os reptilianos permanecem muito quietos por um bom tempo, mastigando as informações que lhes passei.

O líder desliga o tradutor com um gesto enfático.

Então os forasteiros se engajam com grande entusiasmo numa discussão acalorada, empregando tanto gestos e frêmitos caudais quanto aquela linguagem estranha de zumbidos e chiados.

As escamas torácicas de vários indivíduos colorem-se em diversos matizes alternados ou simultâneos, à medida que o debate esquenta.

Um show cromático não inteiramente desprovido de interesse.

Acaricio as antenas de meu globhf enquanto espero, imbuída de uma paciência advinda de dezenas de encontros como este.

Genteel parece adquirir uma compreensão intuitiva do drama que se desenrola ante seus bulbos oculares atentos. Não faz perguntas, mas observa tudo com ar deliciado.

Enfim o reptiliano que julgo ser o líder destaca-se outra vez dos demais e ativa o tradutor:

"Meus comandados e eu gostaríamos de saber como seria feita a partilha dos itens extraídos de nossa nave?"

– Meio a meio.

"Ceder metade de nossos bens é inaceitável. Afinal, trata-se de nossa nave." – Os companheiros zumbem em apoio, demonstrando dominar o Intercosmo. – Propomos lhes pagar um quarto do quinhão amealhado."

– Nada feito. Se quiserem que retiremos seus tesouros da nave, nossa proposta é meio a meio. Por outro lado, queremos que se sintam à vontade para empreender a faina vocês mesmos.

Nosso interlocutor pensa um bocado, antes de pôr em prática aquilo que imagino que seja sua tentativa mais convincente de emular uma pose de negociador durão. Com nossa experiência, não podemos dizer que nos sentimos lá muitos impressionados. O fato é que este é um jogo de cartas marcadas, como são a maioria dos encontros entre predadores e náufragos. Em geral, os trunfos estão todos nas mãos dos predadores.

Se não forem idiotas rematados, os náufragos não demoram muito a perceber o óbvio. Já vivi esta cena muitas vezes na vida real. Por isto, sei mais ou menos o que esperar desta simulação.

"Muito bem. Oferecemos um terço do quinhão por seu esforço prestimoso em resgatar nossos pertences. Não se fala mais no assunto. É lógico que a paga por nossa condução em segurança até a cidade mais próxima está incluída nesta parcela."

– Sinto muitíssimo, mas devo insistir em metade dos itens recuperados. Nosso negócio envolve riscos.

"É pegar ou largar." – Genteel acorre em meu auxílio. – "Lady Clara e eu cobramos o menor percentual da Planície Vermelha. Qualquer outro profissional em nosso ramo de atividade exigiria no mínimo 75% ou 80% só para iniciar a negociação."

"Que tipo de riscos são estes? Vocês não afirmaram que eram capazes de retirar os equipamentos de nossa nave sem risco algum?"

– Com o emprego destes quatro autômatos portáteis, conseguimos entrar em qualquer nave sinistrada. – Explico, apontando para os dois pares de cilindros metálicos de braços pendentes que mantemos amarrados aos alforjes do globhf, um par de cada lado. – Contudo, uma vez na posse de uma carga de duas ou mais toneladas de equipamento de tecnologia estelar, transformamo-nos numa presa cobiçada, não só para os outros grupos de predadores como, muito pior, para as tribos bárbaras da Planície.

"Ou vocês acaso imaginam que todos os predadores são honestos e bonzinhos como eu e minha companheira?" – Genteel acrescenta, cada vez mais *diplomático* e mais à vontade em seu papel.

"Como vocês dois sozinhos seriam capazes de nos proteger? Também dispomos de armas."

– A melhor maneira de proteger um bando de náufragos traumatizados é perceber o perigo com antecedência razoável e conduzir os clientes bem rápido para longe desse perigo, antes que a ameaça também note nossa presença.

"Em último caso, ensinando-os a combater as ameaças que conhecemos bem e as quais nos acostumamos a enfrentar em nosso cotidiano."

Quem diria! Esse renato fanfarrão está me saindo melhor do que a encomenda.

Não satisfeito, meu companheiro conclui:

"Ameaças que cairiam bem em cima de seu grupo e o destruiria antes que vocês percebessem o que está acontecendo."

O líder alienígena desativa o tradutor outra vez, concedendo

ao grupo de forasteiros a privacidade necessária para nova sessão de debates.

Cinco minutos de zumbidos e várias mudanças cromáticas mais tarde, o líder reativa o emissor de ideogramas e anuncia a decisão do grupo:

"Muito bem. Meio a meio."

– Perfeito. Vamos fazer meia-volta e regressar à nave, então.

"Já está quase anoitecendo." – O forasteiro enfatiza a reclamação com as palmas das mãos esverdeadas. – "Não seria melhor esperarmos pela alvorada?"

– Acaso vocês temem o escuro?

"Não. Que ridículo! É lógico que não!"

"Seus metabolismos funcionam bem na ausência de luz solar?" – O tom de Genteel soa tão irônico quanto o meu. – "Ou são obrigados a cessar todo e qualquer movimento durante a noite?"

"Podemos andar à noite tão bem quanto de dia. Só creio que não é prudente..."

– Se vocês são capazes de caminhar noite adentro, sugiro que deixem as preocupações com segurança a nosso cargo e comecem a andar. Quanto ao escuro, possuímos equipamentos de visão noturna e os guiaremos.

"Por falar em segurança," – Genteel acrescenta, – "quanto mais rápido chegarmos à nave, mais seguros estaremos."

Começamos a caminhada regressando pela trilha que os alienígenas deixaram na areia.

Tanto o renato quanto o globhf podiam deixar os forasteiros irremediavelmente para trás. Porém, reduzimos o passo para permitir que nos sigam a poucos metros de distância.

Genteel me lança um olhar desconfiado.

Sei o que está pensando.

"Será que esses alienígenas são confiáveis?"

De uma forma ou de outra, logo descobriremos.

▼ ▼ ▼

Genteel só consegue operar o controle remoto de um autômato de cada vez. Por isto sou obrigada a me desdobrar no comando das três máquinas restantes, em vez das duas que costumo manejar habitualmente.

Trabalhamos a oito metros da escotilha de embarque da nave reptiliana.

Cabos ópticos compridos emergem de nossas unidades de controle remoto e rastejam sobre a areia escarlate até mergulhar na comporta escancarada da escotilha.

É lógico que os alienígenas fizeram novas tentativas para ingressar no veículo.

É sempre a mesma história. Apesar de lhes prepararmos os espíritos com nossos avisos, os náufragos se mostram bastante decepcionados ao se descobrirem tão impotentes quanto antes para retornar à segurança da nave.

O líder dos forasteiros espia por sobre nossos ombros e observa as imagens exibidas nas telas planas de meus três monitores e no de Genteel.

Um dos autômatos está presentemente regressando do interior da nave arrastando consigo um engradado pesado repleto de baterias energéticas. Unidades desse tipo costumam atingir preços excelentes em qualquer cidade da Planície, uma vez recondicionadas para consumo local por um bom técnico optofotônico.

"Por que seu companheiro, tão cheio de tentáculos, só dirige um autômato, enquanto você, com apenas dois braços, controla três?"

– Ótima pergunta! Se descobrir a resposta, conte para mim.

Luto com os manipuladores do controle remoto.

Pelo monitor da esquerda, observo a mão do autômato girando lentamente para desatarraxar os engates do painel frontal de um computador instalado na sala de comando.

Enquanto isto, no monitor central, o autômato se atrapalha todo e tropeça numa pilha de caixas de gêneros alimentícios na primitiva despensa frigorificada da nave. É hora de reassumir o controle desse sujeitinho de novo.

– O que mais vocês gostariam que tentássemos retirar da nave?

"Gostaríamos que nos trouxessem mais armas portáteis."

Troco um olhar com Genteel. Ele faz um gesto discreto de concordância com as antenas.

– Ao que nos parece, vocês já dispõem de armamento mais do que suficiente para a jornada até o núcleo urbano mais próximo. – Lembro da conversa com o renato na noite passada sobre a conveniência de confiarmos nos forasteiros. – Além disso, com o valor de venda da metade de tudo o que já retiramos da nave, quando chegarmos a cidade, vocês conseguirão adquirir armas bastantes para iniciar uma guerra.

"Vocês conseguiriam desmontar nosso canhão de partículas de proa?"

– Talvez. Mas, com esses autômatos descerebrados, é bem provável que levasse vários dias. – Respondo, procurando dar à voz um tom razoável para que o transceptor produza uma versão neutra em Intercosmo. – Não pretendemos arriscar uma permanência tão prolongada neste sítio de aterragem.

"O que vocês receiam exatamente?"

"Quando uma nave é forçada a aterrar na Planície, a notícia logo se espalha pelas comunidades urbanas e tribos bárbaras mais próximas." – Genteel explica com aparente conhecimento de causa. Fico em dúvida se esse cabedal de conhecimentos advém ou não de seus estudos anteriores. – "É só questão de tempo até que vários grupos de predadores e batedores tribais descubram o paradeiro exato desta nave."

"Caso nos encontrem aqui, esses grupos não reconheceriam seu direito de precedência?"

– Direito de precedência? – A operação dos autômatos não me permite desfrutar do prazer desta gargalhada como se deve. – Tal conceito inexiste na Planície Vermelha!

"Alguns predadores são sujeitos decentes. Outros, nem tanto." – Genteel ameniza minha explosão. Ainda está atrapalhado com os manípulos do controle. – "O tempo, contudo, corre contra nós."

"Agora compreendo sua insistência em que encetássemos a marcha noturna."

Partimos uma hora mais tarde, deixando a nave dos reptilianos para trás.

Carregados como estamos, agora sim, julgo prudente estabelecer um acampamento noturno. Afinal, tanto a carga pesada e volumosa, quanto a escolta de nossos clientes, reduz nossa velocidade consideravelmente, transformando-nos em presas fáceis.

Pernoitamos a dez quilômetros da nave, já na direção da cidade onde deixaremos os forasteiros.

▼ ▼ ▼

O ataque traiçoeiro sobrevém no início da tarde do dia seguinte.

Tudo ocorre muito rápido, mas não posso dizer que a ação nos tenha pego inteiramente de surpresa. Afinal, esse padrão já é nosso velho conhecido.

"Chegou a hora de corrigir a injustiça na partilha dos itens recuperados!" – O líder alienígena brada, repleto de testosterona.

Pelo visto, os reptilianos planejaram aquilo desde o começo, pois, do mais tímido ao mais desajeitado, todos sacam das pistolas e carabinas que traziam no coldre ou a tiracolo.

Como a reação era mais ou menos esperada, por ser parte integrante do repertório padrão de respostas comportamentais dos náufragos recém-contatados por predadores, eu e Genteel já estávamos preparados.

Meu primeiro disparo perfura o crânio do alienígena à direita do chefe.

Ele morre antes de tombar na areia cálida da Planície.

No segundo seguinte, elimino mais dois reptilianos.

Manejando três pistolas de projéteis, Genteel faz outras duas ou três vítimas.

A incompetência mata. Nossos clientes decidem nos ajudar e abatem a si próprios. Dois atacantes da fileira de trás nos fazem o favor de fulminar um par de reptilianos à sua frente. Fogo amigo.

Os náufragos ainda incólumes lançam-se ao solo sem disparar um tiro.

O incidente todo não durou mais do que três segundos.

– Se vocês acaso desistiram dessa ideia tola de denunciar nosso acordo pela força, podem levantar, mas larguem suas armas na areia e mantenham as mãos onde possamos enxergá-las.

Apenas seis reptilianos se erguem.

Oito cadáveres jazem estendidos na Planície Vermelha. O sangue de seus corpos quase não se distingue na areia.

"Vocês mataram oito de meus irmãos a sangue-frio." – O líder lamenta com as palmas amarelas erguidas sobre a cabeça.

– Em verdade, foram só seis. – É preciso certo esforço para não rir. – Dois desses oito viraram cadáveres por conta de suas más pontarias.

"O que você esperava? Que nos deixássemos matar à traição?"

"Não pretendíamos matá-los, centauro." – As palmas do líder passam de amarelo a verde. – "Só pretendíamos forçá-los a aceitar o que é justo."

– Justo é cumprir o contrato verbal firmado conosco. – Respondo com raiva pela imbecilidade desse líder arrogante e pesar pelas mortes estúpidas e desnecessárias. – Na verdade, não precisávamos de vocês para quase nada. Bastaria tê-los deixado à própria sorte e seguir sua trilha de volta para chegarmos à nave. Uma vez lá, pilharíamos os bens mais preciosos e partiríamos com o globhf carregado antes que vocês nos pudessem alcançar.

"Quisemos lhes conceder uma chance digna de se estabelecer numa cidade da Planície em grande estilo e vocês nos pagaram erguendo armas contra nós." – O tom do renato denota ainda mais desgosto do que o meu. – "Agora quer nos imputar culpa pela morte de seus semelhantes."

Esta matança não devia ter acontecido! Não podia!

É um fato da vida que os náufragos por vezes se sublevem contra os predadores que os conduzem à segurança.

Porém, um predador verdadeiramente experiente antecipa essa reação mais ou menos natural de muitos náufragos e aborta a tentativa de revolta antes que esta se manifeste sob a forma de conflito sangrento.

Eu devia ter previsto a atitude idiota do líder. Podia ter explodido seus miolos para servir de exemplo aos demais. Essa medida drástica teria evitado a tragédia. Afinal, ele se cansou de emitir sinais de que não estava satisfeito com a forma pela qual partilhamos os itens resgatados. Sinais visuais coloridos, ainda por cima!

O Pai ou Smith teria dominado a situação sem feri-los.

Mas eram quatorze contra apenas dois de nós e não possuíamos robôs de combate ou armas anestésicas para nos auxiliar...

– Vamos em frente. A cidade para onde rumamos dista menos de 30 km daqui. Com um pouco de sorte, chegaremos lá pouco depois do anoitecer.

"Muito bem. Seguiremos em paz, cumprindo suas ordens até chegar a essa cidade." – O alienígena promete perfunctoriamente, visto que agora ele e seus comandados não dispõem de armas para encetar novo ataque traiçoeiro. – "Mas quero que saiba que, uma vez lá, reportaremos o ocorrido às autoridades locais."

– Também o faremos. – Retruco em tom frio. – Afinal, os cidadãos desse núcleo urbano precisam saber que estão lidando com gente acostumada a descumprir seus acordos.

Não me preocupo muito com uma eventual deturpação dos fatos na versão dos forasteiros. Mantenho relações cordiais com os governantes dos núcleos urbanos desta região da Planície há décadas. Ademais, gozo de reputação sólida, mesmo nos sítios que não visito com frequência.

Afinal de contas, predadores vivem em grande parte de suas reputações.

"Caso seja necessário, podemos usar meus registros mnemônicos como prova. Meu hologrador é incorruptível. Não seríamos capazes de falsificar seus dados mesmo que quiséssemos."

– É reconfortante saber que podemos contar com esse recurso.

Não temo as consequências das mortes dos reptilianos. Apenas as lamento.

Na vida real como predadora, jamais me vi forçada a matar tantos náufragos em tão pouco tempo e de forma tão idiota e desnecessária.

Assim, nossa primeira aventura como predadores da Grande Planície Vermelha chega a seu fim trágico e melancólico.

IX

Madrinha

Mudam de céus, não de espírito, os que transpõem o mar.[5]

[5] Provérbio humano, segundo algumas fontes, da fase monoplanetária.

Minhas conversas com Genteel têm se tornado cada vez mais íntimas nas últimas semanas, à medida que o *Espumas* rasteja cauteloso, procurando um curso viável num oceano polar coalhado pela brancura das banquisas e dos icebergs. O tamanho descomunal deste vaso dificulta ainda mais o deslocamento por entre as montanhas de gelo flutuante que nos cercam. As marítimas resolveram empregar lanchas como batedoras para procurar as melhores passagens entre os corredores estreitos mais promissores desse autêntico labirinto de icebergs.

Assim se passam os dias e semanas. Enquanto isto, eu e Genteel divagamos sobre nossas infâncias e as experiências de nossas vidas adultas tão diferentes. Falamos de nossas expectativas e esperanças para o futuro. De sentimentos e emoções, por vezes mais parecidos do que eu e ele esperávamos.

Confidências reveladas com um grau de abertura que raramente demonstrei com outra pessoa, humana ou alienígena.

A explicação simplista afirma que a convivência prolongada em ambientes confinados explica fenômenos deste tipo. Neste barco de criaturas tão estranhas e diferentes como as marítimas, só temos um ao outro para conversar, consolar e partilhar.

Descubro-me confessando a Genteel mágoas antigas de meu relacionamento com Europa. Mágoas de que jamais havia falado, nem mesmo com o Pai. Aproveitando o ensejo, abordo minha inadaptação crônica ao ambiente civilizado, asséptico e estritamente humano das cidades de Rhea.

Em troca, meu amigo conta das discriminações que sofreu como renato em Centauri e do temor de ser obrigado a fazer a passagem para a segunda vida a bordo do *Espumas*.

Diante do tempo que estamos perdendo aqui no polo, a perspectiva do atraso fatal torna-se mais provável a cada dia que passamos entre os icebergs traiçoeiros que nos rodeiam.

Genteel sente-se atemorizado.

Não é para menos.

Ele jamais ouviu falar de uma passagem bem-sucedida efetuada fora das paredes de um templo da sua espécie.

Por isto não sabe sequer se, sob as condições adversas que ora enfrentamos, a metamorfose será concluída. Quanto mais se sobreviverá a ela.

"Quero que você seja a minha guardiã da memória." – Ele me pede num Intercosmo impregnado de solenidade. – "Por favor, diga que aceita."

– Sinto-me honrada com o convite. – Remexo-me inquieta, sentada à plataforma. – Mas, no que consiste exatamente uma guardiã da memória?

Ele explica.

Eu me quedo inteiramente perplexa.

Então, é para isto que serve esse registrador mnemônico sofisticado ao qual Genteel dedica tanta atenção. É por isto que os renatos jamais ousaram modificar seu genoma para introduzir a memória indelével. No caso deles não iria adiantar nada...

Há ocasiões em que certos alienígenas se revelam tão... tão alienígenas!

De acordo com Genteel, em suas segundas vidas os renatos não guardam memória alguma de tudo aquilo que experimentaram, vivenciaram e pensaram ao longo da primeira *encarnação*.

Começam tudo de novo.

Do zero!

Tabula rasa.

Quando Genteel renascer como humanoide, não lembrará de nada além de uns poucos rudimentos de seu idioma ancestral.

Nenhuma recordação. Nenhum conhecimento adquirido.

Nenhuma lembrança de tudo aquilo que viveu, sofreu e aprendeu nos últimos 1.253 anos THP.

Quanto desperdício!

Surpreendo-me com o quão alienígenas os renatos são. Muito mais alienígenas do que a mera morfologia centaurina me fez supor.

Pergunto-me se todas as metamorfoses são assim, independente da espécie. Será que a borboleta guarda alguma lembrança de sua existência de lagarta? Lógico que não.

Em termos comportamentais, como indivíduos, insetos são animais muito primitivos. Pouco mais do que autômatos de proteína. Não guardam recordações e são, com raríssimas exceções, incapazes de aprender com a experiência.

No entanto, se uma lagarta pudesse adquirir uma partícula de conhecimento, por mínima que fosse, será que se lembraria desse conhecimento quando virasse borboleta?

Porém, divagações a parte, nem tudo está perdido para meu pobre e querido amigo. Para proteger e transmitir todo esse conhecimento esquecido, existem os guardiões da memória.

Nos tempos primitivos, pouco após a promoção dos renatos à racionalidade, numa época em que ainda estavam restritos a seu mundo natal, os guardiões – quase sempre renatos humanoides experientes – estudavam toda a primeira vida de um renato em seus mínimos pormenores e então recitavam-na para o jovem renascido humanoide.

Essa récita ritual costumava durar várias semanas, não raro, meses a fio. Ao fim do processo, o centauro renascido humanoide adquiria um vislumbre de tudo aquilo que ele havia sido e feito antes da *passagem*.

Sinto-me abismada com a profundidade e a importância dessa tradição. E inteiramente apavorada com a responsabilidade que Genteel pretende depositar sobre meus ombros.

E se algo der errado?

E se ele não regressar da primeira morte para a segunda vida? Li na biblioteca do *Espumas* que um décimo dos renatos não consegue fazê-lo.

Uns poucos emergem da *passagem* como idiotas, incapazes de reaprender o que quer que seja.

"Não tema, minha querida. Hoje em dia, com os avanços tecnológicos, os guardiões não precisam mais memorizar toda a primeira vida de seus protegidos." – Ele me consola, enquanto afaga meus ombros e costas com seus tentáculos carinhosos. – "Você só precisará guardar meu núcleo de registro mnemônico e entregá-lo a meu novo eu. O núcleo possui um programa capaz de me ensinar Intercosmo novamente em questão de horas. Daí, você poderá se reapresentar a mim."

– Genteel, eu não sei... – Hesito, engasgada de emoção e nervosismo. – Jamais me senti tão honrada com um convite quanto me sinto agora...

"Puxa! Nem mesmo quando foi convidada a se sentar no conselho de hierarcas de Rhea?"

Lembro-me daquele convite declinado. Quanta mágoa a recusa causou aos meus avós.

– Nem mesmo então.

"Quer dizer que aceita?"

Quanta esperança percebo nesses chilros, mesmo antes de vislumbrar os ideogramas da tradução intercósmica!

"Responda, minha querida, diga que aceita."

– Ah, meu amigo, estou cheia de orgulho e louca de vontade de aceitar...

Suspiro e, com intuito de ganhar tempo, faço-lhe carinho no dorso sedoso recoberto de pelos finíssimos. Ele se empina, erguendo as patas dianteiras do piso. Suas costas musculosas se enrijecem de prazer.

Interrompo o carinho, algo assustada e inegavelmente deliciada.

– Mas...

"Mas..."

– Mas estou morta de medo de topar a parada e, com minha ignorância de alienígena, colocar tudo a perder no momento crucial.

"Tenho certeza de que você fará tudo da forma mais perfeita, Clarinha!"

Sorrio sem jeito.

Só o Pai costumava me chamar deste modo quando eu era garota. Ainda assim, apenas em ocasiões especiais.

"Não consigo imaginar alguém tão inteligente e sensível quanto você, alguém tão corajosa a ponto de enfrentar uma belonave de Amphibia só com meia dúzia de carabinas, fazendo algo errado."

Se isto não é uma declaração de amor, então eu não sei o que é.

– Assim você está me deixando encabulada.

"Então, deve ser por isto que as maçãs do seu rosto mudaram de cor." – Ele aponta com um probóscide jovial. – "Sei o que deve estar pensando: seria melhor escolher outro renato para guardião, não é?"

– Este argumento de fato me passou pela cabeça. Só que não temos esta opção.

"Saiba que a considero a pessoa mais apta para proteger minha memória em todo o planeta. Você me faria o renato mais feliz de Ahapooka se aceitasse."

Antes que eu possa decidir a respeito, o fonoclama do camarote tamborila uma sequência de batidas rítmicas e o dispositivo automático do terminal da biblioteca projeta sofregamente os ideogramas da tradução intercósmica à nossa volta.

"Lady Clara, a Pinça-Dourada de nossa nau percute por minhas patas. Vossa presença e a da renata Genteel são requisitadas ao salão de comando."

– Estamos a caminho. – Respondo para o terminal.

De repente, não nutro mais dúvidas. Com a mente tão límpida como um cristal da Ilha da Promissão, nem sequer compreendo como pude julgar que esta decisão fosse tão difícil.

Agarro um tentáculo de Genteel em cada mão e o puxo para mim num abraço.

– É lógico que aceito ser sua guardiã da memória. Sinta-se tranquilo, meu querido. Defenderei seu núcleo com a minha vida. Agora, vamos ver o que Borbulhante deseja de nós.

Enlevado e hesitante, ele enfim afasta os tentáculos que me enlaçam o tronco e a cintura.

Então caminhamos lado a lado em passo animado por este corredor fétido e sombrio.

▼ ▼ ▼

Observo a holovigia focada na seção de vante do convés principal. Dezenas...

Não!

Centenas de tentáculos amarelados mais grossos que minha coxa destacam-se contra o azul cinzento do oceano e o branco dos inúmeros icebergs.

Serpentes enfurecidas num espetáculo dantesco, derramadas pelo bordo de boreste a partir da amurada, chicoteando às cegas e agarrando-se às anteparas e aos guindastes de manobras de carga e descarga.

Outra holovigia exibe a mesma criatura de outro ângulo.

O mar borbulha ao lado do *Espumas*, como se em ebulição sob a genuína floresta de tentáculos que se debatem com movimentos espasmódicos, impedindo que se verifique o tamanho e a real morfologia do espécime, cujo corpo em si permanece submerso.

Várias dezenas de tentáculos se erguem da superfície do oceano até incríveis cinquenta metros de altura, para atingir o convés principal.

Por que esses probóscides invasores não avançam sobre os conveses-plataformas inferiores ao principal?

Questiono Borbulhante. A Pinça-Dourada tamborila algo à imediata e então aponta com um de seus manípulos bucais para o holotanque que acaba de se acender à minha esquerda. Observo uma tomada ampliada de outro ângulo do costado de boreste. Agora logro enxergar as cúpulas transparentes que recobrem os conveses inferiores. O dono dessa miríade de tentáculos já deve ter desistido de explorar ali.

– Essas cúpulas... Não sabia que vocês podiam cobrir as plataformas desse jeito.

"Fazem parte do equipamento de climatização dos conveses suspensos." – Borbulhante explica num Intercosmo sério. – "Um recurso raramente usado. Contudo, aqui nestas águas gélidas, se não o fizéssemos perderíamos acesso a tais espaços de ar livre." – Após uma pausa pensativa, acrescenta. – "Como sabem, nossos organismos não possuem mecanismos de controle de temperatura tão eficientes quanto os seus."

– E quanto ao convés principal?

"Não dispomos de cúpulas ali."

Lanço outro olhar à floresta de tentáculos furiosos.

Nunca ouvi falar que os oceanos de Ahapooka abrigassem tamanha monstruosidade.

Um animal cuja existência foi até hoje ignorada pelas ciências naturais dos povos radicados. Mais que mera espécie desconhecida, creio estarmos diante de uma nova classe zoológica.

O fato não é de todo surpreendente. Afinal, ao que eu saiba, são raríssimos os relatos de navios que tenham demandado tão ao sul. Sobretudo no inverno.

Contudo, descoberta zoológica a parte, o dono desses tentáculos deve ser enorme. E incrivelmente forte.

"Que tipo de monstro é esse?" – Genteel indaga, contemplando os apêndices da criatura com ar embasbacado.

"Uma espécie de cefalópode descomunal." – A comandanta declara. – "Ao menos, é o que parece pelo exame dos tentáculos."

Não nutro tanta certeza. Cefalópode algum seria tão forte.

Seus tentáculos não são como os de um cefalópode comum. Ao contrário, assemelham-se aos probóscides vigorosos de um renato, só que muito maiores.

Várias marítimas de carapaças amarelas enxameiam pelo convés sobre um fundo de céu azul e mar cinzento. Outras, mais corajosas, giram serras elétricas, ou valem-se das próprias pinças dianteiras, na tentativa de seccionar tentáculos da criatura ou criaturas ainda ocultas na água à sombra do casco e dos conveses suspensos do *Espumas*.

Todavia, esses atos de bravura isolados não surtem efeito.

Para cada tentáculo amputado, outro se ergue sobre a amurada ocupando seu lugar, num movimento serpenteante em busca de uma presa.

De repente, um tentáculo envolve uma tripulante de carapaça vermelha.

Antes que as colegas tenham tempo de reagir, a vítima é arrancada do convés e erguida como se fosse um brinquedo. As patas e pinças da tripulante infeliz debatem-se inúteis a quase cinco metros de altura, até que o tentáculo monstruoso se recolhe num movimento rápido, desaparecendo amurada abaixo com a presa capturada.

Genteel aponta para outra holovigia.

Dirijo o olhar para a holoampliação de um tentáculo amputado estendido sobre o piso do convés. Duas marítimas de carapaças vermelhas examinam o troféu, indiferentes à batalha que grassa poucos metros de distância.

Observo o padrão de ventosas circulares do membro inerte.

São semelhantes as de um calamar gigante, só que do tamanho de uma cabeça humana. Se o animal é de fato um cefalópode, considerando os tentáculos, deve ser do tamanho de um macrotúbulo adulto.

"O animal parece estar tentando escalar o costado para invadir o navio." – Borbulhante esclarece. – "É provável que se sinta atraído pelo calor de nossas máquinas."

"Ele pode virar a nau?" – Genteel gira os tentáculos, temeroso.

"Virar um navio com estabilizadores e com o calado do *Espumas Flutuantes*?" – Os ideogramas da comandanta não denotam indignação, mas antes, certo divertimento. Já se convenceu plenamente da total ignorância do hemicentauro para tudo o que se refere a navios e à vida no mar. – "Duvido muito."

"Mas não sabemos qual o tamanho real desse monstro..." – O renato replica, elevando a frequência de rotação de seus tentáculos.

"Não sabemos." – Borbulhante concorda. – "Mas podemos estimar esse tamanho a partir da circunferência das ventosas. De todo modo, já lançamos sondas automáticas por sob o casco para examinar as criaturas."

– Essa estimativa só resultará se a criatura for de fato um cefalópode. – Falo, de momento mais preocupada com a segurança das tripulantes expostas aos tentáculos que varrem o convés do que com a possibilidade remota de uma avaria do *Espumas*.

Borbulhante, contudo, reconsidera a questão.

"Muito bem, Genteel. Em atenção a vosso bem-estar emocional, ordenarei o bombeamento de lastro para os tanques de bombordo. Deste modo, por maior que a criatura seja, não será capaz de soçobrar a nau."

"Muitíssimo obrigado, Comandanta. Sinto-me bem mais seguro assim."

"Lady Clara, alguma sugestão de como agir para espantar a criatura?"

– Já cogitou eletrificar o casco?

“Em verdade, já. Só que não conseguiríamos fazê-lo a curto prazo sem pôr em risco a vida das minhas irmãs.”

Imagino o que passa pelo espírito da comandanta.

Se ultrapassar o costado do *Espumas* e atingir o convés principal, o cefalópode, ou seja lá o que for, tornar-se-á uma ameaça real à vida das tripulantes. Pois, pelo que podemos constatar da criatura através do comprimento e força de seus tentáculos, só estaríamos a salvo dela se nos mantivéssemos vários conveses abaixo do principal, onde as comportas e escotilhas de acesso não permitiriam a passagem de seu corpanzil decerto descomunal.

“Poderíamos atacar o monstro com lança-chamas.” – Genteel sugere, tentando ser útil.

“Não dispomos de lança-chamas a bordo.” – Borbulhante informa com paciência forçada. – “Poderíamos confeccionar dispositivos desse tipo a partir de nossos maçaricos de solda. Mas não creio que haja tempo para isto.”

– De quantas carabinas-laser vocês dispõem?

“Mais de três dúzias.” – Borbulhante responde após breve consulta a Pertinaz. – “Os tentáculos, contudo, não parecem particu-
larmente sensíveis à ação de disparos laser. Talvez as serras elétricas ainda constituam a melhor opção.”

– Os tentáculos podem não ser vulneráveis. Mas não é só neles que pretendo mirar.

“De acordo.” – Borbulhante compreende meu objetivo sem que eu precise detalhar. – “Algumas de minhas irmãs são boas atiradoras. Você precisa de ajuda?”

– Toda ajuda será bem-vinda. Mas como irei comandá-las?

“Todas as cidadãs do *Espumas* compreendem ordens simples em Intercosmo. Além disso, eu mesma subirei ao convés. No entanto, o comando será seu. E quanto à sua segurança?”

“Disto cuido eu.” – O renato dispara.

– Parem de agir como se eu fosse um bibelô de cristal! Fiquem sabendo que eu...

“Repito. Eu cuidarei pessoalmente da segurança de minha amada guardiã.” – Genteel declara, peremptório. – “Humanos são criaturas frágeis. Não estou disposto a arriscar a minha. Não admito discussão neste ponto.”

Borbulhante estaca por um instante, gira a carapaça avantajada de um lado para outro sobre o pedestal de comando enquanto pesa a afirmação do centauro. Talvez se questione quanto à seriedade do novo vínculo estabelecido entre os seus dois passageiros. Um vínculo do qual ela só agora toma conhecimento.

Enquanto permaneço muda de espanto indignado, a comandanta decide afinal:

"Muito bem. Lady Clara comandará a guarnição de convés e Genteel cuidará da segurança de Lady Clara. Já perdemos tempo demais em discussões. Vamos a isto."

Secundados pela indefectível Pertinaz, caminhamos pelos corredores gotejantes até o amplo elevador de carga. Daí subimos ao convés principal.

X

Heroína

Neste planetinha dos infernos quem não sabe usar armas muito bem, não costuma durar muito. Isto é particularmente verdadeiro na Planície Vermelha. [6]

---

[6] Frase atribuída a John Smith

Aqui do convés principal, a visão de inúmeros tentáculos rodopiantes, chicoteando a esmo as placas metálicas e agarrando-se indistintamente a anteparas, guindastes e escotilhas, é mais impressionante do que da holovigia do salão de comando.

Duas marítimas de carapaças amarelas param diante de mim com pilhas de carabinas-laser empilhadas nas pinças dianteiras. Fito a carapaça vermelha que as acompanha e pergunto:

– Onde estão as atiradoras voluntárias?

A oficial tamborila um comando seco na placa do convés e uma dúzia de marítimas amarelas e três vermelhas avançam, emergindo das sombras onde se ocultavam.

Em gestos rápidos e precisos, formam duas filas e cada uma toma uma carabina para si.

As quatro carabinas restantes me são oferecidas.

Genteel se adianta e enlaça as armas com dois tentáculos.

– Tem certeza? Posso pedir a uma marítima que segure as armas.

"Não vou decepcioná-la com meu temor desta vez, minha querida."

Com a afirmação, ele se posta atrás de mim com as pernas musculosas hirtas e os cascos largos bem firmados na chapa metálica do convés.

Emprega os quatro tentáculos restantes para me enlaçar os ombros, o tórax e os quadris, fixando-me junto a si, mas me deixando os braços livres para atirar.

"Preocupe-se apenas com esse monstro horrendo. Seu equilíbrio está por minha conta. Não tema. Não permitirei que você caia."

Sinto seu hálito quente e agradável em meu pescoço quando comprime o segmento vertical de seu tronco contra as minhas costas. Com um assobio suave em meu ouvido, ele indica que está preparado.

Não há dúvida que este vai ser um modo *sui generis* de combater!

– Atenção, cidadãs. – Brado, dirigindo-me às marítimas. Elas percebem os ideogramas intercósmicos projetados do meu tradutor e me apontam pedúnculos oculares atentos, imóveis de expectativa. – Vamos evitar que o animal galgue até o convés. Quero que mirem não nas pontas mais próximas dos tentáculos e tampouco nesses que chicoteiam como loucos à nossa volta. Procurem concentrar os disparos nas extremidades onde o animal se firma para tentar se guindar para bordo.

Nenhuma das marítimas demonstra reação. Então me lembro de acrescentar o comando de execução:

– Abrir fogo!

Elas não esperam uma segunda ordem.

Metódicas, manipulam as carabinas atarracadas com destreza entre as pinças e efetuam seus primeiros disparos pulsados. Dezenas de trilhas rubras e efêmeras pontilham o ar acompanhados de zumbidos agudos e do cheiro de ozônio característico que, como de costume, chega-me agradável às narinas. Sensação que invariavelmente me acomete quando me encontro deste lado do gatilho.

Minhas comandadas não são exatamente as atiradoras-de-elite que Borbulhante havia prometido. Mas até que não fazem feio.

Ergo a carabina.

Desta vez o biotraje enrijeceu com antecedência a luva que ativa o gatilho e não chego a ferir os dedos.

Disparo e atinjo em cheio um dos tentáculos no ponto onde ele se firma à amurada.

Não há dano visível.

Insisto e prossigo alvejando o mesmo ponto com novos disparos pulsados.

Depois de quinze ou vinte segundos de impacto direto sob os feixes pulsados, o tentáculo enfim se desprende da amurada. O método não constitui nenhum primor de eficiência.

Com um rodopio langoroso, o órgão se eleva lento, ergue-se e regride afinal, deixando-se tombar amurada abaixo, mergulhando de volta no oceano.

Minha alegria dura pouco. Outro tentáculo emerge sobre a amurada para ocupar a posição do anterior.

Abro fogo contra o novo intruso.

Demoro tanto tempo para desalojá-lo quanto o tentáculo anterior. Pelo canto dos olhos, observo que, não obstante o empenho, minhas atiradoras não estão obtendo melhor sorte.

Malditas marítimas!

Bem que podiam dispor de armamento decente a bordo, em vez dessas carabinazinhas de brinquedo! Uma ou duas boas bazucas de plasma mostrariam ao dono desses tentáculos o que é bom para a saúde!

"Não está adiantando muito." – Genteel comenta sobre meu ombro.

– Isto eu posso ver. – Rosno sem lhe prestar atenção. – Alguma sugestão inteligente, para variar?

Ignorando o tom sarcástico patente em meu Intercosmo, ele indaga:

"Por que você não suspende o fogo e espera que a criatura se alce até o convés? Aposto que o corpo deve ser mais vulnerável do que os tentáculos."

– Até que a ideia não é de todo má. – Elogio-o, pesando a nova tática. Eu mesma já havia cogitado a hipótese. Mas, no fragor da batalha, acabei descartando-a por considerá-la arriscada demais. A sugestão tem mérito. Poderemos concentrar o fogo de todas as armas sobre um único ponto vulnerável. – Atenção, marítimas. Cessar fogo. Manter prontidão para retomar o ataque a meu comando.

Os disparos deixam de pontilhar o espaço que nos separa dos tentáculos da criatura invasora.

Pela primeira vez, o animal não se encontra sob ataque, quer das serras automáticas, quer de nossas carabinas.

Em pouco tempo, a quantidade de tentáculos se multiplica a olhos vistos. Exatamente como planejado. Eles agora parecem mais calmos e determinados. Já não se comportam como serpentes enlouquecidas. Agem como grossos cabos de atracação, procurando se firmar em todas as reentrâncias e saliências que tateiam ao longo do convés.

Em alguns pontos, tentáculos fixados em posições próximas à amurada soltam-se espontaneamente mas, em vez de regressarem ao oceano, distendem-se à procura de pontos de apoio mais próximos ao centro do navio.

"O monstro começou a escalar o costado, Clara." – Genteel assobia em meu ouvido.

– É isto que queremos que ele faça, certo?

Não há mais dúvidas. O animal se esforça para erguer seu corpanzil por sobre a amurada. Pela energia que despende e a potência muscular que exibe, estimo que dentro em instantes estaremos frente a frente com o invasor.

Por que marítima alguma se lembra de nos transmitir um holo do atacante? É de se supor que esteja pendurado no bordo de boreste... Assim, teríamos noção do tipo de ameaça com que estamos lidando.

"Que tipo de criatura possui tantos tentáculos?" – Genteel pergunta – "Já contei mais de oitenta! Isto supera em quatro vezes o número de tentáculos de qualquer calamar gigante conhecido."

– Com toda certeza, uma espécie desconhecida. – Especulo irônica, mantendo-me a postos para enfrentar o pretenso cefalópode.

A criatura enfim arremessa o corpanzil elipsoidal por cima da amurada. O vulto escuro se esparrama sobre o convés, num emaranhado de tentáculos revoltos.

Definitivamente, não é um cefalópode.

Embora gigantesco, é bem menor do que um macrotúbulo.

Dispõe de um exoesqueleto amarelento de aspecto coriáceo e arrasta o corpo imenso e balofo sobre cerca de vinte pernas articuladas. Possui um bico córneo que se abre em quatro pinças, e dois olhos sem pálpebras do tamanho de pratos grandes.

Um corpo couraçado!

Com esta eu não contava...

Ah! Afinal, a criatura nos oferece um par de alvos perfeitos.

– Abram fogo contra os olhos do monstro, agora!

As marítimas não se fazem de rogadas.

Antes que o invasor possa esboçar reação, dezenas de feixes pulsados o atingem.

Faço mira num dos olhos.

Dessa distância, até um cego acertaria.

Um disparo pulsado e o disco ocular explode num jorro viscoso de dar gosto.

A gosma acastanhada escorre num fluxo espesso pelo corpanzil do monstrengo abaixo.

O invasor se enfurece.

Lança um bramido cavo de fera acuada e arremessa os tentáculos grossos e compridos em nossa direção. Ordeno às tripulantes que recuem três metros, mas eu e Genteel mantemos posição.

Neste instante, uma atiradora consegue estourar o outro olho do inimigo.

Outro urro de dor ainda mais potente que o anterior ecoa nos paredões dos icebergs à nossa volta e nas anteparas dos prédios mais próximos.

– Continuem disparando através dos orifícios orbitais! – Ordeno, dando o exemplo. – Com um pouco de sorte, calcinaremos o cérebro dessa besta!

O pseudocefalópode estende os tentáculos, caçando-nos às cegas.

Parece cada vez mais fraco.

Nossos disparos escavam feridas horríveis dentro das órbitas vazias do animal. Os feixes vermelhos resvalam para fora dos orifícios, à medida que o monstro se debate. O fluido grosso e escuro se derrama em profusão das feridas sanguinolentas.

Pouco a pouco, conseguimos escalavrar duas valas mortíferas que penetram o âmago da criatura.

Num gesto de misericórdia, regulo a carabina para um feixe contínuo de cinco segundos e disparo para dentro do orifício ocular superior.

O animal interrompe seu avanço entre dois passos e estremece. Suas patas cedem sob o peso e ele desaba com um estrondo terrível. Mantém-se inerte sobre o piso metálico.

“Clarinha, esse monstro só possui 39 tentáculos inteiros e três cotos.” – Genteel anuncia, o tom de alarme evidente em sua fala nativa. – “Olhe! Observe a amurada.”

Ele tem razão. Dezenas de tentáculos vigorosos forcejam para erguer outro monstro até o convés.

Interrompo os assobios e a tamborilada comemorativa das tripulantes com um grito:

– Atiradoras! Preparar para engajamento iminente!

Atônitas, as marítimas giram os olhos pedunculares assustados na direção que lhes indico. Logo silenciam por completo, reconhecendo o teor da nova ameaça.

O segundo monstro não demora muito a se alçar convés acima.

Desta vez, não preciso dar ordem.

A segunda criatura aterra no convés, quase em cima do cadáver da primeira.

Ela para um instante, como que a tomar fôlego, e nós aproveitamos para fazer fogo contra os dois discos oculares dispostos um acima do outro.

Em menos de cinco segundos, o monstro se encontra cego e desesperado de dor.

Ordeno às atiradoras que recuem alguns passos.

"Clara! Outro monstro!"

Lanço um olhar na direção indicada por Genteel.

Pelo visto, essa terceira criatura emergirá cerca de cinquenta metros avante das duas primeiras.

– Concentrem fogo nos orifícios oculares! Vamos com isto! Um novo monstro está prestes a saltar sobre nós. – Disparo um feixe contínuo de cinco segundos para dentro da órbita ocular inferior da criatura e sinto que ela começa a fraquejar. – Genteel, atenção ao monstro que está tentando galgar a amurada.

"Nem precisava mandar." – Resposta típica de entidades com muitos olhos capazes de mirá-los em direções independentes.

Volto-me para o vulto dourado de Borbulhante.

A comandanta assiste toda a ação, impávida atrás da segurança relativa de uma antepara translúcida erguida às pressas para protegê-la.

– Estas águas estão infestadas de monstros! Não há um modo de acelerar e arrancar o *Espumas* do meio desse cardume de pesadelo?

"Estamos nos locomovendo à velocidade máxima em que conseguimos detectar e nos desviar dos icebergs." – Borbulhante replica no seu melhor tom formal de desculpas. – "Não há registros de tamanho acúmulo de gelo nesta latitude, nesta época do ano."

Finalmente, o segundo monstro se queda inerte.

Voltamos nossa atenção para os tentáculos retesados do terceiro invasor.

– Muito bem, meninas. Vamos rumar juntas para a proa. Com cautela.

Sigo na frente delas.

Meu avanço, contudo, é dificultado pelos tentáculos solícitos mas firmes de Genteel.

– Será que você poderia fazer a gentileza de me soltar um pouco? – Rosno sobre o ombro, espumando de raiva e adrenalina. – Não estou conseguindo andar direito com você me segurando deste jeito!

"Negativo. Se eu a soltar, você corre risco de cair. Além disso, Borbulhante ordenou que eu a proteja."

Não vale a pena discutir.

Ademais, não há tempo para decidir se de fato me incomodo ou aprecio as atenções dele. Isto sem falar nas sensações de contato e o calor que o corpo dele produz.

Quando estou prestes a ordenar que façamos alto em nosso avanço, ouço o estrondo vindo do bordo oposto, bastante à ré em relação ao posto onde enfim estacionamos.

Viro para uma das oficiais vermelhas e indago:

– Você consegue estabelecer contato com o salão de comando? – Antes que ela termine de assentir com um estremecimento dos pedúnculos oculares, ordeno – Peça-lhes que confirmem a presença e a posição de pseudocefalópodes à ré e a bombordo de nossa posição.

A oficial assente outra vez.

Ativa um aparelho acoplado à carapaça e este emite um zumbido. Então, tamborila animadamente com as patas traseiras na superfície metálica do convés.

Borbulhante aproxima-se em passos rápidos, secundada por um pequeno séquito de marítimas amarelas que, atrapalhadas, conduzem a antepara translúcida e tentam manter a proteção móvel entre a comandanta e a amurada de boreste.

"Sua hipótese está correta." – Ela informa, agitada. – "Um monstro cefalópode movimenta-se livremente na seção de ré por bombordo do convés principal. Já ordenei o fechamento de todas as comportas e escotilhas do setor. No entanto, não dispomos de pessoal armado para dar combate à criatura."

– Muito bem.

"E agora, Clarinha?"

– Atiradoras, a meu comando! Vamos nos dividir em dois grupos.
– Determino, sem parar para pensar se esta é de fato a estratégia mais sensata. Gesticulo para as marítimas à minha esquerda. – Vocês deste lado, permaneçam aqui sob o comando da Pata-Primeira. Adotem a mesma técnica de combate que desenvolvemos com os dois novos invasores. O resto das cidadãs, venham comigo.

Rumamos para a seção do convés onde o invasor foi avistado.

Tenho ímpetos de correr na frente, mas Genteel antecipa minha intenção e restringe a velocidade dos meus passos com os tentáculos.

– Largue-me! Há um monstro à solta no convés.

"É por isto mesmo que não pretendo deixá-la avançar sozinha contra ele."

Continuamos rumando para bombordo.

Escolho uma rota praticamente desimpedida de prédios e guindastes.

Cruzo o convés no sentido transversal com o renato enlaçado atrás de mim. Sinto-me um bocado ridícula caminhando com os discos largos das articulações de suas patas dianteiras chocando-se seguidamente contra minhas nádegas e os tentáculos que me envolvem o tórax roçando intermitentes em meus seios à medida que forcejo para avançar a passos rápidos.

Felizmente, não há outros humanos para presenciar esta cena vexatória.

Não sei bem o porquê, mas tenho a ligeira impressão de que esse renato está se aproveitando da situação.

Também, por que diabos sempre tenho a mania de me sentir excitada nas ocasiões mais inoportunas?

Enfim, atingimos a amurada de bombordo.

Nem sinal do inimigo.

– Será que dá pra você me largar um pouco?

"Você precisaria tirar o biotraje para copular comigo?"

– Genteel! Não é possível que até numa hora como esta você não tire esta ideia fixa da cabeça!

"O estímulo sexual é uma técnica excelente para aplacar o temor."

Giro os calcanhares, mas ele me enlaça de novo. Mais respeitoso desta vez.

As marítimas reúnem-se à nossa volta.

Parecem tão desorientadas quanto nós.

– Infravermelho. – Os neuroimplantes me atendem e ativam a visão IV. Esses monstros pseudocefalópodes devem ser pecilotérmicos, pois não observo rastros de calor pelo convés. – Visão normal.

No instante em que minha visão normal é restaurada, vislumbro com o canto do olho um vulto escuro oblongo sobrevoando nossas cabeças.

Um safanão tremendo me faz expelir todo o ar dos pulmões.

Sou varrida para longe do piso metálico como um inseto.

Quando dou por mim, estou sendo fortemente sacudida vários metros acima do convés.

A pressão terrível me ameaça partir as costelas!

Então, a mandíbula gigantesca que me aprisionava decide me libertar e eu despenco de três ou quatro metros de altura.

Caio sentada na chapa dura do convés. Embora meus *amortecedores naturais* tenham evitado o pior, a dor lancinante quase me faz desmaiar.

O biotraje reage rápido, injetando endorfinas e estimulantes em minha corrente sanguínea.

Ergo-me num salto, mais esperta e combativa do que nunca. Então, olho para o alto.

Genteel debate-se indefeso, preso ao tentáculo monstruoso do pseudocefalópode, que enfim nos dá o ar de sua graça.

Levo um décimo de segundo inteirinho para compreender que o amplexo mortal da criatura capturou o renato e não a mim. No primeiro instante, o abraço protetor de Genteel me arrancou do piso quando ele próprio foi agarrado e guindado.

Contudo, no instante seguinte, recuperado do susto, conseguiu reunir sangue-frio suficiente para me largar.

As marítimas emitem chiados consternados de seus tubos respiratórios.

O tentáculo gigante se retesa sob os quatrocentos quilogramas de Genteel e começa a ondular, puxando meu renato para junto de seu corpanzil fremente.

O bico quadripartido do monstro abre e fecha vezes seguidas em antecipação macabra.

Meu amigo se debate e sibila fracamente em seu próprio idioma.

Isto não pode acontecer! Não com Genteel!

Não penso no que fazer.

Não há tempo para pensar.

Um balde de água gelada se despeja em minha cabeça.

Meu corpo age por si.

Lanço-me em direção ao monstro com passadas tão rápidas que as marítimas atônitas que estendem pinças para me deter falham neste intento.

Em plena corrida, uma parte ínfima do meu espírito se lembra de regular a carabina para fluxo contínuo.

Lá do fundo, outra voz aconselha baixinho que eu dispare à queima-roupa.

Aproximo-me da criatura.

Quinze metros.

Dez metros.

Cercada por tentáculos ondulantes, ergo a carabina travada em disparo contínuo.

Acerco-me do monstro.

A cinco metros, o corpo dele é uma montanha de carne pulsante e placas córneas que se ergue acima de mim.

Dois tentáculos giram céleres em meu encalço.

Com os reflexos acelerados pelas enzimas do biotraje, observo-os flutuar em minha direção num balé lânguido e desajeitado.

Não julguei que fosse tão fácil evitá-los.

O universo gira em câmera lenta.

O exoesqueleto da criatura exibe-se a meus sentidos intensificados como uma armadura úmida e reluzente de placas córneas.

Por debaixo dessas placas, uma extensão de carne e músculos retesa-se no esforço de girar vários tentáculos de uma vez.

Afinal, as vinte e poucas pernas articuladas minúsculas desse monstro não passam de dezoito, mas são maiores do que as de um globhf adulto e se remexem numa dança pastosa, quase congelada.

Atrás do colosso de músculos, placas e carne trêmula, colado à linha do horizonte, Lobster fulgura radiante no céu polar de azul cobalto mais belo que já se viu.

Salto e giro.

Uma, duas, três vezes.

Os tentáculos preguiçosos arrastam-se em minha direção, cada vez mais vagarosos, jamais chegando a constituir ameaça séria.

Genteel, meu belo e galante renato, grita algo.

Seu trinado, antes melodioso e agudo, estende-se interminável num tom tão grave que se torna ininteligível, como um grito rouco ecoando interminável convés afora...

Então, o instante almejado!

A fração ínfima de um segundo.

Eternidade.

O momento em que o monstro distende as quatro mandíbulas, abrindo a bocarra inteiramente para engolir o renato.

Disparo.

Mantenho o gatilho pressionado.

Um, dois, cinco segundos.

A voz dentro de mim permanece fria e mantém a contagem em tempo objetivo.

Horas voam neste intervalo de tempo viscoso, congelado.

Absolutamente nada acontece para mudar o holograma.

Paralisado com a bocarra aberta como um túnel escuro, o monstro absorve o jorro energético goela adentro.

Um gêiser de fluido pardo borbulha preguiçoso pelas mandíbulas da criatura, num fluxo lento e fumegante.

Meu renato jaz imóvel. Estátua absoluta de madrepérola reluzente, suspensa, congelada para sempre em meio a um movimento esperneante.

Alguma coisa estala dentro do meu crânio e a magia maravilhosa das enzimas olduvaicas se desfaz.

Num tranco doloroso, os movimentos do monstro e de Genteel voltam à velocidade normal.

De repente, a massa montanhosa que constitui o monstro ergue-se num último espasmo abúlico.

Então desmorona.

O céu azul escurece à sombra da avalanche de carne.

Ouço o grito agudo que meu renato emite ao despencar lá de cima e as atiradoras que crepitam em seu idioma a plenos pulmões.

Num ato reflexo, salto para longe. O maior salto da minha vida!

Não é o bastante para escapar à avalanche.

Primeiro, o céu torna-se negro num único golpe medonho.

Depois, a pressão terrível, esmagando todas as fibras do meu corpo.

Silêncio absoluto, quebrado apenas pelo pulsar lento e fragoroso da fera moribunda sobre meu peito e o ruído pungente das costelas estalando.

Não há dor. Só a certeza plena de que os ossos fraturados são os meus.

É estranho que não haja dor.

Apenas essa dormência lânguida e gostosa.

Então, a escuridão do céu que envolve meu corpo por inteiro, corre ao encalço de meu espírito.

O escuro me toma de assalto.

Sem aviso, as trevas engolem minha alma.

XI

Convalescente

A melhor maneira de encarar um centauro é através da mira de uma carabina laser!

Lars Niven, hierarca de Rhea, veterano da Sétima Guerra do Planalto

Abro os olhos, inteiramente desperta.

Estou deitada em minha plataforma no camarote.

Ajoelhado a meu lado, Genteel me observa com os seis bulbos oculares ondulando ansiosos à minha volta.

"Você está bem? Consegue falar?"

Experimento a garganta. A boca está seca.

A voz me sai áspera e rascante, mas consigo articular:

– O que aconteceu?

"O monstro... o pseudocefalópode desabou em cima de você. As marítimas tiveram que escavar um caminho com serras automáticas até encontrá-la."

Ele me oferece um copo d'água.

Aceito e bebo devagar.

"Você o matou sozinha."

Genteel está são e salvo! Seus assobios melodiosos são um bálsamo para meu espírito.

"Nunca ouvi falar de um ato tão bravo. Você salvou minha vida!"

– Matei mesmo? O monstro está... morto?

"Graças à sua bravura, minha querida. As marítimas disseram que jamais viram um humano se mover tão rápido. Afirmaram que mal puderam enxergá-la quando você correu em torno da criatura... Como conseguiu fazer aquilo?"

– Foi o biotraje. – Suspiro, esforçando-me para me apoiar sobre os cotovelos. – Enzimas para acelerar o metabolismo, intensificar os reflexos e apurar os sentidos... Fazem a gente se sentir capaz de passar por cima dos Poderosos, se esses se meterem em nosso caminho. Porém, uma vez cessado o efeito, a ressaca é a morte em vida.

– Você vai ficar boa?

– Vou. – Respondo, constatando que já estou me sentindo melhor do que no instante em que abri os olhos. – E os outros monstros?

"O que me agarrou foi o terceiro e, se você se lembra, já havia aquele quarto pseudocefalópode que deixamos a cargo do grupo comandado por Borbulhante."

– Eu me lembro.

"Pois bem. Apareceram mais sete depois daqueles quatro primeiros. Todos foram surpreendidos assim que saltaram para o convés. Atacados e mortos, graças à técnica que você desenvolveu."

Então, penso, está tudo bem agora.

– Quanto tempo?

"Você permaneceu três dias desacordada." – Ele me acaricia a testa com a ponta de um tentáculo. O toque é suave, quase paternal.

– "Pensei que fosse morrer..."

– Por quê?

"Quando finalmente conseguimos arrancá-la de baixo do monstro, levei você para o centro médico do navio. As marítimas obtiveram hologramas do interior do seu corpo. Havia muitos ossos quebrados; hemorragias internas. Um dos pulmões havia sido perfurado. Havia uma fratura feia no crânio e, aparentemente, um fragmento de osso alojado no cérebro. A equipe médica a declarou desenganada. Não havia nada a fazer. Ninguém conseguiu explicar como você permanecia viva. O mais curioso é que seus sinais vitais pareciam estáveis. De uma maneira incrível, seu organismo tornava-se mais forte a cada hora que passávamos no centro médico, embora as marítimas não tenham feito nada para curá-la. Simplesmente não sabíamos o que fazer."

– O biotraje me curou.

"Eu sei. Você me falou que o biotraje a protegia e que era capaz de curar as lesões corporais mais graves. Contei isto às marítimas. Elas não acreditaram. Uma médica de carapaça azul quis remover seu biotraje para tentar algum procedimento de emergência. Implorei que não o fizesse, pois imaginei que a remoção do biotraje pudesse matá-la."

– É o que muito provavelmente teria acontecido.

"Pois é. Mas a tal carapaça azul não quis me ouvir. Tentou seccionar o traje com um bisturi-laser, mas o simbionte aplicou um potente choque elétrico na cirurgiã, deixando-a prostrada. Aproveitei o caos que se estabeleceu no centro médico e entrei em contato com Borbulhante que, felizmente, estava no salão de comando. Ela rumou para o centro como um bólido e, após alguma discussão comigo e muita relutância, concordou em deixar você em paz dentro do traje enquanto continuasse exibindo sinais de melhora."

– Sua iniciativa me salvou a vida. Obrigada.

"Não foi nada, minha guardiã amada. Sou eu que deve agradecer." – As pontas de seus tentáculos brincam carinhosas com as mechas de meus cabelos. – "Jamais ouvi falar num ato tão louco e corajoso. Nem mesmo quando Spartacus bateu o líder daquela tribo humanoide da Floresta Louca em combate singular. Nem mesmo quando Fulgurante cruzou as Cordilheiras Colossais em seu decantado voo solitário, ou quando John Smith e seu bando de predadores derrotaram sozinhos uma manada de milhares de daakis enfurecidos."

A menção do nome do alienígena Smith, o predador mais famoso e bem sucedido de todo o Lado Ocidental, desperta saudades do Pai.

Já não nos vemos pessoalmente há quase três décadas. Faz oito anos que nem sequer ouço falar do seu paradeiro. Eu aqui, arriscando a vida, quase morrendo numa nau de Marítima perto do polo sul e sem notícias dele... Por onde andará? Em que aventuras estará metido agora?

– Foram apenas setecentos e poucos daakis.

"Como é?"

– A quantidade de daakis enfrentados por Smith e meu pai. Além disso, contamos com a ajuda providencial da *Penny Lane*, a nave estelar daquela tal quarta expedição de Olduvaii.

"Ah, Clara, isto não importa agora." – Ele percorre meu nariz e lábios com a ponta delicada de um tentáculo. – "O importante é que você está bem! Não pode imaginar a felicidade de ver seu rosto outra vez."

Faço cara de quem não entende nada e ele se apressa em explicar:

"Até uma hora atrás, o biotraje recobria totalmente sua cabeça com um tecido espesso e esponjoso. Embora suas narinas permanecessem tapadas, seus pulmões trabalhavam normalmente. Presumo que o simbionte estivesse curando as lesões em seu cérebro."

– É provável que sim.

"Você está completamente curada?"

Fecho os olhos e me faço a mesma pergunta. Meus neuroimplantes me transmitem uma série de informações subliminares.

Estrutura óssea; tecidos musculares; circulação; taxas metabólicas e hormonais; funções autônomas; reflexos; respostas neurológicas; memória indelével; bioprocessadores auxiliares; biotraje...

Sim. Está tudo em seus devidos lugares. Todos os meus sistemas funcionam tão bem quanto antes.

Estou perfeitamente saudável. Até mesmo a ressaca da aceleração metabólica se dissipou por completo. *Pronta para outra*, como o Pai costumava dizer.

– Estou curada, sim.

O fluxo de informações, no entanto, prossegue. E eu descubro alguns fatos *curiosos*. Dentre eles, a presença de moléculas orgânicas bastante alienígenas no metabolismo do simbionte.

É provável que Genteel saiba do que se trata.

– Você por acaso observou algo anormal no biotraje enquanto ele me curava?

"Bem, quando removemos você de baixo do monstro, sua cabeça já se encontrava inteiramente recoberta pelo tecido esponjoso. Tirando este fato e o choque elétrico que quase matou a cirurgiã, não me lembro de nada excepcional."

– Não é a este tipo de fatos que me refiro. O biotraje comeu alguma coisa nestes últimos três dias?

"*Comeu*? Como assim? Não julguei que precisasse comer..."

– Ele é um ser vivo, como eu e você. Pense bem: estive quase morta. Lesões extensas espalhadas por todo o corpo. Para realizar suas funções curativas, o simbionte teve um bocado de trabalho. Decerto precisou de energia para reparar meus ossos e tecidos. Normalmente, ele extrai nutrientes do meu organismo. Porém, se eu estiver muito debilitada, pode se ver forçado a recorrer a fontes externas.

"E como ele faria isto?"

– Ele dissolveria e reprocessaria qualquer substância orgânica à disposição. Qualquer matéria que estivesse junto a nós. Então absorveria o fluido resultante através dos poros. Usaria o que fosse preciso e expeliria o excesso e o que não pudesse aproveitar. Acaso não reparou se a película que reveste esta plataforma apareceu corroída, como se houvesse sido submetida à ação abrasiva de um ácido forte? Ou talvez, uma poça de líquido minando por baixo de mim enquanto eu repousava?

"Não vi nada disso. Decerto teria notado se... Espere! Uma das marítimas comentou ter julgado curioso que a carapaça do monstro ao redor do seu corpo parecesse calcinada, embora as lesões dos tecidos da criatura na região que envolvia seu corpo não fossem semelhantes aos chamuscados promovidos pelos disparos das carabinas."

– É isto. O biotraje digeriu os tecidos do pseudocefalópode. Isto explica os traços de moléculas orgânicas anômalas no metabolismo dele.

"Seu simbionte vai ficar doente?"

– Não creio. Em princípio, é plenamente capaz de lidar com toxinas alienígenas. Mas não custa nada lhe dar uma mãozinha.

"O que precisamos fazer?"

– Antes de mais nada, peça às marítimas que nos tragam um recipiente grande.

"O quão grande?"

– Do meu tamanho.

Dez minutos mais tarde, duas marítimas amarelas robustas nos batem à escotilha e pedem para entrar. Não sem certa dificuldade, introduzem uma cuba transparente de dois metros de comprimento no amplo banheiro do camarote.

Apesar das preocupações e cuidados de Genteel, levanto-me sem o menor problema e oriento os últimos passos da manobra muscular das subalternas, que acabam por posicionar a cuba junto ao box hermético.

Genteel agradece às tripulantes.

As marítimas me dedicam vênias elaboradas e se retiram caminhando de costas, com todas as antenas e pedúnculos oculares voltados em minha direção, portando-se da mesma maneira respeitosa que até então eu só as vira manifestar em relação à Borbulhante.

Depois que elas se retiram, o renato me fita e comenta, com um silvo divertido:

"Privilégios das grandes heroínas. Borbulhante, por exemplo, afirmou considerar você mais corajosa do que a sua avó. Afinal, a Grande Europa só atuava com o apoio e proteção de Spartacus, não é verdade?"

– Por favor, poupe-me das comparações com minha avó famosa. – Sorrio, encabulada mas satisfeita com o comentário.

"Poupo, sim, querida. Tudo que você desejar. Até porque suas bochechas já estão rosadas. Agora sem brincadeira: as marítimas são umas faladeiras de marca maior. Aposto que minha guardiã está fadada a se transformar em mais uma personagem lendária do panteão de Ahapooka."

– É só o que me faltava.

"E agora? O que fazemos com a cuba?"

Puxo a mangueira extensível do box e começo a encher a cuba com água doce. Em três minutos, o recipiente está quase cheio.

Desligo e recolho a mangueira.

"Você vai mergulhar aí dentro?"

– Eu, não. O simbionte, sim.

Ele mira todas as antenas e bulbos oculares em minha direção quando começo a despir o biotraje.

Não sei ao certo se estou prestes a lhe satisfazer o anseio mais secreto ou apenas lhe saciar a curiosidade mórbida.

XII
Amante

Ela roubou todo o amor que este pobre rapaz tinha para dar
E me abandonou para que eu morresse como uma raposa em fuga.

Velha canção humana

– Então? Você não estava morrendo de curiosidade para me ver sem o biotraje? – Provoco-o, desacoplando os links orgânicos do pescoço, tórax, coluna e umbigo.

"Finalmente consentirá em ficar nua na minha frente?"

– Bom, se minha nudez lhe incomoda tanto assim, peço que você deixe o camarote por algumas horas. – Sugiro, divertida, desnudando-me da cintura para cima sob o escrutínio cerrado do renato. – Porque realmente vou precisar me despir para cuidar do meu simbionte.

"Incomodar? Não perderia o espetáculo por nada da Periferia!" – Seus tentáculos se retorcem numa expectativa nervosa. – "Acaso faz ideia do quanto tenho sonhado com essa oportunidade?"

Então adota a estratégia ingênua de tentar disfarçar a ansiedade com comentários pseudoclínicos:

"Só duas tetas... Ah, mas maiores do que eu esperava."

– Não banque o tolo, querido. Duas é o padrão em mamíferas bípedes. Além disso, esses teus tentáculos abusados já estão fartos de saber que só possuo um par.

"Apenas uns poucos afagos inocentes." – Um dos tentáculos avança em minha direção. Como se imbuído de vida própria, o órgão faz menção de me tocar o bico do seio desnudo. Então, como se pensasse melhor, recua, qual serpente tímida. – "Diga-me uma coisa: essas glândulas carnudas são realmente capazes de produzir nutrientes para as crias humanas?"

– Pode apostar.

"Incrível. Já alimentou seus filhotes com elas?"

– Ainda não tive filhos. – Esclareço num suspiro nostálgico.

Genteel não resiste e toca suavemente o mamilo direito com a ponta do tentáculo.

O enrijecimento súbito parece assustar o probóscide, que recua num puxão brusco.

Sorrio para tranquilizá-lo.

– Não se preocupe. A reação é considerada normal.

"Com uma humana tão cheia de truques quanto você, nunca se sabe..."

Abaixo o biotraje até os joelhos e, com a cautela habitual, removo os plugues íntimos dianteiro e traseiro.

Então me deparo com um pretendente hirto de indignação.

"Não é à toa que resista tanto em copular comigo!" – O tom escandalizado é perfeitamente óbvio, mesmo através do Intercosmo. – "Afinal, mantém-se em estado de cópula permanente com essa criatura-traje..."

– Ah, não, meu querido... A última coisa que precisamos agora é uma cena de ciúmes! O biotraje é apenas um simbionte irracional. Pode até se comportar de modo aparentemente sagaz quando se trata de proteger a vida da portadora desfalecida. Mas, definitivamente, não é meu amante.

"Mas ele penetra seu corpo! Uma parte dele permanece dentro de você o tempo todo..."

– Pode parar com essa sessão de chilique! Afinal de contas, você não reclamou quando removi meus links cervicais, torácicos e abdominais. Eles também penetravam meu corpo. Não imaginou que eu também possuísse plugues íntimos?

"Mas eles estão copulando contigo..."

– Não estou copulando coisa alguma! Por que você sempre insiste em ser mais burro do que o necessário? – Nua, de punhos cerrados e olhar fuzilante centrado no semblante desse renato cabeça-dura, é tão-somente a muito custo que consigo limitar a explosão iminente a mero suspiro de impaciência. – Esses plugues... Todos os plugues e links trabalham para retirar nutrientes, impurezas e resíduos do meu sistema, ao mesmo tempo que injetam enzimas, hormônios e anticorpos. Não há prazer sexual algum envolvido nesses processos. Presto tanta atenção ao funcionamento do simbionte e ao que os plugues tiram ou colocam em meu organismo quanto a meus processos digestivos ou ao batimento do meu coração. Além disso, esse plugue que lhe incomoda tanto não me penetra a vagina de fato.

"Ah, não?"

– Não. Ele está mais interessado em minha uretra. Mas isto não vem ao caso.

"Remover esses... plugues assim... sei lá, parece um bocado doloroso."

– Não seja tolo.

Acabo de despir o biotraje.

O simbionte jaz amontoado sobre o piso, como se não passasse de uma roupa comum. Sua espessura média é inferior a um centímetro. É a primeira vez em mais de um ano que calco o chão com os pés descalços.

Sobre a pele nua e arrepiada, agora sinto apenas o contato suave do tradutor intercósmico que tomei o cuidado de manter pendurado ao pescoço.

Mais do que nua, sinto-me indefesa sem o simbionte.

Agacho-me, levanto-o do piso e o estico com delicadeza.

Uma bela invenção!

Diante do mau humor do renato, não resisto ao comentário mordaz:

– Além disso, dispor dos plugues é bem mais higiênico e civilizado do que ter que usar o banheiro várias vezes ao dia. Como você.

Touché!

Esta última estocada cala qualquer objeção adicional que ele possa cogitar levantar e o predispõe a um estado meditativo.

Contudo, instantes mais tarde, ele volta à carga, outra vez em modo clínico:

"Estou surpreso que sua vulva seja tão peluda. Não esperava por isto."

Lógico que não.

Apesar dos holos de anatomia humana que andou estudando em nosso terminal, ante à imensa variedade de subespécies, desde as mais hirsutas do que aquele maldito fóssil pré-humano até as inteiramente glabras, não havia como antecipar minha pelagem pubiana.

– A surpresa foi boa ou ruim?

"Essa surpresa tem um cheiro delicioso!" – Ele comenta, estendendo o tentáculo em direção a minha vulva.

Num último resquício de prudência, recuo dois passos e introduzo o biotraje estendido dentro da cuba cheia d'água.

O simbionte necessitaria de pelo menos doze horas de descanso longe do meu corpo para se purificar por completo. A imersão em água doce encurtará bastante o processo. Só precisará de duas ou três horas, se tanto.

Devo estar mesmo louca para cogitar passar duas horas despida e trancada num camarote com um macho renato cheio de tentáculos ávidos, doidinho para me ensinar todos os segredos do sexo com alienígenas não humanoides.

Pois é.

Louca de tesão...

Muito além do rishathra!

O pior de tudo é que esta perspectiva apavorante, longe de assustar, está me deixando terrivelmente excitada!

▼ ▼ ▼

Ele avança para mim, todo tentáculos e sedução.

– Calma, querido.

Seguro dois, agora três tentáculos. A luta é desigual, pois ainda sobram três, e já não tenho mãos para agarrá-los.

Resolvo mudar de estratégia.

Liberto os tentáculos e tapo a vagina e os seios com braços e mãos.

Salto de susto quando um outro tentáculo me apalpa entre as nádegas.

Impressionado com minha reação, ele estaca.

– Somos muito diferentes! – Esforço-me para recobrar o fôlego. – Que tal se parássemos de lutar um instantinho para decidir como queremos fazer isto?

"Quer dizer que você também quer copular comigo?"

Suas antenas ondulam num espanto para lá de sincero.

"Eu pensei que teria que seduzi-la..."

– Se você parar de tentar me estuprar e me deixar pensar um pouquinho no *modus operandi* da nossa brincadeira, acho que quero, sim!

"Tentar estuprá-la?! Só estava tentando ser romântico. Estudei dezenas de holos humanos com histórias de amor e sexo."

Seus trinados exprimem uma dose de aflição considerável.

Sequer preciso ler os hologlifos para saber o que está sentindo. Os tentáculos pendentes ao longo da seção vertical de seu tronco e a postura desalentada não deixam margem a dúvidas.

"Só estava imitando o que vi."

– Sei o que você andou assistindo no terminal. Histórias humanas de amor e sexo feitas para consumo alienígena. Faça-me o favor de esquecê-las. Não passam de pornografia barata produzida nos antros mais fétidos do Império.

"Mas, Clara, quero me tornar um bom amante para você. Meu maior sonho é amá-la como se deve."

Não posso culpá-lo.

Afinal de contas, também andei assistindo uns holos...

Acontece que os renatos são mais reticentes e bem menos vulgares do que nós no que diz respeito à conduta sexual.

Além disso, são menos numerosos em Ahapooka e, sobretudo, estão menos disseminados por aqui do que nós. Parecem ter chegado ao planeta há bem menos tempo. Foram promovidos há cem milênios – época em que, com certeza, já havia dezenas de subespécies humanas radicadas no Grande Continente.

Contudo, um fato relevante que consegui apurar é que só a forma humanoide dispõe de pênis.

Os órgãos sexuais dos renatos centauriformes são os tentáculos.

Embora a renata centaurina possua três reentrâncias vaginais, imagino (e espero!) que a prática do sexo entre os renatos não se limite à penetração.

Caso contrário, me verei em franca inferioridade numérica.

Tudo bem. Entre os renatos, machos e fêmeas possuem papéis sexuais invertidos em relação à norma.

No entanto, há mais de um mês decidi assumir Genteel como macho centauroide e não pensar mais no assunto.

De um modo ou de outro, recapitulando o que aprendi, é a fricção do tentáculo do pseudomacho dentro do canal vaginal da pseudofêmea que o faz atingir o clímax e lançar o hormônio que a estimulará a liberar seu fluxo de espermatozoides no canal vaginal.

Suponho que ele tenha orgasmo nessa ocasião.

Portanto, é de se supor que existam nos tentáculos ou, pelo menos, em alguns tentáculos, áreas tão sensíveis ao toque quanto a glande do pênis humano.

De repente, acho uma graça tremenda da própria seriedade com que estou analisando a questão. Perco o controle e começo a rir ante o ridículo imenso da situação.

Cá estou eu, nua, estourando de tesão reprimido e, ao mesmo tempo, perplexa, cheia de ignorância camuflada como teoria e com o espírito repleto de dúvidas e suposições de como dar prazer a um renato.

"Tudo bem. Eu mereço seu escárnio." – Ele lamenta; as pernas hirtas diante de mim. – "Devo ser realmente digno de risos."

– Não é isto, meu querido estúpido!

Não resisto e abraço-o, envolvendo-lhe a parte superior do tronco com os dois braços. Seu cheiro é intenso e muito agradável. Sabe a canela com um traço de almíscar.

– Estou rindo de nós dois. Dois teóricos brilhantes, tão preocupados em aprender tudo sobre a sexualidade um do outro num monte de compêndios áridos e holopornôs vagabundos, quando teria sido muito mais fácil aprendermos copulando um ao outro.

"Tem razão. Quero que me ensine a copular com você."

Sou enlaçada por seis tentáculos ao mesmo tempo. Eles me envolvem desde a dobra dos joelhos até os ombros.

"Faço qualquer coisa que você mandar. Tudo o que você quiser."

– Assim está bem melhor.

Liberto-me dos tentáculos, mas mantenho dois deles entre as palmas das mãos, conduzindo meu renato do banheiro até a borda de minha plataforma.

– Vou ensinar com prazer, mas também desejo aprender. A propósito, acho que você consegue se manter de joelhos sobre a plataforma, não é?

"Lógico que sim!"

– Então, venha.

Ele faz o que eu mando.

Deito-me de costas e antes que eu possa pensar no que fazer para começar, um tentáculo sacana me penetra fundo sem a menor cerimônia.

Pela relativa facilidade com que se aprofunda dentro de mim, constato a posteriori que estou mais excitada do que imaginava.

Eis-me aqui copulando com um centauro...

Outra voz, menos assustada, mais pragmática e lasciva, acrescenta:

...e gostando! Imagine só a cara de vovó Europa se me visse agora!

Este pensamento se faz acompanhar por um arrepio de prazer.

▼ ▼ ▼

Contudo, nem tudo são flores.

Pois, decididamente, tentáculo não é pênis.

Genteel penetra fundo. A ponto de me fazer perder o fôlego.

Não adianta insistir, amiguinho. Você não vai sair do outro lado!

Só que esse tentáculo safado não se move no clássico vai-e-vem, o aríete tradicional que alguns humanos sabem fazer do jeitinho que eu gosto e outros nem tanto.

Também não há a sensação agradável do peso dominador do amante sobre meu corpo. Por razões óbvias, ele não se atreve a deitar sobre mim.

Tudo bem.

Uma parte de meu espírito que se manteve oculta até agora parece já estar mais ou menos preparada para essas incompatibilidades anatômicas.

Nesses casos, a saída é apelar para a criatividade.

Em vez do entra-e-sai, o tentáculo incha e desincha dentro de mim, numa variação surpreendente e prazerosa.

Porém, não levo mais do que dez segundos para concluir que não é isto que vai me fazer gozar.

Puxo outro tentáculo com a mão.

Tateio sua ponta e a conduzo ao meu pequenino.

Seus bulbos oculares se esticam todos para examinar aquilo que seu tentáculo acabar de tocar.

Sem parar o que está fazendo em minha vagina, ele sibila espantado:

"Ah! Então, isto é o clitóris. Receei não conseguir encontrá-lo."

Sinceridade adorável!

Uns poucos machos humanos talvez pudessem aprender uma coisa ou duas com essa humildade ingênua do meu amante alienígena.

"O clitóris da fêmea que observei no holodrama pareceu maior." – Logo se apressa em acrescentar num Intercosmo preocupado. – "Mas o seu é bem mais gracioso que o dela."

– Obrigada. – Sorrio, mais deliciada com as palavras do que com a penetração. – Agora que o descobriu, sabe o que fazer com ele?

"Acho que sei." – A ponta do tentáculo é macia, mas não tanto quanto uma boa língua humana.

– Seja mais delicado. Isto. Mais devagar. Não tanto... Um pouquinho mais rápido. Só um pouquinho... Isto, bem assim. Ai, deste jeito está bom! Que coisa boa! Ui, até que você aprende rápido, hem? Haveria como umedecer um pouco a pontinha desse tentáculo?

Este último pedido já me sai dos lábios sob forma de um gemido rouco.

"Não posso, a não ser que use minha saliva... Ah, espere! Tive uma ideia."

Ele esfrega a ponta desse segundo tentáculo na entrada da vagina e traz dali para o meu pequenino toda a umidade que ele precisa e eu imploro.

Esse renato é um amante sensível. Realmente, como aprende rápido!

A ponta úmida do tentáculo me leva à loucura e acaba me fazendo gozar longa e profundamente.

Imagino que seja mais fácil intuir o que fazer com sua amante humana quando se é capaz de ouvir suas pulsações.

Mais relaxada e de modo algum saciada depois deste primeiro orgasmo, peço para ele me *ensinar*.

De fato, confirmo na carne: tentáculos e pênis são órgãos sexuais muito distintos!

Genteel pode ser estimulado até o orgasmo pela fricção dessas pequenas bordas de carne rígida que emergiram há pouco das extremidades de seus tentáculos.

Numa cópula com uma renata centauriforme, essa fricção se daria contra uma aba de cartilagem existente no interior das vaginas.

Só que não possuo nada deste gênero dentro da minha. Por isto, a fricção no interior de meu canal vaginal lhe dá prazer indiscutível, mas, ao que parece, não o suficiente para fazê-lo gozar.

Depois de me atrapalhar um pouquinho, descubro que a solução para meus apuros esteve sempre na ponta da língua.

Literalmente.

Trago a ponta de um terceiro tentáculo para a boca, ao mesmo tempo que com a outra mão o incentivo a manter os dois primeiros bem ocupados em seus afazeres.

No início, sou desajeitada. A boca cheia de dentes. A língua totalmente perdida, sem saber bem o que fazer.

Ele me guia com carinho e paciência.

Modéstia à parte, também aprendo rápido.

A força exata da sucção. Mordiscar com jeito, para não machucar. Pressão intermitente com a ponta da língua. Carícias com a parte lateral, onde as papilas gustativas maiores produzem um atrito mais áspero, que num humano costuma produzir mais prazer.

Surpreendo-me ao pensar que, com sua delicadeza e relativa fragilidade, a ponta de um tentáculo renato sabe mais a um clitóris túmido do que a um pênis rígido. Esta percepção, tão óbvia a posteriori, torna meu aprendizado mais fácil. Mais prazeroso também.

Descubro exatamente como ele gosta.

Depois que goza pela primeira vez, engulo as duas gotas de seu *sêmen* doce e frutado e lhe pergunto se posso abocanhar duas pontas de uma vez.

O assobio estridente de entusiasmo me revela que estou prestes a realizar uma de suas fantasias eróticas secretas.

Ele me oferece as extremidades de dois tentáculos ainda virgens.

Seguro-os numa só mão, tomando o cuidado de manter as pontas bem juntas.

Perco um pouco o ritmo quando gozo de novo. Porém, mesmo assim, arranco autênticos guinchos de prazer do meu centauro.

Guinchos altos!

E se as marítimas nos ouvirem?

O quão eficiente é o isolamento acústico deste camarote?

Será que vão pensar que estou torturando Genteel?

Elas que se danem!

O que de fato me importa é que em menos de um minuto, saboreio mais quatro dessas gotinhas cheirosas.

O tentáculo que fiz gozar primeiro substitui aquele que estava em meu pequenino.

O que me tem feito gozar dardeja ávido entre meus lábios.

Saboreio meu próprio gosto e aroma.

Seguro a ponta e começo a lambê-la e sugá-la em seu ponto sensível.

Um outro tentáculo aparece na minha frente não sei bem de onde.

Começo a desconfiar que vai ser muito fácil perder a conta sobre com que tentáculo gozei e qual já fiz gozar.

Fácil e delicioso!

Quando ele tenta introduzir um tentáculo em meu ânus, travo a musculatura do esfíncter num ato reflexo.

Nunca apreciei penetração dupla quando copulo com vários humanos ao mesmo tempo.

Um dedo bem aplicado ainda vá lá, mas...

Então decido relaxar.

Afinal, Genteel não é mesmo humano. Ademais, já rompi tantos tabus hoje que, um a mais ou a menos, não fará lá muita diferença.

Além disso, a bem da verdade, enquanto ele mantiver esse tentáculo maravilhoso trabalhando em meu pequenino, estou topando qualquer parada que ele queira fazer comigo.

Notando que já não ofereço resistência, o invasor tenta se assanhar por meu reto adentro.

– Seja delicado, querido. – Interrompo a sucção de duas outras pontas para recomendar. – Não importa o que esses holoporns lhe tenham levado a acreditar, este orifício não é a entrada de uma vagina. Por falar nela, é uma boa ideia lubrificar um pouco esse tentáculo antes de experimentá-lo na entrada dos fundos.

Ele age conforme a orientação e, para minha surpresa, a penetração anal se dá sem problemas.

No início, a sensação de desconforto, minha velha conhecida.

Dói um pouco mas me acostumo logo, pois o prazer que sinto em outros sítios é muito mais intenso que este incômodo.

Com o tempo, a sensação desses dois tentáculos pulsando simultâneos em meu reto e vagina, intumescendo e murchando, ora juntos, ora alternados, começa a se tornar menos incômoda e mais gostosa.

Com sua multidão de tentáculos, Genteel consegue me preencher de um modo impossível ao amante humano mais criativo.

Quando gozo de novo, já não consigo afirmar onde é que sinto mais prazer. Só sei que foi um dos orgasmos mais intensos da minha vida!

No clímax, tenho a impressão nítida de ter trincado as pontas dos tentáculos entre os dentes.

Quando meu gozo finalmente acaba, bate o receio de tê-los machucado.

Então experimento o gosto saboroso das gotículas de sêmen falso sobre a língua e concluo que um pouquinho de dor não faz mal a ninguém.

Já estou inteiramente saciada, mas meu amante centauro parece ter outros planos para mim.

Agarra-me com os seis tentáculos plenamente recuperados e me ergue da plataforma sem esforço.

Após esta breve exibição de vigor masculino, volta a me dispor sobre o leito, só que numa posição diferente.

Insiste em me colocar de quatro, apoiada sobre os joelhos e antebraços.

"Quero experimentar uma nova modalidade de cópula. Vamos ver se dará certo com uma humana."

– Meu amor, já estou realmente pra lá de satisfeita. E bastante cansada...

"Você vai gostar!" – Ele rebate sem me dar ouvidos. – "Todas as renatas renascidas adoram!"

Assim, sem mais delongas, introduz um tentáculo em minha vagina.

Aceito o ato de bom grado, mas apenas para proporcionar satisfação ao meu novo parceiro. Pois me conheço bem. Duvido que consiga sentir prazer mais próximas horas.

Relaxo para acomodar o órgão palpitante.

Outro tentáculo tenta forçar passagem através do meu ânus.

– Não, Genteel! Por aí de novo, não...

Então, o tentáculo da vagina faz uma coisa terrível e meu corpo inteiro é vergastado por uma onda de prazer intenso.

Que sensação maravilhosa!

Como ele conseguiu fazer isto?

Vibração ultra-sônica, choque elétrico ou outra coisa qualquer, pouco importa...

O que sei é que a coisa que ele fez me deixou toda trêmula e molhada, de pernas bambas com o êxtase instantâneo fortíssimo.

A sensação mais gostosa da minha vida!

Ele não me deixa relaxar, repetindo a explosão de prazer de novo.

De novo. Ai! De novo!

– Ah, Genteel, ai...

Meus joelhos tremem.

Meu Bom Espírito Galáctico! Eu não me importaria de morrer assim...

Sinto meus fluidos vaginais me escorrendo em filetes grossos coxas abaixo.

Sem forças, arrio a cabeça sobre a plataforma.

O outro tentáculo aproveita meu momento de entrega e a posição propícia para invadir meu reto indefeso.

Não há como oferecer resistência.

Não posso... E nem quero!

Porque esse segundo tentáculo começa a fazer a mesma coisa alucinante que o primeiro.

Minhas costas se arqueiam contra a minha vontade.

Meu corpo se contorce num espasmo de prazer incontrolável.

– Pare, Genteel! Por favor, pare... Você está me matando!

"Besteira! Posso sentir que você não quer que eu pare."

O pior é que o sacana tem razão!

"Confesse, você nunca sentiu assim, não é?"

– Confesso tudo... O que você quiser... Só não pare! Eu nunca... senti assim... Nunca!

Perco a noção de mim mesma.

Só sinto que um terceiro tentáculo me massageia o clitóris com os mesmos choques deliciosos.

Outros... Quantos? Estão sobre meus seios, acariciando-os e os submetendo à mesma tortura irresistível que me recobre o corpo inteiro.

Não consigo sequer estimar quantas vezes gozei.

Sou escrava submissa, avassalada de corpo e alma por esse monstro apaixonado, amante implacável que decidiu me matar afogada em meu próprio gozo.

Pois tenho absoluta certeza que vou morrer de prazer. Não desejo outra coisa. Prefiro morrer mil vezes a conceber que esse prazer descomunal termine.

Nem mesmo consigo lembrar se houve um instante sequer em que parei de gozar, desde o início desta cópula louca...

Não aguento mais.

Sinto-me prestes a morrer de gozo.

Estou inteiramente exausta e moída.

Nem mesmo assim consigo parar de gozar!

Em algum momento, devo ter desfalecido.

Porque, quando desperto, estou deitada de costas.

Sinto o corpo recoberto de suor; a musculatura dos glúteos, das coxas e do abdome lateja dolorida.

Então é assim que uma moribunda se sente quando é abandonada para apodrecer no campo de batalha?

Abro os olhos e me deparo com o semblante preocupado de Genteel, debruçado sobre mim.

As barbatanas ósseas que fazem as vezes dos dentes fulguram branquíssimas do interior de sua boca sem língua.

"Clarinha, você está bem? Pelos Poderosos, o que foi que eu fiz? Clara, por favor, fale comigo!"

– Estou... tonta. – A voz me soa rouca, como a de uma humana que atingiu seu quinto milênio sem os benefícios das terapias de rejuvenescimento celular. – Acho que estou bem.

"Puxa, meu amor, espero não ter machucado... Quer que eu traga seu biotraje para apressar sua cura?"

Faço que não com a cabeça e ele se justifica:

"Acho que exagerei em meus arroubos sensuais."

– Um pouquinho só.

Suspiro de felicidade. Meus olhos se reviram de prazer. Essa saciedade maravilhosa que volta à tona com a mera lembrança daquele êxtase transcendental.

Um maremoto de prazer.

Como pude deixar esse renato fazer essa loucura comigo?

Nunca foi desse jeito com um humano!

Tão forte. Tão profundo.

Jamais me senti tão dominada.

Tão indefesa.

Logo eu, que sempre me considerei uma humana dominadora, que julguei possuir autocontrole absoluto sobre meu prazer... Como pude gostar tanto daquilo?

O prazer físico. Prazer sexual incomensurável.

Não.

O prazer foi insuperável, concordo. Uma experiência mística, quase se diria... Mas o mero prazer físico não fornece toda a explicação que procuro.

O que vai ser de mim, agora? O que será de nós dois?

Que devo dizer para aplacar a insegurança desse amante apreensivo, há pouco tão irresistivelmente dominador?

Não há como voltar atrás.

Para ser inteiramente sincera, ainda que houvesse jeito de voltar atrás, como me furtar de experimentar essa loucura magnífica toda de novo?

– Puxa vida! Cheguei a pensar que você fosse me fazer explodir de tanto gozar... Estou toda assada e dolorida!

"Ah, Clarinha, me perdoe. Está muito machucada?"

– Machucada, não. Apenas dolorida. Nada que o biotraje não seja capaz de curar em poucos minutos.

"Prometo que nunca mais faço deste jeito. É que eu me empolguei..."

– Também não precisa exagerar nas desculpas, né?

Ainda deitada, estendo os braços e acaricio os tentáculos que se oferecem ao meu toque.

Outros tentáculos reclinam meu tronco e acomodam uma almofada sob minhas costas. Outro ainda brinca, delicado, com as mechas de cabelo emplastradas que me caem na testa úmida de suor.

Não consigo nem me imaginar privada dessa experiência magnífica!

– Eu adorei. Fiquei alucinada de prazer. Nunca tive orgasmos tão intensos quanto hoje. Só há um problema: eu detesto perder o controle da situação.

"Tudo bem. Não faço assim nunca mais. Prometo."

– Calma, aí! – Sorrio ao constatar que estou começando a me sentir muito bem com isto tudo.

Plenitude. A palavra certa é esta.

– Vamos combinar o seguinte: você nunca mais fará deste jeito. A não ser que eu lhe peça.

Tenho certeza que vou pedir. Muitas vezes.

"Tudo o que você quiser, minha guardiã amada. Minha amante humana deliciosa!"

– Estamos acertados, então. Agora me ajude a levantar para ir ao banheiro. Mais do que nunca, preciso me enfiar dentro do biotraje.

XIII

Paixão

Antes de morrermos e renascermos
Devíamos brindar àqueles tempos
Só um pouquinho, até nos saciarmos,
Mais uma noite em lençóis de cetim,
Só mais um pouco, mais vezes do que pudemos contar
Ah, eu adorava aquela época.[7]

---

[7] Fragmento de canção procedente de Archaeodelphos, supostamente originária da Terra.

Em meio a esta viagem tediosa que se faz eterna, singrando por um oceano que se estende até o infinito pelos ermos gelados do círculo polar meridional, com tão pouco a fazer fora do camarote e tanto a compartilhar dentro dele, eu e Genteel nos tornamos os melhores amantes.

Jamais me havia imaginado tão envolvida com um alienígena!

Meu renato é de longe o melhor parceiro sexual que já tive.

Não que aos 222 anos THP eu tenha colecionado tantos amantes quanto minha avó já acumulara aos sessenta. E, se considerarmos que ela pousou em Ahapooka como uma virgenzinha ávida de trinta e poucos...

Desde muito jovem, ainda a bordo da *Lucky Man*, Europa já emitia sinais de sua proverbial precocidade sexual. Bem antes da aterragem em Ahapooka, em pleno voo relativístico, ela já fazia de tudo para seduzir meu avô, até então apenas seu educador e única figura paterna que ela conhecia.

Não que incesto constitua um tabu tão forte em Olduvaii quanto em Rhea.

Tanto não é que Spartacus acabou cedendo aos encantos da pupila que criou como filha.

O fato é que Europa sempre foi uma humana fogosa e persuasiva. Pelo que o Pai conta, ela empregou frequentemente sua sexualidade exuberante com o intuito de fortalecer vínculos de amizade e estabelecer alianças políticas.

Poucos humanos resistem aos encantos de Europa. Machos, fêmeas ou hermafroditas. Pouco importa a que estirpes pertençam.

Já cheguei a cogitar que ela exalasse um ferormônio sexual qualquer. Isto explicaria o fato dela ser irresistível. Contudo, Pandora assevera que os encantos de minha avó são naturais. Isto é, não se trata em absoluto de um fenômeno de caráter estritamente neuroquímico. A Madrinha garante que não há ferormônios sexuais envolvidos nesses encantos. Pandora deve estar certa. Afinal, ferormônio algum seria capaz de atuar sobre meu avô. Muito menos mantê-lo interessado numa mesma humana por mais de meio milênio.

É lógico que Europa não se manteve exclusivamente com Spartacus durante esse tempo todo. Tampouco ele com ela. Meus avós são bastante conservadores e antiquados em muitos aspectos, mas não a ponto de insistirem na prática atávica da monogamia estrita.

Talvez fosse preciso alguém como Genteel para saciar inteiramente uma humana com o apetite sexual exacerbado de minha avó.

No que me diz respeito, meu centauro tem se revelado um amante atencioso e cortês.

Como parceiro, é capaz de me proporcionar prazer em doses e maneiras que humano algum poderia sonhar igualar. Afirmar que me sinto plenamente satisfeita é muito pouco para expressar meus sentimentos.

O que esse renato está fazendo comigo?

Como conseguiu virar minha vida e libido de pernas para o ar em tão pouco tempo?

Com o passar dos dias, acostumo-me tão bem à intimidade atrevida de seus tentáculos que chego a cogitar se não corro sérios riscos de não achar mais graça na cópula com parceiros humanos. É fácil se adaptar ao que é de fato melhor. O difícil será voltar a encarar o meramente bom como se ótimo fosse...

Se nossa paixão carnal louca e impossível é mútua, o embevecimento espiritual que nutrimos um pelo outro está se tornando mais recíproco a cada dia.

Como eu, Genteel também afirma que, em todos os níveis, jamais foi tão feliz e completo com qualquer renata centaurina ou humanoide.

Em termos físicos, nossa união é perfeita. Todas as loucuras que um inventa, o outro aceita com entusiasmo inaudito.

Foi assim quando nos amamos sob a ducha gelada do box do banheiro, aparato projetado sem dúvida no tamanho ideal para uma humana assanhada se esbaldar com seu amante renato.

Isto para não falar nas vezes em que misturamos nossas fantasias sexuais com as vivências simuladas geradas pelo terminal do camarote.

Sim, conforme suspeitei, não fui sua primeira fêmea humanoide. Embora seja de fato sua primeira amante *alienígena*.

Meu amor já copulou diversas vezes com renatas reencarnadas sob forma humanoide.

Repetimos vezes e vezes as loucuras deliciosas daquela primeira sessão memorável, comigo de quatro e abusada até as últimas consequências.

Ao contrário do que costumava acontecer com meus parceiros humanos, não sinto o menor escrúpulo em me entregar por completo e me deixar dominar sexualmente por Genteel.

É possível que eu sinta mais liberdade por ele ser alienígena.

Ou talvez por amá-lo como jamais amei outra pessoa, humana ou alienígena.

Genteel possui um apetite sexual incrível. Afirma que é por estar apaixonado numa época tão próxima à morte.

No que me diz respeito, meu renato não aparenta nenhum sinal de senescência ou fraqueza. Ao contrário, parece mais vigoroso e ativo do que nunca quando me deixa de pernas bambas e braços trêmulos ao me preencher inteira com seus tentáculos apaixonados.

Jamais permaneci tanto tempo e por tantas vezes despida de um simbionte desde meu batismo de fogo como predadora na Grande Planície Vermelha, quando ainda era uma garotinha pré-adolescente, ingênua para muitas coisas e bastante levada para outras.

Por mais estranho que pareça, acostumo rápido à nudez e à ausência do simbionte. Até porque nas horas de amor ao lado do meu renato, o tempo para, ao menos para nós, imersos em nosso êxtase de paixão.

Julgo-me uma humana saudável. Desde a adolescência descobri que gosto muito de copular. Muito mesmo. Porém, quem diria que eu seria capaz de sentir tanto prazer, de gozar tanto e tão gostoso?

Ainda mais com um alienígena!

Arrisco-me a afirmar que estou desfrutando de mais prazer – e melhor ainda, de prazeres mais intensos – nestas últimas semanas do que já experimentei em mais de dois séculos de vida.

Tremo em pensar que em breve nosso limbo de paixão chegará ao fim.

A viagem demorará mais tempo que o inicialmente previsto pelas marítimas. O progresso do *Espumas Flutuantes* tem sido excruciantemente lento. A nau avança com cautela vagarosa por entre icebergs e banquisas mais numerosos a cada dia que passamos nestas águas frígidas.

Para nós dois, a permanência forçada neste inferno gelado e perigoso constituiria o idílio amoroso perfeito, a lua-de-mel ideal, não fosse o fantasma da morte iminente do meu amor.

▼ ▼ ▼

"Tem certeza que isto dará certo?"

– Absoluta.

Lanço-lhe a sela sobre as costas. Seu pelo sedoso se eriça sob o couro grosseiro.

Não foi nada fácil obter essa sela e os outros *brinquedos* nos paióis de mercadorias infinitamente abundantes desta nau-de-linha.

Passo as tiras de tecido sintético por debaixo da barriga dele e prendo o conjunto com as fivelas metálicas que vieram com as tiras.

Aparato primitivo mas eficiente!

"Ai, Clara! Está muito apertado!"

– É para ficar apertado mesmo. – Já despida do biotraje, circulo à volta dele, apreciando o quadro. – Não vai querer que eu caia quando estiver montada em você, não é?

Em seguida, antes que sua relutância leve a melhor sobre a ousadia, como medida de segurança adicional, amarro suas quatro patas em pontos distintos das anteparas laterais do camarote.

Habituada a arrear globhfs, não enfrento a mínima dificuldade em prender meu centauro amado exatamente do jeito que eu quero.

Minhas mãos acostumadas executam a tarefa com destreza e rapidez.

"Isto é mesmo necessário?" – Ele indaga, entre temeroso e excitado, quando me afasto um pouco para testar a tensão desses cabos.

– Lógico que sim, meu bobo. Se não, não teria a menor graça.

Modéstia à parte, estou orgulhosa desta faina de contenção. Por mais que esperneie, Genteel não conseguirá empinar. Sequer logrará retirar os cascos do piso. Muito menos se soltar daqui.

"Tenho certeza de que não vou gostar desta brincadeira." – Ele se debate, inquieto. Força os cabos numa tentativa fútil de se libertar. – "Detesto me sentir tolhido."

Minha excitação se eleva à medida que o sinto cada vez mais indefeso.

Como é bom ter esse centauro em minhas mãos!

"Me solta, querida. Por favor. Renatos não foram feitos para ficarem amarrados."

– A minha montaria foi feita para o que eu quiser. – Sacudo o conjunto de rédea e brida em frente a seus bulbos oculares assustados. – Sou sua dona e você é minha montaria, entendeu?

"Ah, não! Isto não é o que eu estou... Não, Clarinha! Você não teria coragem!"

– Você está prestes a descobrir na própria carne. – Divertida, ergo a brida em direção ao rosto dele. Deu um trabalhão adaptar esse dispositivo sem que ele descobrisse a surpresinha. Espero que a coisa toda se encaixe direito. – Agora, eu vou te arrear, minha montaria!

"Por favor, não..."

– Abra a boca para eu encaixar essa brida direitinho, ou serei obrigada a machucar você.

"Pelos Poderosos! Você está mesmo falando sério. Não julguei que estivesse disposta a fazer isto!"

– Pode apostar! – Ah, das vantagens em se ter um amante que sempre sabe quando estamos propensas a cumprir nossas ameaças. – Agora, relaxe e abra a boca como estou mandando.

Trêmulo e assustado, ele obedece.

Suas antenas fremem ansiosas. Há um bocado de receio nesse tremor involuntário. Receio mesclado com excitação. Meu sacana adorável ainda não sabe, mas já começou a gostar da brincadeira!

– Isto mesmo. Bom menino! Prontinho!

Não me deixo comover por suas súplicas inarticuladas.

Afinal, com os seis tentáculos livres, ele poderia ter reagido, se de fato desejasse.

– Não se preocupe. Sei que não consegue falar com essa brida enfiada na boca.

Ele emite um gemido pungente. Suas antenas se agitam num frenesi de expectativa.

– Não há problema. Para o que eu pretendo fazer contigo, você não vai precisar falar.

Caramba! Nunca senti tanto tesão assim!

Jamais me imaginei tão ligada em fantasias sadomasoquistas. Foi preciso um amante renato para despertar toda a minha criatividade sexual. Eis que descubro a Europa que jazia adormecida dentro de mim!

– Além disso, montarias não falam.

Caminho até o outro lado da plataforma.

Agacho-me num gesto discreto e ajusto as esporas especiais em meus calcanhares desnudos.

Subo na plataforma e salto dali para a sela, montando enfim em meu escravo sexual quadrúpede e saboroso.

Ele geme alto sob o impacto do meu peso.

– Você não entendeu ainda, não é? – Cravo as esporas com força em seus flancos.

Pego de surpresa, ele se agita. Sacode a crina, assustado. Tenta empinar sem sucesso.

Porém, desta vez não emite um gemido sequer.

Como já disse, meu amor aprende rápido.

Agradada com seu bom comportamento, faço-lhe um afago na crina cerdosa.

– Esqueceu o que eu lhe disse, centaurinho? Montarias não falam. Não falam, nem gemem.

Ele se aquieta, tenso e ansioso entre minhas coxas.

Sem surpresa alguma, percebo-me com a vulva molhada a ponto de empapar a sela.

Nunca pensei que esta brincadeira pudesse ser tão excitante!

– Agora você vai me ouvir direitinho. E vai me obedecer em tudo que eu mandar. – Puxo um pouco as rédeas. Só o necessário para que a brida fira sua boca um pouquinho. Apenas um lembrete desta vez. – Se não, a dona vai ter que machucar o centaurinho dela. Entendeu?

Aumento a pressão das esporas contra os flancos dele.

As antenas acenam sua concordância.

– Você é minha montaria. Vou cavalgá-lo, certo? Só que desejo fazer isto com um tentáculo bem gostoso dentro de mim, entendeu?

As antenas indicam compreensão perfeita com tremores de excitação inconfundíveis.

O tentáculo inferior direito ergue-se, vira para trás e se apoia na borda dianteira da sela.

– O que está esperando? – Entreabro mais as coxas para lhe facilitar o acesso. Em compensação, encurto as rédeas para me manter firme na montaria. – Já estou pronta!

Ele me penetra com uma estocada ágil e experiente.

Essa serpente deliciosa conhece direitinho o caminho de sua toca úmida!

Espero que ele comece seu palpitar gostoso, mas o sacana me pega de surpresa com um desses choques elétricos alucinantes.

Excitada como estou, gozo de imediato.

O choque se prolonga produzindo uma explosão de êxtase. Arqueio o tronco, saboreando ao máximo esse orgasmo longo e profundo.

Cravo as esporas com toda a minha força.

Ele lança um gemido agudo e me produz outro choque avassalador.

Trêmula com o novo orgasmo, puxo as rédeas com ambas as mãos. Bambas como estão, sozinhas é que minhas pernas não conseguirão me manter no lombo dele.

– Quero outro tentáculo... onde é mais gostoso!

O segundo órgão se aproxima, palpitante e cauteloso, tateando minha vulva em busca do clitóris.

A ponta desse tentáculo começa a manipular meu pequenino com delicadeza de virtuose. Os choques aqui são mais fracos, do jeitinho exato que eu adoro.

Dois orgasmos mais tarde e já cruzei os portais da loucura.

– Mais um tentáculo... Eu quero por trás!

O terceiro tentáculo, o inferior esquerdo desta vez, gira e segue para as costas de seu dono. Tateia minhas ancas, desvia-se do companheiro que se ocupa do meu pequenino e tenta passar por baixo do outro, cuja extremidade está afundada dentro de mim.

Ergo momentaneamente os quadris da sela para dar passagem ao rapaz.

Como tentáculo sábio que é, ele lambuza sua ponta em meus fluidos e avança até encontrar o caminho para meu ânus.

Penetra com violência. Excitada como estou, não é bem dor que sinto.

Contudo, há que se ter disciplina. Por isto, cravo-lhe as esporas com vontade.

Curiosa, lanço um olhar de relance às manchas vermelhas que se destacam, empapando-lhe o pelo alvo à altura do flanco e da barriga.

No piso, vislumbro uma pequena poça de sangue de cada lado do meu centauro.

Em prol do prazer, arquivo a piedade para sentir mais tarde.

Maldoso, ele me penetra quase um palmo reto adentro antes de me brindar com o choque mais gostoso da minha vida.

Como é que isto pode ser tão maravilhosamente bom? Afinal, retos humanos não foram feitos para isto, não é?

Mesmo com a musculatura das coxas dormente pela sucessão infindável de êxtases, quando esse novo golpe de prazer abrasador me acomete, salto num pinote involuntário. No breve instante em que permaneço no ar, Genteel se aproveita para enfiar esses dois tentáculos diabólicos mais fundo ainda.

Antes que eu possa reagir, ele me faz explodir outra vez com uma sessão de choques minúsculos espalhados por toda a extensão reduzida do meu pequenino.

Minha visão se desfoca um pouco quando minha cabeça gira, tonta de prazer.

Quando me recobro, deparo-me com um tentáculo erguido que se oferece tímido ante meu rosto.

– Ah... Minha montaria também quer gozar...

Em resposta, outro tentáculo se ergue, postando-se ao lado do primeiro.

– Ah, é? Tá bom. Só que eu quero os três de uma vez. Quero colocar os três juntinhos na minha boca.

Um terceiro órgão palpitante se lança para trás com tanto ímpeto que atinge meus seios com a força de uma chicotada.

Irrigada de hormônios até a raiz dos cabelos, não sinto dor alguma, não obstante o vergão rubro que atesta a força do golpe.

– Vamos, me dê os três juntinhos!

As extremidades dos três tentáculos se aproximam a ponto de se tocarem.

Agarro o trio com a mão esquerda e os conduzo até a boca.

Começo a sugar e lamber com a sofreguidão de fêmea no cio que me tornei.

Pouco tempo depois, as gotinhas rosadas começam a verter aos pares, mas consigo que se mantenham saindo em fluxo constante.

Os outros três tentáculos continuam trabalhando em meu corpo com firme propósito de me aniquilar com uma overdose de prazer.

Trêmula de êxtase a cada novo orgasmo, aplico-lhe as esporas nos flancos lanhados e mordisco as pontas dos três tentáculos que mantenho dentro da boca.

Nunca foi tão bom assim!

▼ ▼ ▼

Quando planejei nossa cavalgada memorável, não me preocupei com a carga de sofrimentos físicos que impingiria a Genteel.

Afinal de contas, renatos centauroides são criaturas robustas e resistentes.

Só temi magoar os sentimentos dele.

No entanto, jamais o vi gozando tanto e tão forte quanto nessa sessão de arreios e esporas.

Agora mesmo, ele implora que não demoremos para repetir a dose.

Insiste em que adorou ser cavalgado. Afirma que nasceu para me levar montada em seu lombo, ministrando-lhe ordens e castigos.

"Quero ser o teu globhf!"

Quando ele falou, senti um arrepio de pânico e prazer.

Contudo, dois ou três segundos mais tarde, parei e considerei:

E, por que não?

Quanto mais penso a respeito, mais apropriado me parece que uma humana dominadora como eu cavalgue seu amante centauro submisso, como se ele fosse um quadrúpede irracional, um rórsio encilhado, inteiramente à mercê de sua cavaleira cruel.

Ele adorou!

Eu também.

Se nos deu tanto prazer assim, não pode ser tão errado, não é?

Até porque, bem lá no fundo, creio piamente que todo amante centauro nasceu para ser arreado e montado!

XIV
Guerreira

Há muitos soldados que consideram a guerra como a glória suprema. Mas, acreditem, a guerra é o inferno. Transmitam esta advertência às futuras gerações.

William T. Sherman

Nem só de amor e sexo louco é feita a vida dos passageiros vertebrados em fuga a bordo de uma nau de linha de Marítima em viagem de longo curso.

Não, senhores.

Nosso cruzeiro turístico ao polo sul de Ahapooka oferece numerosas opções de lazer e entretenimento.

Se vocês julgam que estou brincando ou exercitando o sarcasmo, uma arte humana por excelência, admito, é porque ainda não conhecem o acervo da biblioteca de bordo do *Espumas Flutuantes.*

Depois que as especialistas em optofotônica e as oficiais holointerativistas do navio conseguiram superar aqueles problemas iniciais de adaptação sensorial, eu e Genteel mergulhamos de cabeça em nosso mundo personalizado de heroísmo e aventuras.

Vez por outra conseguimos implantar nossas vivências pessoais até mesmo na história agitada e palpitante da última das Guerras Imperiais.

▼ ▼ ▼

Meu pelotão avança colina acima numa rota íngreme, procurando cobertura entre as pedras e os troncos caídos às margens deste riacho encachoeirado. A escalada é árdua, mesmo com o auxílio dos servomecanismos de nossas armaduras.

Nosso verdadeiro objetivo em conquistar esta colina é estabelecer contato com um Mago Negro, um daqueles centauroides misteriosos que, dizem, possuem intensos poderes psíquicos.

Segundo os informes de nossa inteligência, o tal Mago Negro possui conhecimentos de importância vital e parece disposto a nos transmitir.

Atingimos um trecho do aclive onde a cobertura vegetal das matas que beiram a margem do riacho minimiza o risco de detecção pelos equipamentos de vigilância que as forças rebeldes decerto instalaram no topo desta colina.

Somos 32 ao todo. Apenas uma patrulha avançada.

Estou no comando deste pelotão, composto majoritariamente por humanoides e insetoides, mas que também possui soldados de outras morfologias.

Há outros dois humanos comigo, Arago e Oakshield.

Não há centaurinos ou ameboides entre nós.

Os primeiros são guerreiros valorosos nas áreas planas, mas péssimos combatentes nos terrenos de relevo acidentado como este em que ora fazemos reconhecimento.

Já os ameboides, por causa da pressão osmótica de suas membranas, não se adaptam em absoluto à umidade elevada, típica das áreas florestadas do Planalto do Desespero.

Gesticulo aos dois comandantes de subpelotão para que mantenham seus soldados em silêncio.

Topázio, o tenente insetoide bípede da espécie dos paraninfos, consome quase meio minuto na tarefa inglória de fazer calar uma vez mais a tagarelice irrefreável dos três soldados aracnoides da espécie chloroarachna que estridulavam e percutiam as oito patas em uníssono no solo, excitadíssimos com a pretensa semelhança do território que ora exploramos com as selvas do mundo de seus antepassados.

Jamais teria concordado em trazer esses três patetas conosco, não fossem os chloroarachnas os melhores varredores de minas do Exército Imperial.

É difícil fazer guerra contra uma multitude de culturas alienígenas, cada qual com seu próprio governo, suas táticas e estratégias distintas, virtudes e fraquezas que variam de acordo com a alternância do clima e os diferentes teatros de operações.

Esta guerra transformou-se num atoleiro gigantesco.

Um atoleiro do qual nem o Império e tampouco a Aliança conseguem emergir, ainda que os governos das diversas facções envolvidas já tenham perdido o ânimo belicoso há várias décadas.

Minhas botas pesadas afundam na lama fétida da margem quando contornamos uma garganta semiobstruída por um pedregulho dos grandes.

É estranho que esta lama escura tresande a maresia em pleno sertão do Planalto do Desespero, próximo à nascente do Rio da Amargura, a três mil metros de altitude e milhares de quilômetros de distância do Golfo Salgado.

Já lento em virtude do terreno, o avanço é dificultado ainda mais pelo descompasso em nossas marchas desiguais.

Sempre afirmei em meus relatórios ao Estado-Maior que é loucura rematada montar essas patrulhas heterogêneas, compostas por soldados das espécies mais distintas.

Antes de tomarem decisões deste tipo em prol de uma pretensa correção política, os burocratas militares do Império deveriam experimentar o comando de tropas em zona de combate por uns meses. Só assim aprenderiam que nem tudo que parece efetivo em simulações simplórias, rodadas no frescor climatizado dos gabinetes, funciona nos variados teatros de operações da guerra real.

Também cansei de abordar este assunto em nossas reuniões periódicas com a logística do Exército. Afinal, o que eu esperava? Quem dá ouvidos ao que uma mera capitã do Império tem a dizer, ainda por cima, quando esta capitã é humana?

Os três chloroarachnas sofrem outra crise histérica.

Lanço um olhar duro para trás.

Topázio admoesta num Intercosmo ríspido, esclarecendo que é melhor para a saúde que se calem. Intimidados, os três recolhem as cabeças no interior das conchas calcárias e continuam avançando em silêncio.

Por algum motivo ignorado, espalhou-se por todo o Quarto Corpo do Exército do Planalto o boato de que os oficiais humanos são disciplinadores ferrenhos. A bem da verdade, às vezes até que esse boato vem a calhar.

A ferida em minha perna esquerda lateja com o esforço da subida.

Cerro os dentes e me concentro na marcha para ignorar a dor.

Ouvi dizer que os humanos de Rhea teriam desenvolvido um traje orgânico capaz de regenerar tecidos e órgãos feridos.

Não sei se é verdade. Esses monoespecíficos fanáticos são mestres renomados na arte da propaganda.

De qualquer modo, seria maravilhoso poder contar com uma roupa desse tipo. Sobretudo nas operações de combate na selva de altitude, região insalubre onde muitas vezes uma pequena ferida infeccionada prejudica o desempenho do soldado.

No início da campanha atual, nossos robôs de combate cumpriam a missão arriscada de batedores.

Porém, ao longo dos anos, eles foram sendo abatidos um a um pelo inimigo e jamais foram reparados ou substituídos.

Agora já não dispomos sequer de um reles autômato remoto e somos obrigados a avançar às cegas sobre território inimigo.

Incrível como, apesar de cotidiano, esse tipo de fato crucial jamais recebe o destaque devido nos holodocumentários sobre a Guerra.

▼ ▼ ▼

Decidi avançar pela margem ribeirinha para garantir que não caíremos sobre outro campo minado.

Mesmo com as minas inteligentes – fabricadas em Rhea e trazidas para a Aliança Rebelde tanto pelos vasos de Amphibia quanto pelas grandes naus de Marítima – estamos relativamente seguros, graças à presença abundante de animais que transitam pela zona ribeirinha para aplacar a sede.

Afinal, nem os grupos rebeldes mais radicais ousariam empregar minas aqui.

Porque, desde que não ocorram genocídios em larga escala, as forças ocultas que governam Zoo não ligam a mínima que os radicados se chacinem uns aos outros, mas não costumam ser tão condescendentes em relação ao extermínio indiscriminado da fauna nativa.

Arago, o tenente humano dotado de implantes sensoriais, fala comigo em ânglico:

– Capitã Alva, existe algo ali em cima, embaixo daquelas três oblongas mais altas.

Os transceptores de campanha em nossos capacetes convertem

a mesma informação para o Intercosmo, direto para as lentes retinais dos membros da patrulha. Ideogramas flutuantes típicos dos equipamentos civis são por demais conspícuos. Decerto denunciariam nossa presença.

Examino as árvores indicadas. Não distingo nada dentro da sombra das oblongas. O que não quer dizer muito, uma vez que meus implantes oculares não são do tipo que concedem visão telescópica infravermelha.

Falta pouco mais de uma hora para o anoitecer.

Temos que estabelecer nosso acampamento na segurança relativa do topo da colina antes que escureça. Não podemos nos dar ao luxo de pernoitar a meio caminho do cume e ao alcance do fogo inimigo. Ademais, é lá que se situa o ponto de encontro combinado com o Mago Negro.

De repente, o inferno vomita suas labaredas sobre nós.

Não há mais tempo para nos preocuparmos com sítios adequados para estabelecer acampamentos noturnos.

– Espalhem-se e se abriguem atrás das pedras! – Ordeno e sigo meu próprio conselho.

O jato azulado de plasma passa por cima de nossas cabeças, fervendo o ar à sua volta e atingindo um penedo em nossas costas com o chiado de água sobre metal em brasa.

Feixes pulsados de alta cadência das metralhadoras-laser dos rebeldes pontilham o ar vespertino com o velho padrão de pontos e traços rubros. Começo a temer que a mata que nos envolve se incendeie e me questiono se a tática do inimigo não será exatamente esta.

Ouço o matraqueado frenético das armas de projéteis dos atacantes e os ricochetes que arrancam lascas das pedras próximas e chispas de nossas armaduras.

À primeira vista, nenhum soldado parece ferido nesta primeira onda de ataque.

Os soldados à minha volta destravam as metralhadoras. Bem ou mal, são veteranos de muitos combates. Não se atemorizam facilmente com uns poucos tirinhos...

Alheio à agitação da tropa, Topázio declara em tom calmo:

"Fogo inimigo nas marcações 10, 25 e 340. Pelo menos um canhão de plasma, doze metralhadoras-laser e sete disparadores de projéteis."

– Concentrar fogo nas marcações indicadas. – Ordeno em voz alta. – Subpelotão A disparar nas marcações 10 e 25. Subpelotão B, fogo em 340.

Os feixes pulsados de nossas armas tracejam o ar colina acima.

– Lança-foguetes, disparar três salvas consecutivas na sombra sob as oblongas. – Arago determina, após meu gesto de assentimento.

Um soldado humanoide de longos pelos verdes ergue-se com o lançador sobre o ombro largo e dispara os foguetes da primeira salva.

Explosões quadrigêmeas desabrocham contra os troncos frondosos das três oblongas.

Uma das árvores se incendeia.

O soldado com o lança-foguetes volta a se agachar.

Ergue-se duas outras vezes para efetuar os disparos seguintes.

Labaredas se elevam dos tocos ardentes das oblongas, depois que os troncos estalaram e desabaram ao solo em três grandes estrondos.

Ouço os trinados e urros dos rebeldes à medida que retrocedem dos tocos de oblongas em chamas para o topo da colina.

Impropérios ou expletivos de dor e agonia?

Não há como saber, visto que ignoramos exatamente com que espécies de rebeldes estamos engajando.

Na última fase dessa campanha atual, temos enfrentado geralmente as milícias locais dos núcleos poliespecíficos planaltinos, reforçadas não raro por hostes de insetoides bárbaros nativos da Grande Floresta.

Pelos Poderosos! Como eu gostaria de ser capaz de evitar este incêndio florestal...

Como meu pai costumava dizer, já bem antes do tempo em que comandou como general, numa época mais tranquila e gloriosa deste longo conflito: *"A guerra é o inferno!"*

As labaredas consomem a vegetação rasteira, escalando a colina e obrigando o inimigo a recuar para o topo.

A escaramuça acaba transcorrendo conforme o planejado, exceto que eu não pretendia que esse incêndio se alastrasse tanto e causasse tantos danos.

Ah, esta guerra de atrito maldita que se estende há séculos!

▼ ▼ ▼

Meu pai serviu como oficial, de tenente a general, na Campanha de Consolidação do Planalto.

Antes disso, os pais dele combateram pelo Império no início do conflito, época em que nossos exércitos galgaram Planalto acima como um rolo compressor de avanço irresistível, tomando dezenas de cidades de assalto e esmagando todas as forças que os núcleos poliespecíficos puderam reunir para nos opor.

Tempos de glória.

O Império parecia fadado à conquista.

Zoo inteiro seria nosso!

O Governo afirmava que em poucos anos estaríamos aptos a impor a lei imperial por todo o Planalto do Desespero. Em duas gerações humanas, esta região vasta e fértil estaria solidamente incorporada ao patrimônio territorial do Império, quadruplicando a superfície de nossos domínios.

De acordo com a grande estratégia imperial, o Planalto do Desespero seria apenas o primeiro passo para a conquista de todo o Lado Oriental a sul da Grande Floresta.

Um dia, num futuro remoto, quando a lei e a ordem do Império se estendesse por todo o Grande Continente, os cidadãos desse futuro de paz unificada voltariam seus olhos ao passado e se lembrariam da época gloriosa em que a expansão começou, com a conquista do Planalto do Desespero.

Tolos sonhos de grandeza.

O avanço célere do Império na primeira década da Guerra começou a ser estancado mais ou menos na época em que meu pai ingressou no Exército, quando os rebeldes começaram a receber ajuda maciça de potências externas próximas e distantes.

De um ano para o outro, os insecta da Grande Floresta se ofereceram para combater em plena altitude do Planalto, inconcebivelmente afastados de seus habitats e interesses.

Hoplitas de Centauri começaram a atacar nossas linhas de suprimento nos passos dos desfiladeiros que subiam para o Planalto.

As fábricas de Rhea produziam armamento portátil sofisticado, trazidos para os rebeldes a preços módicos pelos transportes oceânicos de Amphibia, enquanto as portentosas naus multipropósito de Marítima – autênticas cidades-flutuantes – impunham um bloqueio naval aos portos do Império, impedindo a saída das nossas belonaves que poriam os vasos anfíbios a pique.

De um dia para o outro, bater-se contra o Império em prol dos ideais de independência e liberdade das cidades livres do Planalto tornou-se modismo romântico disseminado por todo o Grande Continente.

De muito longe chegavam voluntários aos magotes para bater-se pela causa dos rebeldes. Como se aqueles papalvos soubessem o que significa liberdade!

Então, já não estávamos combatendo apenas contra pouco mais de duas centenas de núcleos poliespecíficos dispersos nas vastidões do Planalto.

Não.

Por mais absurdo que pudesse parecer, era como se todos os povos e culturas de Zoo se houvessem aliado contra o Império no propósito inabalável de frustrar nossa conquista. Acaso não percebiam que nos sacrificávamos em prol da prosperidade futura do Lado Oriental como um todo?

Contudo, nossos líderes militares não recuaram do anseio de incorporar o Planalto. Se o avanço tornara-se impossível ante a resistência insana e os recursos inesgotáveis que o inimigo passou a dispor, os generais do Estado-Maior Imperial aferraram-se à proposta de conservar os territórios planaltinos já conquistados.

Esta tem sido a Guerra desde então.

Segundo os registros históricos multimilenares da Nação Ameboide, esta é a Sétima Guerra do Planalto do Desespero.

De acordo com os mesmos registros, a Primeira Guerra teria se dado há mais de 2.000.000 de anos; época em que ainda não havia humanos em Zoo e o próprio Império não passava de uma coligação frouxa de núcleos poliespecíficos entre o Rio Ameboide e o Rio da Amargura que tentava estender sua esfera de influência Planalto acima.

Não que restem muitos registros pré-imperiais confiáveis daquele período longínquo. Por outro lado, os enciclopedistas ameboides costumam ser confiáveis. Ademais, não teriam razão alguma para mentir neste caso.

De todo modo, a Primeira Guerra é um evento histórico passado, perdido nas brumas de nossa pré-história.

Cinco outros conflitos épicos de proporções variáveis nos separam daquela época remota.

Os enciclopedistas afirmam que houve eras passadas em que governamos todo o Planalto do Desespero e que estendemos nossa influência até a margem leste do Rio da Névoa, em pleno Vale da Neblina. Também insistem em que houve outras eras quando hordas de insetoides bárbaros da Grande Floresta cruzaram o Prado do Extermínio e ocuparam a própria Planície Imperial.

Épocas passadas. Memórias de antanho. História antiga.

Hoje em dia, alguns dos nossos historiadores papagueiam a informação de que estamos na Sétima Guerra. A se confiar nos registros da Nação Ameboide, a sétima tentativa do Império de conquistar o Planalto do Desespero.

No que me diz respeito, é apenas a Guerra.

Uma longa guerra de atrito. O Atoleiro. A minha guerra.

▼ ▼ ▼

Ordeno o avanço por entre arbustos flamejantes em ambas as margens.

O riacho nos protege do fogo, mas não dos efeitos da fumaça.

Embora vários soldados estejam à beira do colapso devido ao calor intenso e à inalação de cinzas, ninguém cogita seriamente sair da proteção relativa desse curso d'água, pois os rolos de fumaça escura nos fornecem cobertura perfeita contra os disparos inimigos.

De repente, ouço o silvo fino de uma granada e uma nuvem avermelhada se espalha entre nós.

– Ativar máscaras antigás! – Arago brada antes que eu própria tenha tempo de reagir e dar a ordem.

A maioria dos soldados insetoides dispensa o uso de máscaras.

Os demais cumprem à risca a determinação do tenente.

"Capitã, esse gás parece estar afetando o plástico de nossas armaduras!" – Topázio emite e, como que para corroborar o que afirma, arranca facilmente um pedaço amolecido de armadura e desnuda parte do cefalotórax.

Apalpo a placa torácica da minha armadura. Até instantes rígido como aço, o material adquiriu consistência macia e pastosa.

A granada de gás!

O gás vermelho não é letal para os soldados.

Não sinto qualquer comichão nas narinas ou na pele debaixo da máscara, embora não reste dúvidas de que sua vedação esteja comprometida.

Devem ser os tais microorganismos capazes de digerir plástico em alta velocidade.

Lembro-me daquele informe da inteligência, segundo o qual os biomilitares rheanos haviam solicitado às criaturas do Grande Pântano Litorâneo que desenvolvessem uma arma desse tipo.

Ninguém do Alto-Comando deu crédito ao informe. Segundo o consenso geral, mesmo na hipótese improvável de que fosse possível produzir tal arma, os diplomatas principiantes de Rhea jamais lograriam extrair um acordo factível daqueles vermiformes xenófobos, maníacos extremados, sempre preocupados com sua neutralidade ritual.

– Avançar! – Brado, tentando demonstrar uma coragem que estou longe de sentir. – Com armaduras ou sem elas, o inimigo não pode nos enxergar com tanto calor e fumaça.

Com a armadura em franco estado de decomposição, avanço colina acima, conduzindo o pelotão por dentro do riacho.

Mesmo com seus sensores térmicos e visuais inoperantes, os rebeldes abrem fogo às cegas com todas as armas que dispõem.

Ripostamos nas marcações anteriores. Torço para que os rebeldes não tenham se afastado muito de suas posições originais.

Passo a passo, galgamos a colina.

Subimos com água fria pelos joelhos por entre o fogo que consome a floresta, a fumaça que corrói nossas vias respiratórias e os disparos que o inimigo despeja sobre nós.

Escorrego a todo instante nas pedras lisas do fundo do riacho.

Subimos com nossas armaduras em frangalhos, autênticos pesos mortos agora que os servomecanismos pararam de funcionar.

Dou ordens para que deixemos nossos mortos e feridos temporariamente para trás.

O tempo é fundamental.

A noite está prestes a se derramar sobre o Planalto do Desespero.

Sinto-me exausta.

Mas não podemos parar.

Um pé gelado depois do outro. Confirmação tácita, quase inconsciente, de que as botas da armadura também perderam a estanquidade.

Ergo a metralhadora. Disparo às cegas.

Avanço.

Já não vejo Topázio a meu lado há minutos.

Tampouco Arago.

Na última vez que o vi, meu tenente humano estava apoiado sobre o tronco de uma árvore. Havia sido ferido no olho direito e sangrava abundantemente.

Chego afinal a um paredão rochoso de quatro metros de altura, de onde brota o olho d'água que alimenta o riacho.

Não há sinal do inimigo.

Exceto se contarmos com as duas dúzias de cadáveres calcinados e fumegantes com os quais nos deparamos no último trecho da ascensão.

Lanço um olhar cansado à minha volta.

Restam comigo apenas um sargento insetoide com ar desalentado, a haste de uma antena quebrada na palma da garra tridáctila, e um soldado humanoide, cujo braço direito exibe uma ferida cauterizada de aspecto feio.

Galgo uma trilha de animais que sobe pela mata em paralelo ao paredão e atinjo enfim o topo da colina.

Não há Mago Negro algum à minha espera.

Pensando bem, nem pode haver.

Pois, como um centauroide conseguiria atingir o píncaro escarpado desta colina?

Por questão de teimosia histérica, contorno o penedo plantado no cume.

Eis aqui meu Mago Negro!

O grande vulto centauroide encontra-se placidamente recostado à superfície lateral do penedo escuro.

O centauro de ébano fita-me com ar curioso.

Não porta um emissor de ideogramas intercósmicos.

Não precisa desses artefatos para se comunicar.

Magos Negros são telepatas naturais poderosos.

Nas raras ocasiões que se dignam conceder atenção a terceiros, falam direto aos espíritos dos interlocutores.

"Bem-vinda, Alva!"

A *voz* reverbera potente e dominadora no interior de meu cérebro, ocupando todo meu espírito.

Um dos três tentáculos negros introduz-se por uma fenda da armadura em farrapos e toca meu mamilo esquerdo.

Embora julgue a atitude no mínimo inusitada, não arredo pé.

"Achei que os rebeldes não permitiriam que viesse até mim."

Ele pensa ao mesmo tempo em ânglico e Intercosmo!

Articula seus pensamentos sob forma de ideogramas e os transmite direto para minha mente.

Respondo em ânglico com certeza absoluta de que serei entendida.

– Disseram-me que você possui informações relevantes para o Império.

"De fato, possuo."

O tentáculo abandona meu mamilo rígido e enlaça minha cintura, puxando-me para bem perto de seu corpanzil centaurino.

Não cogito reagir.

Todos sabem que os Magos Negros são dotados de poderes

mentais tremendos.

Sozinha, sem meu pelotão, a metralhadora descarregada a tiracolo, não passo de um joguete em seus tentáculos.

Mesmo assim, não pretendo me deixar intimidar à toa.

– Pois fale o que sabe.

Ele me arranca do solo e me eleva, deixando-me bem próxima, quase colada ao segmento vertical de seu tronco. Nossos olhos se fitam de um palmo de distância. Bom Espírito Galáctico! Que olhar assustador!

"Os rebeldes dispõem de três mísseis termonucleares. Se o Império não iniciar a evacuação do Planalto do Desespero, permitirei que esses mísseis explodam sobre as principais cidades fortificadas que suas forças mantêm na região."

– Absurdo! Está para nascer quem consiga fazer um artefato nuclear detonar em Zoo...

"Acaso julga que estou sujeito ao hipnobloqueio ou às leis naturais impostas pelo planeta?"

Seu tom zombeteiro, autêntica gargalhada mental, atinge meu âmago com a força de uma explosão de granada.

Impotente, sinto as defesas do meu espírito se estilhaçarem e ruírem sem que eu possa fazer absolutamente nada para impedir.

Pelos Poderosos! Que torvelinho psíquico medonho!

Mais que meramente abatida, sinto-me humilhada, envergonhada como se houvesse sido descoberta na prática de um pecado obsceno.

Antes que eu possa pensar numa resposta ou defesa, ele me ataca com outro tentáculo.

A penetração é tão violenta e abrupta que me faz perder o fôlego.

Olho para baixo. Um segundo tentáculo me invadiu por um rasgão largo da armadura à altura dos quadris e agora se mexe, rígido como um pistão de osso, bate-estaqueando dentro da minha vagina. Não sinto o mínimo prazer. Só a dor fortíssima à altura do colo do útero . O órgão é áspero e muito grosso, e eu estou mais seca do que uma pedra do Deserto Azoto.

Cerro os maxilares. As faces molhadas das lágrimas que me descem dos olhos. Num vislumbre, observo com distanciamento frio o filete de sangue que me escorre coxa abaixo num trecho onde já não existe mais armadura.

Um estremecimento de dor rasga meu corpo de cima a baixo e se concentra no espeto incandescente cravado em minhas entranhas, quando o outro tentáculo me larga de repente e todo o peso do meu corpo passa a se sustentar exclusivamente nessa haste ardente que me empala de baixo para cima.

Meus órgãos se rompem numa última explosão de dor. Pronto. O fim agora não deve demorar muito...

Sou obrigada a descerrar os lábios mordidos quando o sangue começa a brotar de minha garganta aos borbotões.

Não resisto mais e, entre uma golfada e a seguinte, lanço um berro lancinante. O que me sai da boca, no entanto, é apenas um gemido débil e dolorido, à medida que meu tronco desce devagar, até que minha vulva alargada e sangrenta toca a base pétrea do tentáculo.

Em meio à agonia final que antecede a morte, uma voz fraca me pergunta por que diabos um Mago Negro iria querer me estuprar. Num derradeiro bruxuleio de pragmatismo, imagino ser tão pouco atraente para ele quanto uma lagosta para um humano...

Então, quando me sinto prestes a sucumbir, minha certeza de que essa situação excruciante não pode piorar desmorona quando sofro novo estupro, muito mais terrível e ultrajante do que o primeiro.

Meu espírito é agarrado!

O estupro físico não foi nada, comparado à violação da minha alma, a invasão brutal dos recônditos mais íntimos da minha mente, calcinando todos os sítios e recordações por onde passa, deixando um mar de lava ardente em seu lugar.

Não aguento mais. Este suplício de horror é insuportável!

Grito com as forças que ainda me restam:

– Não quero mais vivenciar isto!

▼ ▼ ▼

A experiência virtual que vivenciávamos desfaz-se como por encanto.

Estou deitada à plataforma com a tiara do terminal presa à testa suada.

De pé a meu lado, com ar ausente, Genteel porta uma tiara semelhante ajustada em seu crânio hiperdolicocéfalo.

– Seu puto! Você manipulou as regras de novo! – Acuso, antes que ele consiga focar os bulbos oculares.

"Pensei que iria gostar." – Ele arrisca com o silvo mais desafinado que já o ouvi emitir. – "Encarnar um Mago Negro é o sonho de nove entre dez centauros."

– Magos Negros não estupram humanas!

"Como você sabe que não o fazem? Ah, já sei, as aventuras sexuais da sua avó famosa... Europa viajou com um Mago Negro, não foi? Ele quis copular com ela?"

– Não, querido. O Mago Negro não quis copular com minha avó. – Suspiro, tentando conjurar toda a serenidade, para me impedir de lhe extirpar os bulbos oculares com as mãos nuas.

No entanto, em meio a meu surto de ira, noto que o mau humor está arrefecendo.

Simplesmente não consigo ficar aborrecida com Genteel por muito tempo.

Esse renato travesso é simplesmente incorrigível!

– Só os renatos gostam de copular com fêmeas humanas... Puxa vida, Genteel! Fazer o Mago Negro me estuprar estragou nossa brincadeira!

"Ah, Clara. Acaso pensa que foi fácil esperar você no topo da colina aquele tempo todo sem nada para fazer? E ainda por cima, com a probabilidade tremenda do seu pelotão não conseguir superar os rebeldes..."

– Não prometi que chegaria lá em cima? Além disso, foi você mesmo que insistiu nesse papel.

"Quando decidi encarnar um Mago Negro, pensei justamente nas aventuras daquele que ajudou Spartacus e Europa. Não imaginei que teria que esperar o tempo todo sem nada o que fazer, exceto torcer para você sobreviver."

– Esses programas interativos procuram se adaptar às características de nossas personalidades. Acho que você não se sentiria à vontade como guerreiro rebelde.

"É. Acho que não me sentiria mesmo."

– Você poderia ter escolhido um renato como emissário, em vez de um Mago Negro. Assim, pelo menos o ataque sexual teria soado mais plausível... E não teria me arrebentado toda por dentro!

"E quem no Império moveria uma palha para se encontrar com um emissário renato? Isto sim, destruiria a verossimilhança perfeita da simulação..."

– Perfeita, uma ova! Houve um instante em que senti cheiro de maresia. Além disso, o *background* da minha persona era tão parecido com o meu que não soou plausível.

"Não encaro essa semelhança como falha em si. Como você disse há pouco, o programa tenta se adaptar às nossas vivências e personalidades. Contudo, observei um fato estranho: tive a nítida impressão de que você articulava outro idioma humano, embora a tradução para o Intercosmo estivesse perfeita."

– Ânglico. O idioma que os humanos do Império costumavam falar naquela época. Como em Rhea, eles chamam este mundo de "Zoo" ou, mais recentemente, de "Escaramuça", e não "Ahapooka", que é um termo looson.

Permaneço pensativa por uns instantes.

– Dizem que aqueles mísseis nucleares realmente explodiram...

"Ao que eu saiba, apenas um míssil explodiu sobre o quartel-general do Exército Planaltino. Logo depois disso, o Império decretou a evacuação."

Faz sentido. Nem mesmo a potência expansionista mais agressiva de Ahapooka ousaria enfrentar oponentes que dispusessem de armamentos nucleares.

– Você me machucou com aquele tentáculo enorme! Ele era duro como um osso e muito grosso! Não era liso e gostoso como o seu...

"Julguei que você se sentiria mais excitada com um tentáculo mais grosso. Além disso, todo Mago Negro que se preza possui tentáculos grossos e rugosos. As simulações precisam ser minimamente convincentes."

– Tudo bem, mas não precisava enfiar um deles em mim, né? Ao que eu saiba, os tentáculos dos Magos Negros não são órgãos sexuais.

Que idiota!

Por que diabos enfiou na cabeça que eu me sentiria excitada se me visse empalada numa haste rígida mais comprida e mais grossa do que o meu braço?

Cada vez mais me convenço de que, sob certos aspectos, no fundo, os machos das espécies mais diversas são todos iguais!

Mesmo em se tratando de um pseudomacho renato.

"Não compreendo porque você está tão zangada. Afinal, não está realmente machucada."

– Lógico que não! Mas o que você esperava? Na hora doeu um bocado, tá?

"Desculpe. Deixei minha paixão falar mais alto outra vez e acabei estragando a brincadeira. Prometo que vou me comportar melhor na próxima simulação."

– Não tem importância. Da próxima vez, você encarnará a fêmea humana e eu o Mago Negro, tá?

Extraio boa dose de prazer vingativo do terror que essa última perspectiva insuflou em seu espírito. Sentimento facilmente perceptível na agitação frenética de suas antenas.

Preciso investigar se esta inversão sensacional é viável.

Satisfeita com essa linha de raciocínio, levanto da plataforma e me dirijo para o banheiro.

– Vou tomar banho.

"Sozinha?"

– Considere-se desconvidado.

"Sem biotraje?"

– Com biotraje, seu bobo. Acaso já me viu tomar banho nua sozinha?

"Não. Só quando copulamos dentro do box."

Por causa do simbionte, meu corpo está sempre limpo e livre de impurezas. Portanto, é a primeira vez que sinto essa vontade premente de tomar banho desde o embarque no *Espumas Flutuantes*.

A sensação de desconforto é meramente psicológica, mas nem por isto menos real.

Creio que é por causa do calor intenso e da agonia toda que enfrentei na escalada daquela colina.

Além disso, o estupro me deixou com a impressão de estar imunda por dentro. Sei que é tudo psicológico.

Portanto, exceto pela liberação de endorfinas, não há nada que o biotraje possa fazer para me purificar dessa sujidade interior. Virtual ou não, a experiência me deixou com a sensação forte e convincente de que estou precisando urgentemente de um banho.

"Depois do banho, você remove o simbionte? Pra gente poder brincar como se deve..."

– Vou pensar no seu caso.

"Prometo me redimir."

– Ah, é? – Não resisto em abrir o sorriso. – Então vá pegar a sela e os arreios.

"Tudo o que você quiser, Clarinha. Mas vamos deixar as esporas de fora desta vez."

– Tá brincando? Depois de ter me empalado naquela tora? Pode trazer aquele par com pontas afiadas.

"Não, Clarinha... Aquele não!"

– Relaxa, amor da minha vida. Nós dois sabemos que você vai adorar!

XV
Viúva

Nas circunstâncias adversas, não percas a coragem. Guarda a esperança: só a esperança não abandona o humano, mesmo na morte.

Dionísio Catão

Deixamos as últimas banquisas glaciais para trás há dois dias.

Embora a incidência elevada de icebergs ainda obrigue o *Espumas* a demandar em velocidade reduzida, estamos definitivamente nos afastando da região polar, depois de mais de dois meses de permanência nas águas geladas do extremo sul de Ahapooka no pior inverno das últimas décadas.

Um navio menor talvez conseguisse se esquivar das montanhas de gelo flutuantes sem precisar reduzir tanto a velocidade. Contudo, um vaso com as dimensões gigantescas de uma nau-de-linha de Marítima teve que avançar com cautela nestas águas coalhadas de perigo. As equipes de carapaças vermelhas de serviço junto ao monitor do radar de navegação e da repetidora do sonar passaram maus bocados ao tentar coligir dados para ajudar a comandanta e a imediata a determinar o curso do *Espumas*. Pois, não obstante o trabalho das lanchas batedoras que seguiam cinco ou dez quilômetros avante da nau, os icebergs por vezes se deslocavam e os menores em geral se moviam em questão de minutos.

Vez por outra, acompanho essas manobras tensas do salão de comando e observo a proa da nau singrar em ziguezague vagaroso dentro de um autêntico labirinto de muralhas geladas. O tanque holográfico principal mostra o avanço do navio como um traço vermelho pulsante percorrendo as franjas de uma aurora austral esverdeada. Previamente levantado pelas batedoras, o caminho a ser percorrido aparece indicado em amarelo.

Mesmo com o emprego do radar, do sonar e das lanchas, por duas vezes encontramos o caminho previsto selado por icebergs muito próximos. Na primeira vez conseguimos abrir passagem com cargas explosivas e disparos judiciosos das carabinas-laser.

Borbulhante pediu que eu comandasse a operação a partir do convés principal. Apesar das dificuldades, foi mais fácil do que a luta desesperada travada contra os pseudocefalópodes gigantes.

Da vez seguinte, no entanto, a muralha de gelo já se espessara e os disparos das carabinas não surtiram o efeito desejado. Borbulhante ordenou máquinas à ré e o *Espumas* foi obrigado a retroceder de popa avante por mais de sete quilômetros de tensão e nervosismo, até que pudéssemos enveredar por um rumo alternativo.

Apesar dessas quebras de rotina esporádicas, o cotidiano do serviço no salão de comando costuma ser tedioso aos olhos de uma passageira sem obrigação de desempenhar uma tarefa específica.

Depois de meia hora de conversa com Borbulhante ou com Pertinaz, em geral me sinto entediada e me despeço, regressando para os tentáculos de meu centauro que permanece via de regra no aconchego seco de nosso camarote.

▼ ▼ ▼

Ao regressar de mais uma dessas rondas periódicas ao salão de comando, caminhando célere por corredores malcheirosos, parando de vez em quando para responder as reverências que me são prestadas por marítimas amarelas, vermelhas e azuis, anseio pelo aconchego seco de nosso camarote.

De repente me percebo com uma pontada de saudade do meu centauro.

Há quase duas horas que não nos falamos. Empolguei-me numa conversa com Pertinaz e não vi o tempo passar.

As vigias holográficas do salão de comando nos exibiam o belo espetáculo do oceano cinza pontilhado com o branco dos icebergs sob um céu azul sem nuvens, onde o disco minúsculo de Anhangah fulgia próximo ao horizonte.

Acelero o passo até atingir a escotilha do camarote.

Entro, cerro a porta estanque e respiro fundo, procurando extirpar dos pulmões todos os vestígios desse ar fétido dos corredores do *Espumas*.

Genteel não está à porta me aguardando para saber das últimas novidades.

Tampouco encontra-se conectado ao terminal da biblioteca.

Só pode estar no banheiro.

Chamo por ele.

Não há resposta.

Terá saído sozinho? Não creio.

Estou prestes a abrir a porta do banheiro quando vislumbro com o canto do olho uma protuberância estranha entre a plataforma e a antepara.

– Genteel!

Meu renato está caído atrás da plataforma.

Aflijo-me com o péssimo sinal. É a primeira vez que vejo Genteel deitado. Não costuma fazê-lo nem mesmo para dormir.

O pior é que sua epiderme, lisa e brilhante até horas atrás, exibe agora uma rugosidade baça, entrelaçada por conjunto de veias grossas e pulsantes.

– Não...

Já li o bastante sobre os ciclos vitais dos renatos para saber que a superfície áspera que o recobre é a primeira camada do casulo em formação.

A metamorfose começou!

– Genteel...

Tomo-o pelos ombros e sacudo seu corpo inerte.

Procuro seus tentáculos para acariciar, mas eles desapareceram, imersos no casulo.

– Fala comigo. Você não pode me deixar assim!

Mas eu sei que ele não me ouve.

– Puxa vida, Genteel! Nós nem sequer nos despedimos...

Indiferente, registro a presença do núcleo mnemônico depositado num canto da plataforma.

Colocar o núcleo ali deve ter sido o último ato consciente do meu renato.

Apática, observo o pulsar das artérias do casulo.

O metabolismo frenético dos agentes da metamorfose contrastam com a expressão assombrosa de paz e satisfação presente no semblante de Genteel.

Os bulbos oculares encontram-se enrodilhados em torno do crânio oblongo. As antenas estão pendentes e murchas. Dentro em breve uns e outros deverão despencar como pétalas de uma flor arrancadas pelo vento.

Não sei se terei forças para suportar a visão dessas antenas, tão vivas até horas atrás, quando elas jazerem espalhadas como folhas secas no piso do camarote.

O corpo está dobrado sobre si mesmo no equivalente centaurino da posição fetal. Somente a cabeça e a ponta dos cascos ainda aparecem visíveis fora do envoltório do casulo.

Dentro em mais uma ou duas horas, haverá apenas o casulo.

Meu Genteel amado se foi!

O que quer que ecloda deste casulo daqui a pouco mais de um mês, não será mais o meu renato. Não possuirá seu senso de humor refinado. Tampouco a inteligência aguda ou os tentáculos carinhosos.

Vou sentir muita falta desses tentáculos...

▼ ▼ ▼

Sempre soube que o fim do nosso romance estava próximo. Só que não imaginei que estivesse tão próximo.

Gostaria tanto de ter me despedido de Genteel...

Devia ter permanecido com ele em seus últimos momentos de consciência.

Ouvido suas últimas palavras... O que teria dito? Jamais saberei.

O que sentiu, sozinho neste camarote tão grande e vazio em seus últimos instantes antes de morrer?

Abandono? Frustração pela minha ausência?

Ele me fez prometer que estaria presente a seu lado em seus instantes finais. Não consigo me perdoar.

Contudo, em meu íntimo, sempre julguei que haveria alguma espécie de aviso...

Tanta coisa que eu queria ter dito pra ele e não houve tempo.

Porque, por mais que soubéssemos que nosso caso de amor era efêmero, sempre julgamos que haveria um amanhã. Tempo bastante para trocar as últimas juras antes da despedida final.

Por que Genteel não me avisou de que o fim estava tão próximo?

Será que ele soube? Terá havido algum tipo de sintoma ou indício?

Ou foi pego de surpresa pelo início da metamorfose?

Quem sabe não intuiu o fim iminente, mas se furtou de comentar o assunto para que eu não sofresse por antecipação? Uma atitude superprotetora deste molde seria típica do meu renato. Galante, até o fim!

Esta viagem se tornará muito solitária sem Genteel.

Então, paro de me iludir. Não é apenas esta viagem.

Chega de me enganar. Não adianta tentar explicar minha paixão por Genteel como mero sintoma da síndrome de abstinência.

Não.

Minha vida não será a mesma sem ele.

Penso em todos os meus amantes anteriores. Todos humanos. Meras sombras ante a lembrança fulgente desse hemicentauro adorável.

Em breve meu renato parecerá muito mais com um humano do que antes. Só que não será mais o meu renato. Será algo mais. Alguém diferente.

Alguém que jurei proteger.

Fito o núcleo de memória com os olhos cheios d'água. Então, começo a soluçar num pranto inconsolável de garotinha abandonada. As lágrimas turvam minha visão do núcleo depositado sobre a plataforma. Tudo o que restou do Primeiro Genteel.

Agora, em nome de tudo o que nutro pelo meu amor, sinto-me ainda mais propensa a proteger e guardar seu novo eu.

Pois, embora meu Genteel amado tenha partido para sempre, resta a guarda preciosa que ele transferiu para mim e que eu aceitei de bom grado.

Avanço de joelhos sobre a plataforma, até me quedar em frente ao núcleo. Estendo a mão. Seguro a corrente metálica e ergo o dispositivo devagar.

Tudo o que Genteel foi, pensou, viu e sentiu está aqui dentro. Inclusive, seu amor por mim.

▼ ▼ ▼

Vago sem rumo definido pelos corredores gotejantes e compartimentos limosos do *Espumas Flutuantes*.

Sou parada vez por outra por marítimas desejosas de me transmitir condolências e palavras de conforto.

Constitui tradição entre as paracrustáceas que as amigas e conhecidas dirijam-se ao clã da morta para manifestar louvor àquela que partiu.

Antes ninho aconchegante, para onde corríamos sempre que queríamos nos ver livres da umidade e do mau cheiro do exterior, o camarote agora me parece vazio e assombrado pela presença do casulo de Genteel e as lembranças que ele me traz.

O casulo tornou-se um elipsoide de casca espessa, envoltório sólido que reveste inteiramente o corpo jacente do renato. Ou melhor, aquilo que constituiu o corpo do renato. Pois, no interior vibrante do casulo, os ossos de meu amado estão sendo parcialmente dissolvidos, seus músculos e órgãos remodelados. O novo esqueleto bípede começará a se formar em breve, com o cálcio e o fósforo extraídos do antigo, num processo que se estenderá por várias semanas, até que o centauro morto esteja pronto para renascer como humanoide.

Com auxílio de duas amarelas robustas, consegui erguer o casulo para colocá-lo sobre a plataforma.

Agora posso observá-lo de qualquer ponto do camarote.

Assim que as amarelas se retiram, solto uma risada amargurada.

Só começamos a compartilhar o leito depois que ele morreu...

No entanto, não se trata do sono a que dois amantes se entregam quando adormecem exaustos, um nos braços do outro, após uma longa sessão de amor.

É antes sono aflito de fêmea grávida, insegura, prestes a dar a luz ao primeiro filho, no tempo em que as humanas se viam obrigadas a carregar seus filhos no interior do próprio ventre até que eles nascessem.

Apoio as palmas das mãos na superfície rugosa e abaulada do casulo. Sinto a quentura pulsante através da epiderme do meu simbionte.

Não há a menor dúvida: a vida floresce ali dentro.

Tenho estudado tudo o que a biblioteca do *Espumas* me fornece sobre a metamorfose dos renatos. Ela não dispõe de muita coisa.

Talvez algures no Império ou em Centauri haja informações mais abundantes e detalhadas sobre o processo.

Ou, talvez não. Os renatos são uma espécie discreta. Sobretudo no que se refere à metamorfose.

O casulo formou-se duas semanas atrás.

Segundo a literatura que consultei, Genteel permanecerá dentro dele por mais duas ou talvez três semanas, dependendo da temperatura ambiente. A fonte de referência não explicita, mas eu suponho que a maturação seja mais rápida em temperaturas mais elevadas. Se minha suposição estiver correta, a metamorfose só chegará a termo quando estivermos em pleno Oceano Ocidental.

Passo horas a fitar o casulo de Genteel enquanto rememoro tudo o que compartilhamos em tão pouco tempo. Nossas conversas e discussões. Nossos passeios. Nossas brincadeiras deliciosas.

Tento imaginar o que se desenrola no interior do casulo.

Será que as estruturas bioquímicas que constituíam as memórias do meu renato já se desagregaram? Ou será que em algum lugar de seu cérebro ainda está registrado o amor que sentiu por mim?

Os renatos consideram a emersão do casulo como um renascimento.

Contudo, se todas as recordações da vida anterior perecem ao término do processo, não seria mais correto falarmos em morte ao invés de renascimento?

Discuti esta questão filosófica com Genteel mais de uma vez.

"Terei acesso a todas as minhas recordações." – Ele insistia sempre. – "Poderei repassar tudo o que vi, falei ou ouvi."

– E quanto aos sentimentos? – Não me cansava de replicar. – E quanto às milhares de sensações que lhe passam pelo espírito mas jamais chegam a ser verbalizadas e sequer causam impressão consciente?

"Nós renatos somos treinados para verbalizar tudo o que sentimos, justamente para que nossos núcleos mnemônicos possam fornecer registros emocionais completos e fidedignos a nossos segundos eus, para que esses conheçam o verdadeiro teor dos sentimentos das formas centaurinas. Conversar mentalmente consigo mesmo é um hábito arraigado entre nós desde os primórdios." – Genteel emitia invariavelmente um lamento suspirado quando chegava neste exato ponto da conversa. – "Mas, é lógico, nem mesmo renatos treinados desde a infância numa disciplina desenvolvida ao longo de gerações conseguem verbalizar absolutamente tudo o que lhes passa pelo espírito."

Nessa altura da conversa, eu costumava chorar.

Como choro agora, ao recapitular as diversas versões desse mesmo diálogo trágico.

Será que os atos de repassar as memórias de nossa relação amorosa e de ouvir as gravações nas quais sua forma centaurina pensa nos sentimentos que nutre por mim, despertarão no renato humanoide que se originou de Genteel as mesmas emoções que motivaram o centauro?

Uma vez renascido, Genteel voltará a me amar?

Duvido muito.

Pelo que depreendi de meus estudos, se por um lado é fato in-

conteste que os renatos centaurinos maduros sentem atração intensa, quase irresistível, por tudo que é humanoide, o mesmo não se dá com os renascidos.

E como poderia o novo Genteel me amar?

Afinal, ouvir alguém contar uma história de amor não é nem de longe o mesmo que se apaixonar. Mesmo quando o narrador e o ouvinte são a mesma pessoa em fases distintas da vida.

E quanto a mim?

Amarei essa forma humanoide, tão diferente do meu centauro adorado?

Com o espírito repleto dessas dúvidas, observo da amurada do *Espumas* as esteiras que ictiossauros alegres e vigilantes riscam nas águas calmas do oceano ao nadarem em cursos paralelos à proa do navio.

Já não observo um iceberg há dias.

Distraída, ergo a mão ao núcleo mnemônico pendurado em meu pescoço. *Memórias do amor perdido.*

Estamos viajando para norte num rumo que acompanha o relevo retilíneo da costa oeste do Grande Continente a uns meros cento e vinte quilômetros das praias de areias finas do Litoral da Fertilidade.

Não cruzamos com outros barcos à medida que demandamos rumo norte.

Nenhum outro mastro é avistado acima do horizonte.

Borbulhante tem sido cautelosa em manter o *Espumas* afastado de qualquer eco-radar que possa representar ameaça.

Como meu Genteel teria apreciado esta brisa cálida e a visão deste mar azul, pululando de criaturas marinhas, imaculado por icebergs e banquisas!

▼ ▼ ▼

"Quando a renata emergirá de seu invólucro?" – Borbulhante demonstra seu interesse em tom cortês numa de minhas visitas ao salão de comando. – "Estamos curiosas por conhecer a Genteel humanoide."

– Calculo que dentro em uma semana, ao mais tardar. Esta é minha última saída do camarote até a eclosão. Não posso arriscar que o recém-nascido saia do casulo na minha ausência.

"Gostaríamos de conhecê-la quando você julgar que ela está pronta para tanto."

Não vejo maiores problemas em permanecer isolada no camarote.

As marítimas continuarão me levando as refeições de sempre. A comida não é nenhum manjar dos deuses. Mas, sinceramente, já me servi de coisas bem piores em minhas andanças pela Grande Planície Vermelha.

"Crê que ela sobreviverá?" – Percebo certa inquietação no Intercosmo formal da comandanta. O que será que a preocupa de fato? A possibilidade de perder uma passageira pela qual se sente pessoalmente responsável? Ou há algo mais que não consigo vislumbrar? – "De acordo com minhas leituras, não há registros de renatas renascendo fora de suas comunidades."

– Genteel parecia acreditar que sua sobrevivência era de todo provável. – Respondo, esforçando-me para convencê-la tanto quanto a mim mesma. – Confio no julgamento dele sobre esta questão da metamorfose.

"Espero que consiga renascer." – Ela gira o corpanzil de um lado para outro. Há algo que a incomoda, mas não sei o que é. – "Às vezes parece estranho pensar numa criatura tão nobre e sensata como a centaura Genteel como um macho de sua espécie."

– Estranho, por quê?

"Bem, minha amiga, em virtude da sua formação acadêmica, você decerto não ignora que na minha espécie os machos constituem criaturinhas insignificantes, às quais raramente dedicamos atenção."

– Sei disso. Como imagino que você saiba que tanto entre humanos, quanto entre renatos, os machos costumam ser tão inteligentes quanto as fêmeas.

"Do ponto de vista intelectual, reconhecemos este fato, é lógico. Contudo, se me permite falar com franqueza, de fêmea para fêmea, a ideia de um macho racional sempre nos soou perturbadora. Porém, mais perturbadora ainda é a suposição de que um macho possa dispor não apenas de autoconsciência, mas também capacidade de expressar juízos de valor pertinentes e possuir noções sólidas de certo e errado. Capacidades essas que, em última análise, definem a pessoa autoconsciente."

Pelo Espírito Galáctico!

É duro ter aturar essa dose maciça de misandria alienígena, sobretudo para alguém que está sofrendo pela morte do ser amado.

A xenóloga que se abriga dentro de mim relembra que as marítimas adotam a mesma runa para descrever "pessoa" e "feminilidade".

Em pensar que eu reclamava do especismo reinante entre os cidadãos de Rhea...

Então o laivo de malevolência jorra como gêiser ardente do âmago do lençol subterrâneo de angústia e desespero onde me encontro mergulhada há semanas e eu golpeio de chofre:

– Afinal de contas, como é que vocês marítimas definem a fêmea da espécie?

"Para nós, fêmeas são criaturas inteligentes. A metade racional de uma espécie. Em nosso idioma existe uma só palavra para expressar os conceitos de *fêmea* e *racional*."

– Certo. Mas essa falta de distinção só possui validade dentre as marítimas e um punhado de outras espécies. Vamos pensar em termos reprodutivos, em gametas. Neste sentido biológico, o que é uma fêmea?

"Como as humanas, nós somos heterogaméticas. Portanto, tanto para nós quanto para vocês, fêmeas são as produtoras de óvulos."

– Correto. Esta é a mesma definição que empregamos para distinguir as fêmeas dos machos. – Exibo meu sorriso mais inocente. – Pois saiba que Genteel também é um produtor de óvulos.

"Mas, então... A centaura Genteel é uma fêmea! – Uma série de ruídos cavos de tosse abafada emerge de seu tubo respiratório vestigial, parecidos com os engasgos de um motor de explosão primitivo. – "No entanto, ela se afirmava macho."

– Não importa como ele se afirmava. O organismo dele produzia óvulos e não espermatozoides. Isto o caracteriza como fêmea, não é?

"Sem dúvida. Esta revelação esclarece muitas dúvidas. Tudo faz sentido agora."

– Fico satisfeita por conseguir esclarecer um pouco as coisas.

"Esclareceu e muito. O fato de Genteel também ter sido uma fêmea torna mais fácil compreender o vínculo profundo que parece ter se estabelecido entre vocês duas."

– Mais fácil, como?

"Desculpe se menciono o assunto mas, já que esta questão tão delicada veio à baila, há uma pergunta pessoal que eu gostaria de fazer." – Diante do meu silêncio curioso, a marítima acrescenta. – "Não precisa responder se não se sentir à vontade para fazê-lo."

– Vá em frente. Pode perguntar.

"Sempre ouvi falar dessa mistura de vínculo emocional e atração sexual que algumas alienígenas afirmam sentir por outras pessoas da mesma espécie. Embora tenha lido muito a respeito, não posso dizer que realmente compreendo as motivações que levam os seres afetados a agirem do modo como agem. Para as criaturas de minha espécie, a conduta sexual segue um padrão simples e previsível."

Fito os olhos pedunculares de Borbulhante que fremem de modo peculiar. Evito tecer comentários para não inibir a pergunta que ela almeja fazer.

"Não compreendo as ações de alienígenas como as humanas ou as renatas no que diz respeito às condutas sexuais delas, mas aceito a existência desses impulsos que as criaturas de minha espécie sabem-se incapazes de experimentar." – Ela gira a carapaça dourada sobre o pedestal de comando e prossegue em seus rodeios. – "No entanto, sempre julguei que essa atração sexual só se manifestasse entre vertebrados da mesma espécie."

– Na maioria das vezes, humanos e renatos preferem parceiros de suas próprias espécies. Todavia, por causa de suas naturezas duais, os renatos encaram a ideia de copular com alienígenas com mais naturalidade do que a maioria das espécies de que já ouvi falar.

"Correto. Mas a pergunta que realmente desejo fazer é a seguinte: como é que vocês se permitiram copular, se o propósito procriativo estava inteiramente descartado?"

– Ah, sim. Em algumas espécies vertebradas, como é o caso dos renatos e dos humanos, a cópula não é uma mera compulsão com fins procriativos, mas uma fonte de prazer em si mesma.

"Li a respeito de uma teoria proposta há tempos por uma xenóloga do meu povo que advoga esta tese. Mesmo assim, custo a crer que esse prazer seja tão intenso e irrefreável a ponto de justificar sua prática com pessoas de outras espécies."

Solto uma risada antes de prosseguir no meu melhor tom professoral:

– Alguns zoólogos humanos observaram que animais irracionais mantidos por longos períodos em cativeiro, na ausência de companhia de outros indivíduos da própria espécie, acabam experimentando a cópula com outros animais de espécies diferentes. – Meu modo clínico e impessoal me faz recordar uma vez mais meu amante centauro. Suspiro e, ante a postura céptica da marítima, vejo-me forçada a acrescentar: – Embora eu e Genteel obviamente não sejamos irracionais, vivemos num severo regime de confinamento por meses a fio dentro de nosso camarote.

Borbulhante afunda num silêncio pensativo.

Quer dizer então que o isolamento e a síndrome de abstinência explicam minha paixão tórrida pelo renato moribundo?

É este o argumento com que pretendo convencer a marítima? Como poderei fazê-lo, se eu própria não creio numa só gota desta baboseira?

É esta a versão que pretendo esgrimir lá em Jericho?

A comandanta enfim emerge do mutismo meditabundo para indagar:

"As humanas de Rhea costumam referir-se a este mundo de um

modo diferente daquele como você o chama. Qual é mesmo o nome que elas dão?"

– Zoo.

"Zoológico, não é?"

– Exato.

"Um mundo-zoológico. Todas nós não passaríamos de espécimes em cativeiro. A maioria de nós já nasceu no zoológico e está tão acostumada com os limites desta grande jaula que a chama de *lar*. É provável que muitas radicadas perecessem se forçadas a se readaptar ao estilo de vida de suas antepassadas." – Borbulhante exala um suspiro rouco do fundo de seu tubo respiratório. É o equivalente mais próximo que uma marítima possui de um riso sarcástico. – "Não é à toa que algumas de nós comecem a se comportar de fato como animais em cativeiro."

O comentário ofende e magoa.

Sinto meu rosto enrubescer de raiva, mas não esboço reação.

Após tudo o que passamos juntas em alto-mar, não pretendo me altercar com minha anfitriã. Sobretudo, depois de ela ter arriscado sua nau e mais de trinta mil vidas para salvar minha pele.

Além disso, creio que não houve qualquer intenção real de ofender e, de todo modo, o comentário em si não merece resposta.

Para somar a injúria à ofensa, Borbulhante comenta, judiciosa:

"Ao menos vocês duas eram fêmeas. Isto torna tudo mais fácil de aceitar."

Este é o problema de lidarmos com gente tão alienígena quanto as marítimas: acabamos ofendidas na maior das inocências, mesmo sem intenção.

XVI

Guardiã da Memória

Não sei mais como te amar.
É difícil descobrir agora,
Quando o amor foi embora.
Pois aconteceu bem devagar.
Como uma porta que se fecha.
Desapareceu sem rastro deixar.
É um fato a enfrentar:
Não sei mais como te amar.[8]

[8] Fragmento de canção de procedência desconhecida, disseminada maioria dos mundos humanos da Periferia.

A casca do casulo já não exibe a vitalidade pulsante que a caracterizava até umas poucas horas atrás. Os tecidos coriáceos que a compõem ressecam-se a olhos vistos, adquirindo aparência mais frágil e quebradiça a cada minuto.

Não tenho dúvidas. Genteel está prestes a renascer.

De fato, a casca do casulo se rompe ante meu olhar vigilante e um braço recoberto de pelos brancos irrompe de seu interior. Um braço terminado numa mão hexadáctila que à primeira vista passaria perfeitamente por humana.

Aprendi o suficiente sobre a metamorfose dos renatos para saber que a partir desta fase da eclosão, toda e qualquer ajuda é bem-vinda.

Portanto, agarro a borda rasgada do casulo com ambas as mãos, e puxo com força, transformando a fenda estreita num grande rombo.

O fluido viscoso que envolvia o recém-nascido escorre devagar da borda quebrada do casulo e mina de suas rachaduras, encharcando a plataforma.

O tórax do humanoide se eleva quando ele inala sua primeira golfada de ar.

Ele move as pernas robustas, herança centauriforme, numa tentativa vã e descoordenada de se pôr de pé.

Calma, querido, não é preciso ter pressa.

A própria tentativa de se erguer de imediato deve ser, imagino, o eco de certos instintos ancestrais decerto mais adequados ao primeiro nascimento do que ao segundo.

Desajeitado, ele precisa da minha ajuda para se arrastar para fora dos escombros do casulo, deixando à mostra uma estrutura escura oblonga, repleta de circunvoluções, algo semelhante ao híbrido do cruzamento de cérebro humano com placenta gigante.

Abre os olhos.

Olhos de verdade e não bulbos oculares.

Dois olhos tão grandes e redondos quanto os de algumas variedades humanas adaptadas à vida noturna.

A simetria do novo Genteel é bilateral, como a de qualquer humanoide que se preze.

Estendido de costas sobre a plataforma, com a epiderme do pescoço e dos ombros brilhando dos fluidos nutrientes onde até há pouco esteve imerso, o renato humanoide abre e fecha as mãos com movimentos espasmódicos.

Acerco-me desse Genteel tão ignorante e indefeso como qualquer recém-nascido.

Como deve ser nascer assim, adulto por fora e criança por dentro?

Preciso perguntar a meu avô quando estiver com ele em Rhea.

Observo o dorso revestido de pelagem branca finíssima, pouco mais que uma penugem.

Reparo que o crânio mudou de formato e, ainda assim, manteve seu caráter hiperdolicocéfalo, embora agora se estenda da testa para cima como torre óssea, elevada num ângulo pronunciado em relação à vertical.

Genteel possui agora um par de orelhas pontiagudas espetadas para o alto da cabeça e as mesmas duas fendas nasais estreitas de antes à guisa de nariz.

O recém-nascido permanece deitado, agora de lado, com a cabeça descansando em meu colo.

Sorve o ar com esforço, aos haustos.

Já seco do fluido nutriente, ele transpira em abundância. A testa calva e oblonga já se encontra recoberta por uma película fina de suor.

Cheia de cautela, coloco palma da mão sobre suas costas e lhe acaricio o dorso com um gesto suave, como li num ensaio que prescrevia como se deve agir neste momento crucial.

Genteel levanta os olhos para mim e murmura algo incompreensível em seu próprio idioma ancestral.

Já prevendo esta contingência, preparei-me para ela o melhor possível.

Ativo meu transceptor intercósmico com o programa da linguagem dos renatos que introduzi na memória do dispositivo duas semanas atrás.

Não me julgo capaz de entabular conversação fluente com esse novo Genteel.

Porque, embora os programas do meu transceptor tenham aprendido como verter o idioma dos renatos para o Intercosmo, o caminho inverso está limitado pela incompetência do aparelho em emitir sons nas frequências ultrassônicas presentes na fala dos renatos.

Genteel murmura, repetindo as mesmas frases de antes.

Desta vez, o transceptor me fornece a versão intercósmica:

"O que aconteceu comigo? Quem sou eu?"

Agindo conforme os ensinamentos do meu centauro, ergo o núcleo mnemônico em frente ao rosto da forma humanoide.

Ele fita o dispositivo com um brilho no olhar que suponho ser de curiosidade.

Contudo, não demonstra conhecer o propósito desse equipamento vital.

Tomo-o pela mão e o conduzo para que se sente na plataforma.

Obediente, ele se deixa posicionar como desejo.

Retiro a corrente metálica que mantém o núcleo preso em meu pescoço e faço a cabeça do renato passar através dela, deixando o núcleo repousar contra o tórax largo e peludo do humanoide.

O núcleo possui uma chave que reconhece o código genético do renato.

Assim que o renascido curioso toma o dispositivo numa das mãos, a máquina volta à vida e começa a murmurar frases no idioma ancestral dos renatos, empregando um tom pausado e monocórdio.

Meu transceptor não tarda a arriscar sua versão em Intercosmo:

"Seu nome é Genteel."

"Você é um renato que acaba de emergir de seu casulo para a segunda vida."

"Nesta reencarnação você não dispõe de qualquer lembrança

de sua vida passada... Não se preocupe. Isto não é um defeito de nascença... É normal. Todos os renatos renascem assim."

"Sem lembranças... Como viverei sem minhas lembranças?"

"O objeto que repousa em suas mãos chama-se núcleo de memória."

"O núcleo contém todas as recordações de sua vida passada... Dispõe de conectores neurais que, uma vez acoplados a seu cérebro, transmitirão informações numa velocidade muito superior à da linguagem falada."

Genteel gira o núcleo mnemônico entre os dedos, examinando-o com curiosidade infantil.

Então, levanta os olhos em minha direção.

"Quem é essa criatura que me deu o... núcleo de memória?" – Ele indaga, fitando-me diretamente.

Emocionada, retribuo o olhar.

Ele aprende rápido.

Absorve novos conhecimentos como uma esponja sedenta.

"Volte o lado achatado do núcleo na direção da criatura a que se refere para fornecer dados à rotina de reconhecimento visual." – O núcleo orienta meu renato inocente.

Genteel segue o conselho, apontando o núcleo mnemônico para meu rosto.

A máquina responde num átimo.

"Esta é Clara. Sua guardiã da memória."

"O que é uma guardiã da memória?"

"É o indivíduo que seu eu anterior elegeu para proteger todo o conhecimento que você adquiriu em sua vida anterior contra qualquer mal, até este momento, quando o núcleo lhe está sendo restituído em perfeitas condições."

Sinto as lágrimas quentes escorrerem pelas minhas bochechas.

Após uma ligeira pausa, o núcleo acrescenta:

"Você pode confiar inteiramente em sua guardiã... Ela o protegerá e o guiará até o dia em que você se julgar apto a descobrir sozinho tudo o que ainda não sabe sobre sua vida anterior consultando seu núcleo de memória."

"Ela parece... diferente de mim."

"Clara não é uma renata, mas uma alienígena da espécie dos

HUMANOS... SEU EU ANTERIOR CONSIDEROU UM GRANDE PRIVILÉGIO QUE ELA TENHA ACEITO SER SUA GUARDIÃ."

▼ ▼ ▼

"Meu antecessor tinha você em alta conta."

Três dias após o renascimento, o Novo Genteel já articula um Intercosmo pra lá de aceitável, ainda que um tanto formal demais para o meu gosto.

Maquinazinha inteligente esse núcleo mnemônico!

"Pelo que depreendo de meus registros, você não foi escolhida como guardiã da memória somente pelo fato de ser uma grande amiga."

– Não precisa empregar este tom cerimonioso comigo. Lembre-se: sou sua guardiã.

Indago-me se ele já teve oportunidade de rever uma de nossas cópulas e, em caso afirmativo, o que pensa a respeito.

– Realmente, eu e você... isto é, eu e sua forma centauroide fomos muito íntimos.

"Você sente falta dele."

Não é uma pergunta, mas antes, uma constatação.

Penso antes de responder. Será que um renato humanoide também consegue descobrir quando não falo a verdade?

– Sinto muito a falta... dele.

"Minha falta." – Ele concede. – "Falta do meu eu anterior."

– Falta daquele que você foi.

"Estou com você agora."

Não respondo.

Ele intui algo do meu olhar tristonho, pois logo acrescenta:

"Compreendo. Não é a mesma coisa."

– Vocês dois são muito diferentes. Não falo das diferenças morfológicas óbvias, mas de personalidades.

"A forma antecessora... meu antigo eu afirmou que minha personalidade acabará se ajustando e tornando-se mais parecida com a dele, à medida em que eu for absorvendo suas memórias e vivências."

– É possível.

"Você não acredita nesta hipótese."

– Digamos que eu não conte muito com ela.

"A expressão *pessimista convicta* acaba de me vir à memória."

– Você está tentando bancar o engraçado para me alegrar. – Sorrio para engolir a vontade de chorar.

"Fui malsucedido, não fui?"

– Para a primeira tentativa de sua nova vida, você se saiu muito bem, meu querido... Me fez sentir orgulhosa de você.

"Ainda há algumas coisas que não compreendo."

– Estou aqui para ajudar.

"Não sei se devo perguntar. A última coisa que desejo no mundo é ofender minha querida guardiã."

– Tolice. Pode perguntar absolutamente qualquer coisa. Não se preocupe com meus sentimentos. Em seu presente estado de inocência, nada que possa constituir dúvida para você será capaz de me ofender.

"Entendido. É uma pergunta que estou desejando fazer desde ontem."

– Vá em frente.

"Por que senti tanta atração física e espiritual por você? Éramos tão diferentes..."

– Pelo que entendi de minhas pesquisas e também das conversas que tive com você antes do seu renascimento, creio que, ao final de suas primeiras vidas, vocês renatos se sentem atraídos por tudo quanto é humanoide. Talvez pela perspectiva da metamorfose iminente.

Ele não tece comentários.

Permanece me fitando com seus belos olhos de íris enormes de coloração azul-cobalto, imersas em cristalinos noutro tom de azul, bem mais claro.

Ante tamanho escrutínio, vejo-me forçada a prosseguir:

– No prisma sexoafetivo, esta atração manifesta-se sob forma de desejo físico pelas formas humanoides.

"Já aprendi isto." – Genteel faz uma pausa, como se à procura de maiores informações nos dados coligidos no núcleo de memória. – "Mas esta atração não deveria ser direcionada somente a renatas humanoides?"

– Sob condições normais, eu diria que sim. – Agora sou eu quem precisa pensar um bocado antes de continuar. – Só que nós não vivíamos sob condições normais.

"Síndrome de abstinência?"

Admiro-me que já domine tal conceito.

– No início, acho que foi isto que ocorreu. Depois, nosso relacionamento evoluiu para algo mais forte do que uma simples atração advinda do confinamento.

"Amor?"

– Da minha parte, amor.

"Da parte de meu antigo eu, também. Mas, compreenda..." – Ele tropeça nas palavras e mergulha num silêncio embaraçado.

– Eu sei. Você não me ama. Não se preocupe. Eu só amo quem você foi antes da primeira morte. Não quem você é hoje.

"Por mais que me esforce, não consigo sequer conceber o sentimento de amor físico e espiritual por uma alienígena. Por outro lado, meu antecessor era infinitamente mais sábio do que eu. Portanto, respeito e aceito os sentimentos dele."

– Embora não os compartilhe.

"Eu gostaria que pudesse ser de outro modo. Porque você é a pessoa de quem mais gosto e respeito. Mas os imperativos biológicos mudam na segunda vida."

– Sei disso. Você me disse que seria assim... antes da primeira morte.

"Mesmo não compartilhando dos sentimentos que o antigo Genteel nutria por você, venero-a como minha guardiã da memória. Você é a pessoa mais importante da minha segunda vida. E será sempre."

– Obrigada. – Tento me segurar, mas acabo soluçando como uma garotinha.

"Isto é... choro?"

– Lógico que é! – Balbucio, engasgada com o soluço, esforçando-me para encerrar o show involuntário.

"Os humanos choram quando estão tristes?"

– Também, mas não só. – Esforço-me para segurar o choro. – Minha afeição por você é de outra natureza.

"Amor maternal?"

– Algo desse gênero. – Não esperava que ele já houvesse apreendido um conceito tão alienígena para os renatos.

"Vocês são criaturas belas e complexas! Não sei como é que ainda existe gente que afirma que a humanidade constitui uma espécie inviável."

– Agora você está parecendo seu antecessor falando. – Declaro, enxugando os olhos nas costas das mãos.

"É mesmo?" – Noto certo tom de orgulho em seu Intercosmo.

Ele anda de um lado para outro em volta da plataforma. Incrível a rapidez com que aprendeu a caminhar sobre duas pernas!

"Clara?"

– Fale.

"Você acha que meu antecessor era um pervertido?"

– Lógico que não! Jamais permita que alguém tente convencê-lo do contrário.

"Ele parecia julgar que os humanos da sua pátria talvez considerem você deste modo quando souberem do seu relacionamento com ele... comigo. Do meu lado, decerto serei julgado assim pelos cidadãos de Centauri, caso descubram o que se passou entre nós."

– Pode até ser que me julguem desta forma quando tomarem conhecimento do nosso amor. – Não consigo sequer imaginar a indignação que Europa sentiria se soubesse da minha paixão por um centauro. – Mas, quem disse que eles precisam saber?

"Tem razão. Ainda bem que meu antecessor escolheu uma guardiã tão sábia. Ninguém precisa saber do... nosso amor."

▾ ▾ ▾

Não é preciso ser psicólogo para saber que a percepção da passagem do tempo é um fenômeno subjetivo.

Depois que o *Espumas Flutuantes* saiu das águas frígidas do Oceano Meridional e passou a singrar sobre as vagas cálidas do Oceano Ocidental, os eventos se precipitaram, tanto a bordo da nau marítima quanto no mundo externo a seus amplos costados.

Envolvida como estou na educação expedita de Genteel – cuja base de conhecimento e compreensão dos fatos evoluem em ritmo prodigioso – mal tenho tempo ou ânimo para comemorar o breve contato radiofônico inicial que as marítimas estabelecem com a *Hegemônica*, fragata da Armada de Rhea com a qual cruzamos há pouco mais de três dias.

Borbulhante comunicou minha presença a bordo.

Mal conseguindo controlar a gritaria de júbilo que reinou em seu navio, a Comandanta Gonzalez pediu à Pinça-Dourada que me transmitisse saudações efusivas de boas-vindas ao Lado Ocidental.

Pelo entusiasmo com que a notícia de que me encontro viva e saudável foi recebida na fragata, patente nas fisionomias joviais registradas na holomensagem com que a belonave respondeu ao chamado do *Espumas*, eu diria que não poucos em Rhea já me haviam assumido como morta.

Passados três dias, a notícia de meu regresso já deve ter chegado aos ouvidos dos hierarcas de Rhea.

Pois Gonzalez deve ter transmitido a novidade o mais rápido possível para a representação diplomática rheana numa cidade aliada qualquer do Litoral da Fertilidade. A partir de lá, a informação deve ter seguido por terra, percorrendo um caminho tortuoso até o extremo norte, ora através de cabos ópticos subterrâneos, nas áreas mais civilizadas do Lado Ocidental, ora via radiotransmissões aéreas pouco confiáveis, ou até por meio de feixes-laser pulsados, nas áreas mais ermas e hostis da Grande Planície Vermelha ou do sul do Planalto da Solidão.

Com um pouco de sorte, a notícia de meu regresso ao Lado Ocidental já terá chegado à Rhea, ou está prestes a chegar lá.

Será que meus avós chegaram a cogitar seriamente a hipótese de meu desaparecimento sob as águas profundas do Oceano Oriental? Conhecendo-os como os conheço, duvido muito. Não é do feitio deles acreditar na morte de um ente querido sem provas contundentes.

Além disso, num planeta como Ahapooka, onde praticamente inexistem meios de comunicação rápidos e confiáveis, não é de todo incomum que alguém passe anos a fio sem receber notícias de um amigo ou parente.

O fato é que, com ou sem confirmação de ordens da base naval mais próxima, a *Hegemônica* passou a acompanhar nosso curso a uma distância de quinze quilômetros.

A belonave é um mero traço luminoso no holotanque do radar de busca do *Espumas*.

Com tal afastamento, jamais seria confundida com uma escolta.

Contudo, após os percalços que enfrentamos desde a partida do Golfo Salgado, a presença discreta dessa fragata inspira segurança às comandadas de Borbulhante.

Não que eu me preocupe com a segurança da nau de Marítima.

Afinal, ao longo do último milênio Rhea tornou-se a única potência naval que mantém presença efetiva no sul do Oceano Ocidental.

▼ ▼ ▼

O Novo Genteel é uma outra pessoa.

É apenas um sujeito que goza do privilégio de acesso irrestrito às memórias do renato que eu amei.

A cada dia que passamos juntos, considero-o menos como o Genteel que ele foi.

Meu centauro amado.

Encaro o humanoide muito mais como uma espécie de filho da pessoa que amei.

A ideia não soa tão estranha assim, quando lembramos que há espécies alienígenas cujas memórias individuais se incorporam ao patrimônio genético, sendo herdadas pelas gerações seguintes.

Como a educação e a segurança desse recém-nascido me foram confiadas pela pessoa que amei, sinto-me não apenas sua guardiã da memória, mas também um pouco mãe dele.

Mãe de um alienígena maior e mais forte do que eu. Adulto em sua constituição física, mas com muito da inocência de uma criança humana.

É lógico que já pensei muitas vezes em ter filhos. Que humana nulípara da minha idade não pensa nisto pelo menos uma vez por semana? Só que jamais me havia imaginado mãe de um alienígena. Menos ainda, mãe do meu amante alienígena reencarnado...

▼ ▼ ▼

Enfim chega o dia de nossa separação.

Não me sinto pronta para abandonar esse Novo Genteel à própria sorte.

Ele ainda não está inteiramente preparado para enfrentar Ahapooka sozinho. Este período exíguo de três semanas não foi em absoluto suficiente para que ele apreendesse todo o conhecimento essencial que o núcleo mnemônico se dispõe a fornecer.

Ahapooka é um planeta perigoso!

Eu me sentiria muito mais segura se ele tivesse concordado em vir para Rhea comigo. Não compreendo porque ele declinou meu convite para residir em Rhea por um tempo. Como humanoide, não enfrentaria a menor dificuldade se decidisse fixar residência no Pireus.

Dentro em pouco tempo, eu intercederia em favor dele, até mesmo junto a Pandora e a meu avô, se necessário fosse, para lhe garantir cidadania plena.

Há exceções à proibição de se conceder cidadania a alienígenas.

Raras, mas há. John Smith é o melhor exemplo.

▼ ▼ ▼

O *Espumas Flutuantes* lançou seus pilares pneumáticos ontem à noite para fixar no leito oceânico de uma enseada protegida de Laboratorium, a grande ilha existente 500 km a oeste do Litoral da Fertilidade, na latitude do delta do Rio das Moléstias.

Em virtude de seu calado imenso, a nau multipropósito se vê obrigada a ancorar quase cinco quilômetros da praia. Houvesse aqui um terminal portuário de Marítima e os pilares da nau nos conectariam direto a uma malha densa de túneis submarinos escavados sob o leito do mar para que desembarcássemos sem necessidade de atracadouros, píeres ou lanchas.

Há mais de quinze milênios Laboratorium é possessão inconteste de Rhea. É aqui que estão instalados nossos complexos de pesquisa secretos onde desenvolvemos algumas técnicas de manipulação genética avançadas – técnicas ainda não referendadas junto à Casa dos Povos.

Há também instalações, igualmente secretas, onde se estuda processos experimentais de engenharia ambiental em âmbito planetário.

Além disso, Laboratorium é também a maior base naval que Rhea mantém ao sul do Golfo da Ilusão.

Laboratorium é uma ilha comprida e estreita, com cerca de 1.000 km de comprimento no sentido norte-sul. A largura máxima no sentido leste-oeste não chega a um décimo dessa extensão. À semelhança do Grande Continente, Laboratorium é percorrida por uma cadeia de montanhas ao longo de sua dimensão maior. Contudo, ao contrário das Cordilheiras Colossais, as Montanhas Majestosas atingem altitudes máximas de apenas 4.000 metros e são constituídas de rochas normais, desprovidas daquela maldita película de leuconânio. Portanto, a coluna vertebral desta ilha é perfeitamente escalável por humanos com um mínimo de condições atléticas. De fato, o alpinismo é um dos esportes prediletos, tanto dos humanos aqui radicados quanto dos tripulantes da Armada em licença de terra.

Mais de trezentos rios encachoeirados despencam de nascentes límpidas que afloram próximo aos cumes das Montanhas Majestosas para desaguar umas poucas dezenas de quilômetros adiante, nas praias de ambos os lados da ilha – as *praias de dentro*, a leste e voltadas para o Grande Continente, e as *praias de fora*, do lado oeste de Laboratorium, voltadas para o magnífico Oceano Ocidental, a massa de água salgada

gigantesca, quase infinita, que nesta latitude sulina só termina do outro lado de Ahapooka, na Ilha da Promissão, em pleno Lado Oriental do Grande Continente, quando muda de nome, passando a se chamar Oceano Oriental.

É numa bela enseada, circundada pela praia de fora no formato de ferradura onde o *Espumas Flutuantes* fundeou ontem à noite, que assisto minha primeira alvorada em Laboratorium. Lobster eleva-se alaranjado por entre os píncaros das Montanhas Majestosas, arrancando um fulgor lácteo de seus cumes nevados.

Embora não existam bases navais ou estaleiros militares nesta praia e nas seguintes, duas fragatas e um couraçado da Armada de Rhea estacionam na entrada da enseada. Apesar de maiores do que os navios de Amphibia que nos deram caça no Oceano Oriental, nossas belonaves, até mesmo o couraçado, parecem diminutas quando comparadas ao *Espumas*.

É bem provável que a mais rápida das duas fragatas seja destacada da Frota do Sudoeste para me levar de volta para casa.

O *Espumas* expele uma cápsula submarina de seu âmago para nos conduzir até meus semelhantes. Disparada de sessenta metros de profundidade como um bólido através do túnel vasto que circunda a quilha da nau, a cápsula gira numa trajetória helicoidal tresloucada, até atingir a superfície, pouquíssimos segundos mais tarde. Por um instante, tenho a impressão de estar num looping de montanha-russa. Um frio do fundo do estômago, acompanhado da sensação de que meus olhos vão saltar das órbitas... Ao observar Genteel, constato que ele não se sente muito melhor. Pelo contrário. A única parte boa dessa ascensão abrupta é que, tomados de surpresa, não temos tempo de espernear: quando damos por nós, a experiência traumática já se encerrou.

Descubro da pior maneira a manobra padrão de desembarque das marítimas. Faz sentido para uma cultura alienígena cujos membros ignoram o conceito de "vertigem" e o receio de se afogar.

Uma vez na superfície, a cápsula submarina contrai a cúpula transparente e aciona a turbina, convertendo-se numa chata de desembarque convencional. Ainda zonza, constato que a chata ruma em direção ao atracadouro fincado bem no meio da curva da ferradura.

Além da guarnição da chata, seguem a bordo comigo Borbulhante, Pertinaz e o Novo Genteel.

Sigo em pé no convés amplo da chata, mera embarcação auxiliar pelos padrões de Marítima. Agarro-me com força ao corrimão metálico da amurada baixa, esforçando-me para manter o equilíbrio algo perturbado pelo jogo suave do veículo.

A embarcação desliza ligeira sobre as águas verde-claras da enseada calma. A rotação do hélice da turbina de popa avantajada produz uma esteira afilada de espuma que risca de branco boa parte da extensão dessas águas restritas.

Genteel permanece silencioso a meu lado. O braço lançado sobre meu ombro.

Pergunto-me se o gesto é motivado por sentimento espontâneo, ou pelo fato de ter visto em suas memórias o Genteel Antigo me enlaçando em seus tentáculos.

Esse Genteel é bem menos falante do que meu saudoso centauro. Menos emotivo, também.

Talvez, quem sabe, *menos expressivo* seja o termo mais adequado.

O Genteel Antigo era um tagarela tremendo.

Gozado. Por incrível que pareça, ainda não consegui me acostumar à ausência dele me buzinando os ouvidos a todo instante. Há noites em que acordo e chamo o nome dele.

Quem responde, pelo menos até hoje, sempre solícito e circunspecto, é o Novo Genteel.

De qualquer modo, no que me diz respeito, este Novo Genteel é muito mais introspectivo. Mas quem sou eu para culpá-lo? Afinal, com tanto a aprender, tantas informações novas a processar, tantos dados a ponderar...

Genteel deverá prosseguir viagem no *Espumas* por mais quatro dias.

Desembarcará para entregar sua carga misteriosa num núcleo urbano poliespecífico erigido no extremo leste do Golfo da Ilusão, o grande braço de mar que penetra profundamente no Lado Ocidental ao norte do Deserto Azoto, mais de 3.000 km daqui rumo ao equador.

A chata alcança o atracadouro.

A marítima vermelha que pilota a embarcação coloca a turbina em ponto morto.

Mecanismos de atracação automáticos lançam uma espia de fibra sintética da popa e, segundos mais tarde, outra espia da proa.

No cais, dois robôs pequenos e atarracados capturam as extremidades das espias e as enlaçam com movimentos rápidos e precisos a dois postes de amarração.

Uma vez estabelecido o engate eletromagnético das pontas metálicas das espias com os carretéis dos postes, estes rebobinam lentamente até que o costado da chata diste somente dez ou quinze centímetros do cais.

Três defensas de material mole e resistente boiam entre o casco de plástico da chata e o concreto do cais.

A pilota vermelha desliga as máquinas.

Uma larga prancha de desembarque estende-se desde a chata, a meio-navio por boreste, até tocar o cais.

Borbulhante é a primeira a desembarcar, recebendo as boas-vindas de uma comitiva com cerca de uma dúzia de humanos que nos espera de pé no cais. A maioria deles traja a farda verde-água da Armada de Rhea.

A comandanta recolhe as pinças num gesto tácito de amizade. Distende ao máximo suas dezesseis patas pelo piso do cais. Como toda marítima que se preza, Borbulhante não se sente lá muito à vontade em terra firme.

Em seguida, desembarco ladeada por Genteel, pois nessa prancha larga feita para marítimas adultas dois humanoides podem perfeitamente descer caminhando lado a lado.

Por fim, Pertinaz caminha prancha abaixo com passo cauteloso de quem nasceu e sempre viveu a bordo de uma nau-de-linha, não tolerando em absoluto a permanência em terra.

Já conhecia de vista o mais graduado dos humanos fardados, o Almirante Barreiros, Comandante-em-Chefe das forças navais rheanas em Laboratorium.

Com um pigarro discreto, Barreiros inicia seu discurso de boas-vindas:

– É um prazer e uma honra saudar nossas aliadas de Marítima, a Rainha dos Mares, modelo inigualável cujas façanhas vêm inspirando gerações sem conta de marinheiros humanos, nesta ocasião memorável em que nos brindam com a restituição de Lady Clara, uma de nossas cidadãs mais ilustres e queridas. – A voz grave do almirante reverbera no ânglico entusiasmado de quem está prestes a concluir sua fala. – Em nome de Rhea e, portanto, da espécie humana radicada em Zoo, presto meus agradecimentos sinceros e reafirmo nossos vínculos de lealdade para com sua cidade soberana.

Ao encerrar seu discurso, Barreiros ergue a palma aberta da mão esquerda à altura do ombro e cerra o punho num gesto lento, o tradicional cumprimento militar de Rhea, "muitos-povos-uma-Espécie", conhecido em todo o Lado Ocidental.

Retribuo a saudação formal com gesto idêntico.

Então, ele me abraça, beija minhas faces e eu retribuo de modo idêntico.

Depois de Barreiros, é a vez de uma humana mignon, de pele clara e cabelos castanhos à altura dos ombros, a Prefeita Tasha. Pelo que depreendo, trata-se da chefe administrativa das instalações científicas deste lado da ilha. Após seu discurso num ânglico menos formal e mais prolixo que o do militar, ela também me abraça e me beija.

Aos meus ouvidos, para que ninguém mais possa ouvir, Tasha sussurra num looson bem íntimo:

– Da próxima vez que estiver à vontade com Spartacus, transmita minhas saudações pessoais a seu avô. Saudações em *meu* nome.

Ora, ora...

Não sei bem o porquê, mas tenho a impressão de que, por *à vontade*, ela quis dizer *quando sua avó não estiver por perto*.

Nunca me faltam oportunidades para falar a sós com meu avô.

Só que não pretendo atender o pedido dessa prefeita simpática.

Afinal, Europa pode ser controladora, superprotetora e às vezes até um pouco metida a dona-da-Periferia, mas é minha avó. Mãe do Pai. Família.

Embora não ignore que minhas diferenças com Europa já tenham se tornado notórias, não sei como Tasha imaginou que eu me prestaria a um papel deste.

Borbulhante percute seu discurso de saudações e despedidas, que conseguiu ser proporcionalmente mais breve e ainda mais formal do que o de Barreiros, o que vem a comprovar minha velha tese de que marinheiros são todos iguais, não importa a espécie.

Ela consegue a proeza de narrar toda a essência das aventuras por que passamos desde a partida do Golfo Salgado, há três meses numa dúzia de sentenças não muito compridas.

Os humanos de Laboratorium emitem uma prolongada salva de palmas ao término da fala da marítima.

Ensimesmado desde que pisou o cais, Genteel toca meu braço e murmura em meu ouvido.

É lógico que não entendo patavina de seus assobios e chiados.

Sou obrigada a ler o equivalente intercósmico que, como todos sabem, não é das linguagens mais discretas.

"Clara, eu gostaria de falar uns minutos com você." – Ele pede em tom discreto, algo comprometido pelo Intercosmo. – "Se fosse possível, a sós."

Crianças.

Tasha suspira audivelmente, revira os belos olhos castanhos e me lança um sorriso embaraçado.

Por fim, murmura em looson e transmite em Intercosmo:

– Dispomos de uma sala aqui perto, na recepção de carga do porto. É cerca de duzentos metros daqui.

– Parece adequado. – Respondo, tão pouco à vontade quanto a prefeita. Que diabos Genteel tem para me falar a sós que não falou a bordo do *Espumas* ou no translado de chata? – Você nos conduziria até lá?

– Com prazer. – Ela faz um gesto para que a sigamos.

Despeço-me pela última vez das marítimas e caminho atrás dos passos céleres de Tasha por entre humanos atônitos com a quebra de protocolo.

Genteel segue em meus calcanhares.

▼ ▼ ▼

Marchamos pelo píer ensolarado até um conjunto de prédios baixos.

Rumamos em direção ao primeiro deles, um edifício de dois andares cuja fachada é revestida por belos azulejos nos tons branco e cobalto. Na porta da frente, por onde entramos, leio a legenda "CONTROLE DE CARGA E PASSAGEIROS" impressa em ânglico, acompanhada pelos ideogramas correspondentes do mandarim.

Dois corredores assépticos mais tarde, Tasha ordena a abertura da porta de uma sala e nos faz um gesto para que entremos.

Cruzo o pórtico, seguida de perto por Genteel.

– Estejam à vontade. – Tasha fala em looson. A porta desliza para fora do pórtico para se fechar, mas para no meio do movimento quando ela acrescenta. – Demorem o quanto quiserem. Cuidarei para que não sejam incomodados.

– Muito obrigada, Lady Tasha. – Agradeço no mesmo idioma.

– Não há de quê, Lady Clara. – A prefeita responde, acenando um *até logo*. – É um prazer ajudar a neta de Spartacus.

Ao perceber que nosso diálogo se encerrou, a porta se fecha.

– E então, Genteel? – Pergunto, curiosa. – O que é que você tem para falar que não pôde ser dito no camarote ou na chata?

"Preciso lhe entregar algo. É um pedido especial de meu antecessor que deve ser cumprido em sigilo absoluto."

– Entendo. Mas por que você só está me contando isto agora?

"Porque o núcleo de memória só me revelou sobre o pedido quando saímos da chata. Calculo que exista um mecanismo temporizado qualquer envolvido na revelação. É possível que meu eu anterior tenha planejado falar com você antes da morte dele, mas não houve oportunidade. O núcleo só me falou sobre essa entrega quando nossa despedida tornou-se iminente."

Lembro que encontrei o Genteel Antigo inerte e já semienvolto no casulo ao retornar de um passeio ao salão de comando do *Espumas*. Se ele acaso pretendeu me entregar algo, decerto não teve tempo de fazê-lo.

O Novo Genteel manipula seu núcleo mnemônico e extrai uma peça minúscula da traseira do dispositivo. Pelo aspecto, eu diria que se trata de uma unidade de memória.

– O que tem aí dentro?

"Consta como sendo uma cópia da carga que devo entregar em Etherea, a cidade poliespecífica para onde sigo viagem após a partida desta ilha."

– Mas... – Agora já não entendo mais nada. – Se você tem que entregar este cristal de memória lá no fundo do Golfo da Ilusão, por que está querendo que eu fique com ele?

"São instruções de meu antigo eu. O tom foi imperativo. Compreenda, tenho que assumir que ele... eu sabia o que estava fazendo. Portanto, sinto-me compelido a obedecer."

– Mesmo sabendo que este ato talvez comprometa o êxito da sua missão?

"Se o fracasso nesta missão é o preço a pagar para ter a consciência tranquila, então é preferível fracassar do que sofrer pelo resto da vida com o peso da quebra de uma promessa solene feita por meu antigo eu, em benefício da pessoa que ele mais amou." – Ele suspira e, neste instante me faz lembrar do outro Genteel. – "Além disso, como falei, a unidade que lhe oferto é apenas uma cópia. As informações originais continuam armazenadas em meu núcleo de memória."

– Quer dizer que a carga importante que você conduz até essa cidade longínqua do Golfo das Ilusões é, no fundo, informação?

"Isto mesmo."

– Que tipo de informação?

"Segundo entendi, informações relevantes para a humanidade."

Ele se interrompe com aquele ar de quem procura lembrar algo, atitude com a qual já me acostumei ao longo das últimas semanas.

"Por enquanto, foi o que consegui descobrir em minhas memórias. É bastante provável que meu antecessor soubesse mais a respeito. Se quiser, posso continuar procurando."

Já aprendi como funcionam esses fragmentos de reminiscências. A busca por mais detalhes costuma levar horas, não raro, até dias.

Não dispomos de todo este tempo agora.

Infelizmente.

– Deixa pra lá. Só não entendo porque o Antigo Genteel não me entregou esse cristal ele próprio.

"Pelo que depreendi, ele considerava a informação contida neste cristal como uma espécie de presente de despedida. Um presente que ele pretendia entregar pessoalmente antes de morrer. Como não pôde fazê-lo, registrou a determinação para que lhe fosse entregue agora."

Coloco-me na ponta dos pés e enlaço seu pescoço num abraço.

– Obrigada, meu querido. Seja qual for o conteúdo desse cristal, agradeço em meu nome e em nome da humanidade pelo presente que o Antigo Genteel me deixou e cuja entrega você ratifica agora.

Ele estende a mão hexadáctila e acaricia meus cabelos.

Como não os prendi, seus dedos longos e macios deslizam até o meio de minhas costas.

"Nunca vou esquecê-la, minha guardiã."

– Nem eu. Nunca vou esquecer vocês dois.

Nem depois que minha memória indelével abarrotar daqui a dez milênios...

Pois, embora breves, os momentos que vivi com os dois Genteel, primeiro o centauro e depois o humanoide, foram memoráveis em experiências agradáveis e ternura.

– Você ficará bem?

"Ficarei. Haverá renatos humanoides à espera no meu destino."

– E quanto às informações que você acaba de me ofertar? – Giro a pequena unidade de memória entre os dedos e me pergunto o que existirá de tão importante aqui para ter posto o Império à caça de Genteel. – Aqueles que esperam por estes dados não saberão que seu antigo eu os copiou para mim?

"Acredito que não. Pelo menos, não no início. Depois, creio que estarei à mercê da discrição de Rhea. Segundo dizem, Rhea é leal para com seus verdadeiros amigos." – Ele sorri. Apesar de ainda haver barbatanas em vez de dentes em sua boca, o sorriso parece bem mais humano que o de seu antecessor centauroide. – "Contudo, como você mesma costuma falar, *quem disse que aqueles que me aguardam precisam saber?*"

– Tem razão, meu querido. Eles não precisam saber. – Abraço-o outra vez, afundando minha cabeça nos tufos lanudos da pelagem que recobre seu tórax largo. Ele corresponde o abraço, envolvendo-me em seus braços. – No que depender do meu empenho pessoal, jamais saberão através de Rhea.

XVII

Agente de Rhea

Alguns paleontólogos humanos ainda insistem na teoria falaciosa segundo a qual, à semelhança do que ocorreu às primeiras espécies progenitoras da Periferia, também a humanidade seria produto da evolução biológica espontânea e fortuita, isto é, a se crer nessa tese, a humanidade ter-se-ia promovido sozinha da irracionalidade a partir de formas primitivas, ditas pré-humanas, que, por sua vez, teriam percorrido sozinhas todo o tortuoso caminho evolutivo desde os primeiros seres unicelulares de seu mundo ancestral. Portanto, de acordo com essa corrente de pensamento, os humanos não seriam fruto do aprimoramento consciente de uma espécie irracional efetuado por uma cultura galáctica patrona.

Embora essa teoria possa justificar em tese a maioria das reconhecidas falhas de concepção, presentes nos projetos básicos do genoma e do organismo humanos, na ausência de evidências concretas da ocorrência desse processo de evolução espontânea, é muito mais simples e plausível advogar que a espécie patrona da humanidade não executou bem a promoção dessa espécie ou que, alternativamente, por algum motivo alheio à sua vontade, não foi capaz de concluir a promoção dos humanos, abortando o processo antes de sua conclusão. Não teria sido este o primeiro e tampouco o último exemplo de abandono acidental do dever sagrado da promoção.

De qualquer modo, a ciência oficial, conforme praticada neste planeta e pela Periferia afora, não reconhece a validade da alegação da espontaneidade humana. Afinal de contas, em prol do exercício saudável da ciência, cumpre exigir que afirmações extraordinárias sejam amparadas por evidências comprobatórias extraordinárias.

Até agora a humanidade – tanto aqui quanto nos demais sistemas que habita – jamais conseguiu fornecer provas mínimas que corroborem a teoria de sua origem mítica.

Enciclopédia Imperial de Ciências [9]

---

[9] Excerto do registro *Falácia da Espontaneidade Humana: Origens Prováveis e Míticas dos Párias da Periferia Galáctica.*

Ingresso salão de reuniões adentro com passadas largas, ombros erguidos e seios arfantes. É tudo pose. Camuflagem afetada no intuito de aparentar confiança despreocupada e ocultar o que me passa no íntimo.

Como se eu pudesse esconder meus sentimentos de Pandora ou de meu avô.

Odeio estas convocações inopinadas do Conselho.

O pior é constatar que dispomos de casa cheia. Todos os Altos-Hierarcas de Rhea se encontram presentes. Todos os hierarcas plenos também. Todos em carne e osso, com exceção apenas de Talleyrand, que se encontra atualmente em negociação diplomática sigilosa delicada no Pireus com uma potência alienígena, mas, mesmo assim, faz-se representar por um *parcial.* Praticamente indistinguível do humano original, o constructo é capaz de transmitir de tempos em tempos as experiências que vivencia para o Talleyrand de verdade. Maravilhas da tecnologia olduvaica implantada em Rhea ao longo dos últimos séculos, graças à genialidade do meu avô.

A propósito, casa cheia é mau sinal. Eu teria preferido uma sessão exclusiva com o Alto-Conselho de Segurança. Porque, embora os Altos-Conselhos possuam nível hierárquico teoricamente mais elevado do que o do Conselho Geral, até pelo fato de ser composto exclusivamente por Altos-Hierarcas, modéstia à parte, possuo intimidade suficiente com todos os membros natos do Alto-Conselho de Segurança, de maneira que me sentiria mais relaxada e saberia o que esperar numa convocação às pressas como esta.

Uma sessão do Conselho Geral, no entanto, é coisa inteiramente diferente. Em geral menos íntima e mais formal.

Aqui há humanos que ao longo das últimas décadas ou séculos têm se caracterizado como opositores ferrenhos da política externa intervencionista que meus avós, Pandora e Talleyrand impuseram ultimamente.

Europa está sentada à cabeceira da grande mesa oval de tampo negro espelhado, secundada por Spartacus à sua direita e Pandora à esquerda.

Com cabelos ainda mais longos que os meus, só que ruivos e cacheados, o rosto angelical, decantado em prosa e verso em toda Ahapooka, um corpo perfeito e parecendo tão jovem quanto eu, no que diz respeito à morfologia padrão, minha avó é considerada uma das humanas mais belas de Rhea.

Sou das que concordam com esta opinião. É lógico que sempre haverá quem prefira humanas hirsutas, como as nativas do continente meridional de Archaeodelphos, ou as *pesadas*, adaptadas aos mundos de gravitação elevada.

Porém, para nós, humanos *convencionais* por assim dizer, Europa possui uma beleza de chamar atenção, mesmo num país e numa época onde os humanos podem assumir a aparência física perfeita, dantes considerada um privilégio exclusivo dos deuses olímpicos de Tannhöuser.

Quando estou a cinco passos da extremidade da mesa que está oposta à cabeceira, Europa faz um gesto delicado, mas peremptório, indicando que devo dar a volta e me postar de pé ao lado dela.

Ela é mestra renomada nestes arranjos de última hora.

Disposição tática para desequilibrar o adversário.

Entendo perfeitamente o recado.

Lógico que não é a avó que conduz este encontro. Pois o nepotismo não se inclui dentre seus muitos defeitos. Ademais, cumpre reconhecer, minha avó é uma humana dura, mas leal. Jamais me colocaria numa posição de onde eu não pudesse observar o semblante dela.

Já a Primeira Hierarca de Rhea...

– Bem-vinda à Rhea, querida. É um prazer tê-la de volta sã e salva conosco.

– O prazer é todo meu, Excelência.

Em verdade já cheguei em Rhea há quase uma semana. Mas estive este tempo todo mergulhada em sessões de *debriefing* no Pireus.

Meu avô fez questão de descer do Planalto para me esperar pessoalmente no complexo portuário. John Smith chegou ao cúmulo de patrocinar uma festa em minha homenagem. De lá para cá, já holei para Pandora, Talleyrand e vários outros amigos.

Contudo, esta é a primeira vez que vejo minha avó, virtualmente ou em carne e osso. Porque Europa nutre ideias muito particulares sobre o que é próprio ou impróprio fazer. Sobretudo ao encarnar sua persona pública de Primeira Hierarca.

– Convocamos sua presença a Jericho porque detectamos uma pequena discrepância em seus relatórios. – Europa enfatiza o *pequena*, embora procure empregar o tom neutro tradicional de hierarca explicando o óbvio a uma subordinada.

Spartacus espreguiça-se na poltrona à direita da companheira.

Lanço um olhar inquisitivo a meu avô.

Ele exibe um sorriso breve e me pisca o olho. Retribuo o sorriso e a piscadela. Pandora comentou certa vez que os olhos de Spartacus são da exata tonalidade de azul dos céus de Tannhöuser num dia claro de inverno. Nunca saí de Ahapooka, mas nutro convicção profunda de que os céus de Tannhöuser são os mais belos da Via Láctea.

Por mais de um século me perguntei porque Spartacus nunca cobiçou para si a função de Primeiro Hierarca. Até que um dia me enchi de coragem e lhe atirei a questão na cara. Meu avô prorrompeu numa daquelas suas gargalhadas gostosas, que parecem se prolongar por mais de um minuto. Quando finalmente recobrou o fôlego, ainda risonho, afirmou que ele teve um trabalhão danado em educar minha avó para que *ela* gostasse de governar. Alegou ter procedido dessa forma justamente para mais tarde poder se dedicar aos interesses que julgava realmente importantes.

Não sei se faz sentido, mas é o tipo de resposta típica do meu avô. Abordar as questões mais graves da Periferia entre uma risada e outra. Contar piadas e ditos espirituosos com a expressão mais séria de Ahapooka.

Não é à toa que o Pai tem aquele senso de humor distorcido. Afinal, teve a quem puxar.

Fito o semblante tranquilo de Pandora.

Ela observa Spartacus com o ar imperturbável habitual.

Lembro do dia em que conheci Pandora, ocasião em que salvou a vida do Pai quando eu mesma já o julgava morto.

Muitos humanos e alienígenas julgam-na uma pessoa fria, mas o fato é que Pandora possui o sorriso mais cálido que já vi e, para quem a conhece bem, um espírito tão cativante quanto o sorriso.

Percebendo-se observada, ela me retribui o olhar com um arquear de sobrancelhas expressivo para enfatizar não ter sido sua a ideia de me convocar ao Conselho só para esmiuçar uma falha em meu relatório.

Observo Talleyrand.

Sentado ao lado de Pandora, Tally exibe o mesmo sorriso confiante de sempre mas, sem que ele perceba, seus dedos tamborilam no tampo escuro da mesa, traindo sua preocupação. O mesmo fanfarrão adorável de sempre.

Pelo visto, o parcial reflete direitinho os traços de personalidade do Talleyrand original. Que percentagem de sua capacidade de processamento o Alto-Hierarca das Relações Alienígenas terá atribuído

a esse símile?

Respiro fundo. Então solto o ar dos pulmões bem devagar e pergunto:

– Que discrepância foi esta?

Agora, sim. Europa gira a poltrona para poder me fitar e me lança seu olhar grave.

No entanto, vislumbro um brilho de divertimento brevíssimo nos olhos cor de mel dessa sacana.

Ops... Aí vem bomba!

Só que, em vez de responder, ela gira a poltrona de volta para frente e desvia o olhar para a Alta-Hierarca da Defesa.

– Pandora, tenha a bondade de esclarecê-la.

A atitude da Primeira Hierarca soa impessoal e correta, exatamente como ela pretendia. Afinal, como membro do serviço secreto, estou diretamente subordinada a Pandora.

Tanto minha avó quanto eu detestaríamos que algum hierarca julgasse que ela pretende me beneficiar por causa do nosso parentesco.

Pandora faz um gesto de assentimento a minha avó e toma a palavra.

– Clara, querida, em seu relatório você menciona que a missão de resgate ao espécime pré-humano mantido naquele museu imperial foi um fracasso completo, pois vocês não conseguiram capturar o exemplar e tampouco trazer o dispositivo que registrou o genoma da criatura, não foi isto?

– Exato.

Resgate.

Adorei este eufemismo.

Muito mais elegante do que "invasão" ou "tentativa de roubo", termos pelos quais os meios diplomáticos e noticiosos do Império têm se referido ao incidente desde a época daquela operação malograda.

– Ocorre, no entanto, – Pandora continua, – que o exame dos dados contidos na unidade de memória que o renato Genteel lhe entregou em Laboratorium contém o registro genético completo daquele espécime.

– Como é que é? – Não consigo disfarçar o timbre agudo de incredulidade.

É lógico que tentei decodificar os dados armazenados na unidade que Genteel me presenteou duas horas antes de eu embarcar
na *Intrépida*, a fragata que me conduziu de Laboratorium até Rhea. Contudo, a tarefa revelou-se inviável pelo fato de ter sido obrigada a conciliar os recursos de processamento existentes na belonave com a necessidade de manter todo o procedimento em sigilo.

Recordando a última vez que julguei ter esse registro genético ao meu alcance, murmuro mais para mim mesma do que para o Conselho:

– Um fraterno do meu comando original teve um tentáculo calcinado na tentativa de arrastar conosco o engradado com o fóssil. Quanto ao analisador com a amostra do material genético do espécime, esse simplesmente ficou para trás em meio à refrega, quando o humanoide que o conduzia foi abatido.

– Pois foi aparentemente esta amostra que caiu nas mãos de Centauri. – Talleyrand opina. – Ou, melhor dizendo, ao que tudo indica, em seus tentáculos.

– A rapidez com que a amostra genética do pré-humano caiu em poder dos centauros e a celeridade com que os dados foram processados, – Spartacus comenta, – obriga-nos a cogitar a hipótese de que um dos centauroides do seu comando fosse em verdade um agente duplo. Quem sabe, o próprio fraterno.

– É muito provável que tenha sido ele. Afinal, foi um dos três únicos sobreviventes e o único centauro a escapar. – Europa concorda com o companheiro. Não perde a oportunidade para me alfinetar. – E você, Clara, o que acha desse fraterno?

– O fraterno Seleno me pareceu leal. – Respondo, embaraçada. O que mais posso dizer? Meu melhor amigo de infância foi um fraterno e não tenho vergonha alguma do fato. Por outro lado, convém não baixar a guarda. – Mas, vocês sabem como é, com alguns alienígenas, nunca se pode ter certeza...

– Sobretudo se forem centauros! – Anthea, Alta-Hierarca do Comércio, esbraveja com um brilho exaltado no olhar.

Há menos de vinte anos, um de seus netos tombou diante das muralhas de uma cidade do Litoral da Fertilidade, durante uma expedição punitiva para debelar um grupo de terroristas centauros.

– Por outro lado, Seleno esteve o tempo todo debaixo dos meus olhos, desde nossa fuga do museu até poucos minutos antes do meu embarque no turbocóptero wingfall, quando Younghide o dispensou. Ao que eu saiba, na ocasião Genteel já estava a bordo daquela aeronave. Portanto, eles jamais se encontraram para que os dados da amostra mudassem de tentáculos.

– Clara tem razão. – Pandora me apoia. – Além disso, devemos recordar que o renato recebeu os dados já processados. Também sabemos que ele já era fugitivo procurado pelas autoridades imperiais, inclusive com mandado de prisão expedido horas antes do início da nossa operação para resgatar o espécime.

– Isto quer dizer que agentes de Centauri subtraíram uma amostra do espécime horas antes da invasão. – Spartacus enuncia a conclusão a que todos chegamos mais ou menos ao mesmo tempo. – Portanto, ou bem acreditamos na hipótese de uma bruta coincidência, ou assumimos que Centauri já sabia com antecedência da nossa operação, tanto é que planejou sua própria *subtração*, mais sutil, poucas horas antes da nossa.

– Não tenho dúvidas de que foi realmente isto que aconteceu. Eu iria ainda mais longe. – Europa faz uma pausa de efeito. Ao constatar que capturou a atenção dos presentes como um magneto, conclui.

– É de todo provável que os centauros tenham delatado nossa operação, assim que obtiveram êxito na deles. É a única explicação para aquelas tropas imperiais terem chegado tão rápido, primeiro ao museu e depois ao consulado: elas já haviam sido colocadas de prontidão com várias horas de antecedência.

– Ainda não temos provas disso, minha querida. – Spartacus replica em tom meigo, numa tentativa de aplacar o ânimo exaltado da companheira.

– Não me venha com panos quentes, Spartacus! – Furiosa, Anthea apoia as mãos nos braços da poltrona, como se pretendesse levantar. – Estamos falando de centauros! Essa escória é capaz das traições mais vis. São absolutamente indignos da nossa confiança...

O comentário preconceituoso mas compreensível de Anthea me faz lembrar de Genteel.

Não é verdade que não possamos confiar em centauros. Alguns centauros são dignos da confiança dos humanos.

Disso já tinha certeza desde garotinha.

Uns poucos, talvez sejam dignos até mesmo do nosso amor.

Sinto meus olhos se encherem de lágrimas.

Mordisco o lábio inferior. Para afogar o sentimento, decido me concentrar na estranha dádiva de Genteel.

Daí, a *pergunta que não quer calar* começa a coçar na ponta da minha língua:

– Qual era a missão de Genteel, afinal? A quem Centauri pretendia passar o código genético do pré-humano?

– Não à Rhea, por certo. – Talleyrand responde cofiando o cavanhaque bem cuidado.

– Isto não importa agora. A missão do renato e o objetivo de Centauri não são as questões mais relevantes, por enquanto. – Spartacus declara no tom calmo que lhe é habitual e, como de praxe, todos prestamos a máxima atenção. – A pergunta crucial por ora é a quem no Lado Ocidental, além de Rhea, pode interessar a informação de que o genoma daquele espécime é quase idêntico ao nosso? Pois parece óbvio que, de Etherea essa análise seguirá para um outro sítio qualquer.

– Já tenho agentes trabalhando em Etherea. Porém, de qualquer modo, é difícil saber ao certo a quem mais a análise do genoma poderia interessar. – Pandora fala, pensativa. – Rhea tem muitos inimigos. Não somos exatamente as criaturas mais populares do Zoo. Talvez o interesse maior de nossos inimigos fosse nos impedir de ter acesso às informações contidas no genoma. Ou, quem sabe, falsificá-los.

– Um genoma quase idêntico ao nosso? – Por essa eu realmente não esperava. – Isto quer dizer que os primeiros humanos e os antepassados daquele espécime realmente evoluíram e coabitaram o mesmo planeta?

– Com toda a certeza. – Spartacus confirma com ar sério. – A similaridade entre os dois genomas é superior a 97%. Esta cifra garante que em algum ponto de suas evoluções, nossos ancestrais e os daquela criatura coexistiram numa mesma biosfera planetária.

– Há alguma possibilidade desses cálculos estarem errados? – Talleyrand pergunta, ajeitando-se na poltrona.

– Nenhuma. Verifiquei pessoalmente os cálculos e inferências do programa especialista três vezes. Não há a mínima hipótese de engano. É lógico que também está inteiramente descartada aquela nossa ideia inicial de que tudo talvez não passasse de um embuste. A amostra genética do espécime é genuína. Em todo o Grande Continente não há tecnologia capaz de forjar essa amostra tão bem que não conseguíssemos descobrir o logro.

– Então... – Balbucio, mas não consigo concluir o raciocínio.

– Então, – minha avó acorre em meu auxílio, – obtivemos a comprovação com que há tanto sonhávamos. Afinal de contas, ao que parece, nossos ancestrais não possuíram patronos!

– Querida, se não se importa, eu gostaria de analisar melhor o genoma desse humanoide antes de nos pronunciarmos tão categoricamente a este respeito. – Spartacus começa a frase sério, mas não consegue conter o sorriso ante o entusiasmo quase infantil de minha avó. – A única coisa que descobrimos por enquanto é que a espécie desse animal semirracional evoluiu no mesmo planeta que nossos ancestrais. Fato que, reconheço, não é pouca coisa em termos de evidência, sobretudo se considerarmos que o exemplar em questão estava vivo há menos de dez milênios.

– Isto quer dizer que, muito provavelmente, essa biosfera planetária original ainda existe nalgum ponto da Periferia. – Anthea balança a cabeça com ar pensativo.

– Não necessariamente. – O avatar de Talleyrand rebate com um brilho divertido nos olhos verdes. – O animal esteve vivo há poucos milênios, mas sua espécie pode ter sido transplantada da biosfera original milhões de anos atrás.

– Muito bem, Spartacus. Pode estudar o genoma desse espécime pré-humano o quanto quiser. Prometo não levantar nenhum brinde formal enquanto você não me disser que posso fazê-lo. Relembro aos presentes que por enquanto este assunto deve permanecer restrito ao Conselho. – Europa repousa a palma em concha sobre a mão maior do companheiro, que descansa no tampo da mesa. – No entanto, por tudo que conversamos antes desta sessão, já me convenci: a humanidade é fruto da evolução espontânea. Jamais houve patronos em nosso mundo original. No que me diz respeito, a teoria da espontaneidade está comprovada.

– Isto sem dúvida explicaria uma série de questões evolutivas de outro modo insolúveis. – Pandora concorda com ar pensativo. – De qualquer modo, obtivemos aqui e agora indícios relevantes da espontaneidade humana que, tanto quanto sabemos, não se encontram disponíveis em Tannhöuser.

– Indícios e evidências são importantes, mas ainda não constituem certezas. Gostaria de dispor da confirmação definitiva antes de sairmos Zoo afora alardeando fazer jus a um status idêntico ao das primeiras espécies progenitoras. – Spartacus replica, enfático. – Até porque creio que devemos nos preparar muito bem para a saraivada de críticas que decerto desabarão sobre Rhea após a divulgação da descoberta. Além disso, julgo sensato conceder à questão um tratamento estritamente científico e não de propaganda política.

– Está bem, meu querido. – Europa concede, bem-humorada apesar do comentário. – Indireta registrada e aceita. Vamos fazer exatamente como você está propondo. Empregue aquelas rotinas especialistas de cálculo evolutivo aplicado que você desenvolveu e estabeleça os modelos que julgar necessários. Leve o tempo que quiser. Não há tanta pressa, afinal. Uma ou duas décadas a mais não farão tanta diferença assim.

– Talvez sejam necessárias três ou quatro décadas.

Spartacus envolve a mão dela com a sua e a retém ali quando ela, chocada, tenta retirá-la.

Minha avó fita o companheiro com surpresa sincera.

Concluo que, embora já houvessem discutido a questão em privado, até agora Europa ainda não se dera conta de que irá demorar um bocado para que meu avô consinta em liberar os resultados definitivos da análise que pretende encetar.

– Relaxe, querida. – Pandora oferta seu sorriso mais cândido à minha avó. – Uma ou quatro décadas, que diferença faz?

Durante uma fração de segundo, Europa lança um olhar fulminante a Pandora, que o sustenta tranquila, ainda com o mesmo sorriso inocente nos lábios.

Observo minha avó franzir a testa com preocupação estampada em seu rosto escultural.

Pandora jamais tem pressa. Contudo, se necessário, pode se transformar numa adversária formidável.

Spartacus conhece modelagem evolutiva melhor do que qualquer outra pessoa em Ahapooka, humana ou alienígena. Não adianta insistir. Ele não divulgará os resultados enquanto não tiver certeza absoluta de que eles são completamente inatacáveis do ponto de vista científico.

Talleyrand come na mão de Pandora. Ali ou em qualquer outro sítio em que ela o mandar comer. Ademais, é mais fácil imaginar o Alto-Hierarca das Relações Alienígenas estabelecendo uma aliança temporária com Spartacus do que com Europa, sobretudo no que concerne à divulgação dos resultados da pesquisa do genoma pré-humano, que decerto implicará chuvas e trovoadas na sua pasta.

Europa não tarda a concluir que a batalha já foi perdida antes mesmo de ser travada.

– Está bem, está bem. Promessa é dívida. – Minha avó absorve o dano e reconhece a derrota sem demonstrar rancor. A experiência traz serenidade. Até mesmo para pessoas como Europa. Ou como eu. Ela suspira e prossegue como se nada de mais houvesse acontecido. – O Alto-Hierarca da Ciência disporá de todo o tempo que julgar necessário. Todos de acordo?

Os Alto-Hierarcas assentem em silêncio. Os hierarcas plenos imitam o gesto em automático.

– Perfeito. – A Primeira Hierarca conclui o assunto. – Vamos aguardar avidamente seus resultados finais, meu querido. Só não nos deixe esperando séculos a fio.

– Outra questão correlata. – Spartacus comenta, tomando outra vez a mão que Europa havia arrancado de dentro da sua. Agora seus dedos estão entrelaçados nos dela. – A análise preliminar do genoma indica que nossos antepassados não evoluíram de criaturas semelhantes ao espécime do museu. Tudo nos leva a crer que nossos antepassados pré-humanos e os daquele animal teriam se originado de um ancestral comum há cerca de seis ou sete milhões de anos THP.

Um silêncio sepulcral se instala no salão.

Sete milhões de anos.

Não posso afirmar quanto aos outros, mas jamais imaginei que a evolução espontânea da humanidade se houvesse dado há tanto tempo.

Talleyrand destrói o clima grave da sessão com um assobio agudo, seguido por um brado de congratulações:

– Excelente, Spartacus, meu velho! Proponho um brinde à descoberta. – O parcial ergue o punho cerrado. Quando percebe que os outros o fitam surpresos, acrescenta – Um brinde privado, é lógico. Como Europa falou, fica tudo restrito a esta sala.

– Ah, Tally querido, você nem está aqui de verdade... – Pandora brinca com o ex-companheiro.

Tally querido? Será que os dois estão juntos outra vez?

Quando se trata de uma pessoa tão reservada quanto Pandora, que jamais comete deslizes deste tipo, indícios assim são sintomáticos. Portanto, assumo ter sido sua intenção anunciar o reatamento do seu jeito discreto tradicional.

– Não seja desmancha-prazeres, Pandy... – Agora tenho certeza: os dois voltaram. De outro modo Talleyrand jamais ousaria chamá-la *Pandy* em público. – Pois eu levanto um brinde e pronto! Afinal, para que serve esta tão decantada hiperiteratividade plena?

– Podemos até erguer esse brinde ansiado. – Pandora abre seu belo sorriso, mas logo recupera a seriedade e fala, dirigindo-se a minha avó. – Mas antes temos um ou dois pontos pendentes para amarrar, não é mesmo, Europa?

Só há duas pessoas capazes de questionar minha avó desta maneira numa sessão do Conselho Geral: Uma delas é obviamente Spartacus. A outra é essa olduvaica serena de longos cabelos castanhos e ar imperturbável.

Aliás, é por esta e por outras que nutro autêntica veneração por minha superiora.

– Como assim? – Europa indaga, não se fazendo de rogada.

– A missão da Capitã Clara... – Pandora insiste, como se o cérebro da avó não dispusesse de nanobios mnemônicos e ela precisasse ser lembrada dos fatos mais óbvios a todo instante.

– Ah, sim. – Europa concorda com um sorriso maroto no canto dos lábios.

Contudo, ante o olhar severo de Spartacus, baixa os olhos. Por um instante ínfimo, volta a ser a garotinha que ele educou a bordo da *Lucky Man* há mais de meio milênio.

Então, ainda a sorrir, ela ergue o olhar, suspira fundo e gira a poltrona em minha direção.

– Bem, Clara, por caminhos tortuosos e graças ao precioso auxílio de seu amigo renato, você conseguiu cumprir com êxito a missão vital de obtenção de dados que lhe foi delegada pelo Conselho. Por isto, em nome de Rhea e no meu nome, gostaria de transmitir nossos parabéns! Pronto, pronto. Hierarcas e amigos. Declaro esta sessão encerrada.

Dito isto, Europa ergue-se da poltrona num salto e, antes que eu possa esboçar qualquer reação de esquiva, me abraça forte, beija minhas faces e acaricia minha nuca. Como é quase um palmo mais alta do que eu, consigo repousar o rosto vermelho de vergonha em seu ombro.

Assustada, retribuo o abraço ao perceber que a Primeira Hierarca de Rhea se retirou do aposento sem que ninguém percebesse, deixando minha avó em seu lugar.

– Você nos pregou um susto tremendo, menina. – Ela sussurra baixinho em meu ouvido. É impressão minha, ou ela também está prestes a chorar? – Quando recebemos aquele informe errôneo de que a nau marítima havia afundado, seu avô e eu chegamos a pensar o pior...

– Estou de volta, vovó. – Murmuro tão baixo quanto ela, com o rosto enterrado em seus cachos ruivos. – Às vezes saio para umas voltinhas, mas sempre acabo voltando pra casa.

Quando Europa e eu finalmente nos separamos, Spartacus também me abraça.

– É maravilhoso voltar a ver as duas humanas que mais amo na Periferia de segredinhos uma com a outra. Pena que não permaneçam assim o tempo todo. – Ele me aplica um beijo estalado na testa; mais avô do que nunca. – Sua avó e eu nos sentimos tremendamente orgulhosos de você. Tanto por suas façanhas no Lado Oriental quanto pelo serviço inestimável que prestou à humanidade. E não me refiro apenas à fração minúscula da espécie radicada aqui em Zoo, não.

Sinto minhas bochechas arderem. Não preciso de espelho para me saber corada como as areias da Grande Planície Vermelha.

Todos se erguem de suas poltronas.

Pandora e Talleyrand também me abraçam.

O parcial ilude meus sentidos direitinho. Só meu sensor de presença implantado consegue diagnosticá-lo como virtual, mas faço questão de ignorar o alerta.

Outros Alto-Hierarcas mais íntimos seguem o exemplo dos olduvaicos, ao passo que os demais limitam-se a me cumprimentar de forma mais ou menos efusiva, de acordo com suas personalidades e orientações dentro da política de Rhea.

– Ao fim da odisseia de Clara, tudo acabou bem. Vocês estavam certos e eu errada. – Pandora reconhece com um de seus sorrisos luminosos. – O êxito dessa missão justificou todas as perdas materiais e humanas que sofremos.

A olduvaica decerto não se refere apenas ao número de baixas elevadíssimo daquela malfadada tentativa de resgate no museu imperial.

No sério engajamento naval ocorrido no Vértice Sudeste, a Armada afundou sete belonaves da República Anfíbia e outras quinze de cidades soberanas do Golfo Amaldiçoado aliadas ao Império. Contudo, três corvetas e uma fragata rheanas foram postas a pique por torpedos lançados por uma matilha de submarinos de ataque de Amphibia. Até Marítima, nossa aliada por força de contrato, perdeu uma de suas poderosas naus multipropósito no conflito.

Infelizmente, quando os submarinos da Armada conseguiram chegar à zona de combate, o engajamento já se havia desfeito sem vitória clara para quaisquer das facções contendoras, malgrado as dezenas de embarcações afundadas e os milhares de mortos, feridos e desaparecidos, entre humanos e alienígenas.

Quando soube daquele engajamento, ainda em Laboratorium, me senti péssima. Mais de trezentos humanos mortos ou desaparecidos, indiretamente por minha causa!

Porque, quando afundamos uma belonave de Amphibia, quase todos os quadrúpedes escapam incólumes. Ao contrário, quando eles colocam um de nossos vasos a pique, muitos humanos morrem afogados. Por isto, mesmo quando infligimos perdas materiais mais elevadas ao inimigo e, portanto, em tese, conquistamos a vitória, normalmente sofremos mais baixas. Perdas gravíssimas, pois as vidas de humanos bem treinados durante décadas a fio nas artes da guerra naval são de longe o patrimônio mais valioso que a Armada de Rhea dispõe.

– O sacrifício desses humanos e valorosos aliados alienígenas que tombaram na Batalha do Vértice Sudeste não foi em vão – Europa confirma meus sentimentos com ar pesaroso. – Pois graças à distração provocada por nossas belonaves, o inimigo não pôde empreender uma busca às regiões polares do Oceano Meridional. Em resultado, agora temos não apenas nossa Clara de volta, como ainda a comprovação definitiva da teoria da evolução espontânea.

– Ainda vai demorar um pouco para obter essa comprovação que vocês já parecem tomar por certa. Contudo, no dia em que a

obtivermos afinal, uma vez divulgada, tudo deverá mudar. – Spartacus comenta, pensativo, mais para si próprio do que para os demais. – Não espanta nada que houvesse tantas forças distintas interessadas em solapar nosso acesso à informação.

– Tem razão, meu amigo. – O parcial de Talleyrand repousa a mão sobre o ombro de Spartacus. – Tudo irá mudar. Nem todas as mudanças serão para melhor. Porém, de um modo ou de outro, quando a tese for comprovada, esses alienígenas arrogantes vão ter que nos engolir!

– Ah, lá isto vão! – Spartacus concorda. – Mas esta é uma conversa para outra ocasião. Primeiro pretendo embasar melhor nossa teoria. Portanto, peço que deixemos o assunto para mais tarde. Hoje é dia de comemorarmos o regresso da minha neta.

– Muito bem dito. – Talleyrand esfrega as mãos. – Então, vamos ao brinde?

– Esse brinde é extremamente bem-vindo. – Meu avô abre um sorriso. Então acrescenta, meio sério, meio a brincar: – Antes, porém, uma última formalidade.

Já de pé, os demais interrompem suas conversas para ouvir o que última formalidade é essa.

– Segundo algumas tradições humanas que trazemos conosco desde o passado remoto, após um êxito extraordinário no cumprimento de uma missão árdua e vital, a oficial bem sucedida costumava receber uma bela promoção. O que você acha, querida? – Ele lança uma piscadela marota à companheira. – Major Clara?

Europa me fita com um novo brilho de alegria e orgulho nos olhos. Então responde no seu melhor tom de garota sapeca:

– Não me cabe decidir, mas me sinto propensa a referendar qualquer decisão que a Alta-Hierarca da Defesa resolva tomar neste sentido.

– Major Clara... – Pandora analisa o peso da combinação dessas duas palavras com ar pensativo, sem a mínima pressa. Depois de vários segundos de suspense, finalmente declara: – De fato. Desta vez você tem razão, Spartacus. Major Clara soa bem.

▼ ▼ ▼

– Não esperava que arriscasse a vida para salvar um alienígena que você só conhecia há um mês. Ainda mais um centauro. Por outro lado, não há como negar que o resultado final foi mais do que compensador. Enfrentar aquele pseudocefalópode gigantesco sozinha... Façanha que talvez nem sua avó fosse capaz. – Com um sorriso cândido nos lábios, Pandora alfineta meu ponto mais sensível sem piedade. – Quer dizer então que, seguindo as tradições de família, a filha de Aeneas e neta de Europa também se tornou uma heroína famosa.

– Deixe disso, Madrinha. – Replico bastante sem graça. – Só fiz o que precisei fazer e pronto.

– De qualquer modo, mais uma vez, meus parabéns. – Como de costume, o olhar de Pandora é mais expressivo do que suas palavras. – Então, Clara? Mudando de assunto, pelo que consta no seu relatório, você e o renato Genteel tornaram-se bastante íntimos depois que você salvou a vida dele.

Ajeito-me inquieta na poltrona confortável em frente à mesa de minha amiga e mentora.

Não sei o porquê desse questionamento agora, mais de dois meses após meu regresso à Rhea.

Transmiti meu relatório pessoal direto para Pandora assim que a *Intrépida* atracou no Pireus. O pacote de dados foi armazenado instantaneamente no neuroimplante dela.

Depois disso, tivemos três *debriefings* nesta exata câmara. Eu me transmiti para cá do porto do Pireus como parcial, com 65% da minha capacidade de processamento. Além disso, ela compareceu como parcial para assistir meus *debriefings* no Alto-Comando da Armada.

Então veio a convocação para a sessão do Conselho Geral para apurar dois pontos a saber:

Em primeiro lugar, se eu sabia que tive êxito em minha missão, embora afirmasse ter fracassado? Não, é lógico que não. Se a bobalhona aqui afirmou não ter logrado subtrair ao Império o espécime e tampouco a amostra do genoma desse dito espécime, é porque ignorava ter trazido consigo uma cópia da análise desse mesmo genoma.

Em segundo lugar, se era do meu conhecimento que existia um agente centauro infiltrado em meu comando? Não, eu não sabia se havia um agente infiltrado. Aliás, ainda não sei. Ao que me consta, ninguém sabe. Contudo, tendo a concordar com a teoria de Europa,

segundo a qual nossa operação foi delatada por Centauri.

Depois de tantas discussões e percalços, imaginei que todas as dúvidas já houvessem sido esclarecidas. Daí, não entendo muito bem o motivo desta convocação de Pandora para que eu compareça pessoalmente aqui nesta câmara para, segundo afirmou, um papo informal entre duas velhas amigas.

É lógico que existem coisas que não coloquei no relatório pessoal. Assuntos que, em absoluto, não dizem respeito a Rhea.

O problema é que, com o passar dos séculos, Pandora tornou-se uma perita cada vez melhor na arte de extrair informações das entrelinhas dos relatórios de seus agentes.

– Tornei-me guardiã da memória dele. – Respondo, tentando ocultar meus sentimentos. – É natural que tenhamos desenvolvido certo grau de intimidade.

– Natural e saudável, pelo que andei estudando sobre esse ritual de transferência de memórias. – Ela concorda com aquele sorriso plácido que reconheço como prenúncio de algo que garanto que não vou gostar. – Compreendo perfeitamente as privações que vocês dois sofreram a bordo do *Espumas Flutuantes*. Síndromes de abstinência, o confinamento e de tudo mais... Só não entendi uma coisa: por que você e o renato se tornaram amantes?

– Madrinha, eu não...

– Ah, querida. Conheço você há dois séculos, desde que era uma pré-adolescente recém-chegada em Rhea, tão jovem e indefesa que eu morria de vontade de tomá-la no colo para acalentar. Creio que não exagero ao afirmar que, depois de todo este tempo de convívio diário, sou a pessoa que melhor conhece o que se passa em sua mente. Sei mais sobre você do que seu pai ou seus avós.

– É verdade. – Admito a contragosto.

Ah, esse jeitinho suave e delicado que a Alta-Hierarca da Defesa tem quando deseja ser realmente implacável... Por esta e por outras é que Pandora é a pessoa que tenho de mais próxima de uma figura materna.

– Portanto, Clara, os lapsos e lacunas no seu relatório podem até ter passado despercebidos para Spartacus e Europa. Mas, falando sério, você não contava me enganar, não é?

– Imaginei que talvez você notasse os lapsos.

– E o que planejou para esta contingência?

– Apelar para sua discrição, é óbvio.

– Certo. Pode contar com ela. – Ela solta um suspiro de alívio. Enquanto aguarda que eu prossiga, arruma pacientemente os longos cabelos castanho-claros num coque rápido. Em momento algum desvia seus olhos cor-de-mel dos meus. Ao acabar de ajeitar o coque, espicaça num tom amigável. – E então? Por que copulou com o renato?

– Como foi que você descobriu?

– Fiquei intrigada com os lapsos nos seus relatórios. Daí verifiquei que andou desligando periodicamente seu módulo de registro.

– Pandora!

– Eu sei, eu sei. Foi um procedimento irregular, mas...

– Procedimento irregular, o cacete! Uma bruta violação de privacidade, isto sim!

– Clara, meu doce, coloque-se em meu lugar. Você é uma agente em missão secreta. Como sua superiora imediata, tomei conhecimento de que teve um envolvimento íntimo sem precedentes com um alienígena centauroide de uma espécie pouco conhecida. – Faço menção de responder, mas ela me silencia com um gesto. – Deixe-me concluir. Então, descubro que você andou desativando seu neuroimplante de registro de modo aparentemente deliberado e que permaneceu despida do biotraje por longos intervalos. Cheguei a temer o pior: quem sabe o renato não houvesse assumido o controle da sua mente. Se bem que, a posteriori, a conclusão do que aconteceu é óbvia. Só resta entender o motivo.

– Quem é que quer saber? – Indago, apoiando as mãos no tampo da mesa, prestes a me erguer da poltrona. – A amiga ou a Alta-Hierarca? E esta conversa por acaso tornou-se oficial?

– Acalme-se, meu bem. – Esse olhar cativante tem o poder de me amansar o ímpeto, como sempre. Satisfeita, ela suspira e acrescenta. – Quem quer saber é sua velha amiga. A Madrinha que lhe admira e que lhe tem como filha. É lógico que esta conversa não é oficial. Nada do que for dito sairá desta sala. A não ser que você mesma decida contar a alguém.

Não consigo evitar o sorriso quando ela emprega o adjetivo *velha* referindo-se a si própria.

Pois, embora seja mais idosa até que meu avô Spartacus, mesmo sem contar os milênios passados em dilatação temporal sob velocidades relativísticas, Pandora não parece mais velha do que eu.

A não ser, é lógico, por pequenos detalhes, como a experiência expressa num olhar ou a tranquilidade imperturbável com que já a vi debelar as situações mais adversas.

– Tudo bem. – Murmuro com os olhos fixos no tampo de ônix negro da mesa. Respiro fundo, tomo coragem e ergo o olhar para encará-la. – Eu e Genteel jamais copulamos. Nós fizemos amor. Não uma, mas muitas vezes.

– Isto eu já concluí. Mas, por quê?

– Por quê? Bem, porque eu estava sozinha, isolada num camarote por meses a fio com Genteel. Porque ele era um grande amigo, estávamos ambos mortos de desejo e...

– Prossiga.

– Porque eu me apaixonei por ele. Pronto, falei.

– Por um alienígena... – Pandora parece desconcertada. É a primeira vez em dois séculos de amizade que a vejo neste estado, sem saber o que dizer. Mas recupera-se o suficiente para articular. – Por qual Genteel você se apaixonou, pelo centauro ou pelo humanoide?

Incrível como ela consegue ir sempre direto ao ponto!

Solto um suspiro profundo e escancaro de vez meu coração.

Pandora é a pessoa em que mais confio no mundo. Sou capaz de revelar para ela detalhes íntimos de eventos que não ousaria comentar sequer *en passant* com ninguém mais. Nem mesmo com o Pai. Ademais, se não me abrir com ela, vou acabar explodindo.

– Amor de paixão eu senti pelo primeiro Genteel, o centauro. Quando ele morreu e renasceu como humanoide, meu sentimento mudou para um amor mais maternal.

– Amor maternal por um alienígena... – Ela balança a cabeça, incrédula. – E eu, ingênua, ainda nutria esperanças de que você houvesse praticado meros *rishathras* com a forma humanoide.

Não logro conter o sorriso. Pois não conheço ninguém, humana ou alienígena, com menos direito a se declarar ingênua do que Pandora.

– Sei o que está pensando. Com o renato humanoide teria sido rishathra, não é? Ao passo que com o centauro foi xenofilia.

– Não sou tão conservadora quanto sua avó nesta questão de cópulas com alienígenas. Mesmo quando se tratam de não-humanoides.

Conservadora? Minha avó depravada?

Essa última afirmação paradoxal me traz à mente um boato que ouvi há mais de um século. Nada concreto, é lógico. Apenas duas ou três frases esparsas que Talleyrand sussurrou em meu ouvido durante uma festa de embaixada, numa noite em que estava particularmente bêbado e deprimido em virtude de um de seus rompimentos periódicos com Pandora.

– Amante de golfinhos! – Foi o que ele murmurou, com o semblante crispado de mágoa.

O que isto significa exatamente, eu não sei.

Sei apenas o que a própria Pandora me contou.

Em sua juventude em Tannhöuser, ela trabalhou como geneticista no único projeto de promoção de uma espécie à racionalidade patrocinado por humanos de que já se teve notícias na Periferia. A designação oficial da nova espécie é *Delphinus sapiens*, mas são comumente chamados *dolfinos*.

Pandora já me afirmou algumas vezes que considera os dolfinos como seus filhos. Então, como diabos ela se julga no direito de questionar meu amor maternal por um alienígena que ajudei a nascer?

E quanto aos tais golfinhos? Nunca ouvi falar dessa espécie alienígena. A Madrinha realmente copulou com eles, ou tudo não passou de papo de bêbado do Talleyrand? Mais tarde pretendo verificar este ponto com o avô.

– Tudo bem, Pandora. O caso é que renatos humanoides não ligam tanto para sexo quanto os centauros. Jamais cogitariam copular com uma alienígena.

– E os renatos centauros?

– Ao fim de suas primeiras vidas, os centauros parecem sentir forte atração sexual pelas formas humanoides da espécie.

– E como não havia uma renata humanoide no *Espumas*...

– Exato. Sozinhos naquele camarote, ele acabou direcionando toda a atração para mim.

– E a minha garota assanhada não se fez de rogada, não é?

– Eu também estava muito carente.

– Sei.

– Ele era uma pessoa excelente e o fato é que nos tornamos bastante íntimos durante a viagem.

– Sei como é. Uma coisa leva à outra.

– Pois é.

– Desculpe a curiosidade, mas, você chegou a sentir prazer físico com ele?

– Tá brincando, Madrinha? Com aqueles seis tentáculos habilidosos e aquela capacidade de adivinhar exatamente o que eu queria que ele fizesse? Foi o melhor amante que já tive! Minha única dúvida é se voltarei a achar graça no sexo com humanos...

– Deve ter sido muito bom para ele também. – Ela assume um ar pensativo. – Também deve ter se sentido enlevado por você. De outro modo, não teria presenteado você com o genoma daquele espécime pré-humano, que o tal agente duplo da Cidade dos Centauros subtraiu do Museu Paleontológico Imperial lá de Alcoólica.

– É incrível que o espião de Centauri tenha conseguido surrupiar a amostra genética do fóssil bem debaixo dos nossos narizes. Mais incrível ainda é que Genteel estivesse o tempo todo com a amostra e eu não tenha desconfiado de nada. Afinal, esse era o objeto importante que o Império queria de volta a qualquer custo.

– Pois é. – Ela me encara com ar pensativo. – Por outro lado, não podemos descartar a possibilidade de que o próprio Genteel tenha sido o tal agente duplo.

– Não creio que ele fosse o comandante da operação em Alcoólica. Centauri não confiaria o comando a um Renato prestes a se tornar humanoide. Afinal, ele nem sequer poderia cruzar as muralhas da cidade depois da metamorfose.

– Pelo visto, esse centauro também se apaixonou por você. Caso contrário, não teria orientado a forma humanoide renascida para lhe presentear com a amostra.

– Ele se dizia apaixonado, sim. – Confirmo com uma ponta de saudades. – Mas este é um assunto que eu gostaria de manter apenas entre nós duas. Não quero que meus avós e amigos saibam que fiz amor com Genteel. Tampouco que ainda sofro bastante com saudades dele. Pelo menos, não por enquanto.

– Não sei se vai ser possível.

– Pandora, você prometeu!

– Afirmei que você podia contar com minha discrição e mantenho a palavra. – Ela exibe o sorriso radiante que tornou-se lendário em toda Rhea. – Mas talvez seus avós acabem descobrindo por outra pessoa.

– Por qual pessoa, se só eu, você e a forma humanoide de Genteel sabemos o que aconteceu?

– Talleyrand já lhe contou que vamos finalmente estabelecer relações diplomáticas com Centauri?

– Grande notícia. Já não era sem tempo. Mas o que Centauri tem a ver com o fato de eu não desejar divulgar minha relação com Genteel?

– Adivinhe quem os centauros nomearam para embaixador?

– Genteel? Não pode ser! – Ante o gesto de confirmação dela, replico: – Ele agora é um humanoide. Como aqueles zelotas de Centauri concordaram em nomeá-lo para o cargo?

– Pelo que Tally me explicou, eles decidiram abrir uma exceção pelo fato de constituirmos uma nação monoespecífica de humanoides. Aliás, o estabelecimento de relações diplomáticas e a troca de embaixadores só se tornou possível depois que eles ouviram falar do seu ato heróico, quando arriscou a própria vida para salvar um renato *centauroide*.

– Só por isto? Nem sequer cogitei o fato de Genteel ser um centauro quando saltei para cima daquele monstrengo. Não o salvei porque ele era centauro. Fiz aquilo porque ele era o *meu* centauro.

– Sei disso, querida. Você não pesou as consequências diplomáticas do seu ato. Porém, mesmo assim, angariou a simpatia de uma facção alienígena importante. Portanto, Rhea lhe é eternamente grata pela segunda vez nos últimos meses.

– Quer dizer que Genteel será o Embaixador de Centauri em Rhea? Isto é maravilhoso! Mas... ele só renasceu há três meses. Sequer teve tempo de revivenciar todas as recordações e experiências importantes do ancião centauroide que já foi.

– Os hierarcas de Centauri decerto possuem vários defeitos, não estou aqui para negar, mas garanto que a estupidez não é um deles. Se decidiram nomear Genteel, é porque confiam que seja capaz de desempenhar essa função a contento.

– Tem razão, é lógico.

Não me preocupo demasiado com meu segredo. Afinal, em sua forma humanoide, Genteel é infinitamente mais comedido e discreto do que o ancião centaurino insaciável por quem me apaixonei.

No entanto, com o Novo Genteel tão próximo e se lembrando cada vez melhor da paixão que seu antecessor nutriu por mim,

quem sabe o que pode acontecer?

Talvez seja uma boa ideia permanecer em Rhea por uns tempos.

Só para quebrar a rotina.

▼ ▼ ▼

– Quer dizer que minha nativazinha selvagem da Planície arrumou um centauro por amante? – A voz de contralto de minha avó soa calma e cordial.

Só que eu conheço esse timbre bem o bastante para notar a raiva contida.

– Europa! – Meu avô a repreende, como costumava fazer nos tempos em que ela era a criança e ele, o educador. – Você prometeu não tocar neste assunto. Era para deixar que viesse à baila naturalmente, lembra? Foi o que combinamos, meu amor.

Minha avó lança um olhar fulminante ao companheiro.

Spartacus sustenta a raiva dela com os olhos de um azul profundo e tranquilo.

Amuada, ela enfim desvia o rosto para a vista deslumbrante que nós três desfrutamos na varanda da residência deles, estacionada há mais de seis meses à beira de um penhasco, à margem direita do canyon escavado pelo Rio Terrae na rocha granítica no Planalto da Solidão.

Observo o disco alaranjado de Lobster prestes a desaparecer atrás do penhasco da margem oposta do canyon. Este belo céu de primavera, sem nuvens para macular seu azul profundo, traz saudades dos tempos em que fui feliz como predadora na Grande Planície Vermelha. Talvez seja uma boa ideia perguntar a John Smith se ele não toparia passar uma temporada comigo por lá.

Por que é que minha avó faz questão de ser sempre tão desagradável assim?

– Como é que vocês descobriram? – Pergunto, numa tentativa pueril de ganhar tempo. – Tenho certeza de que não foi Pandora que contou.

– Não se preocupe, querida. – Meu avô estende o braço e me acaricia o ombro por cima do encosto de minha poltrona, tranquilizando-me. – Pandy jamais trairia sua confiança.

– Então, como...

– Soubemos através de um informe da nossa inteligência em Marítima. – Minha avó rosna entre os dentes. Suas mãos bronzeadas apertam os braços da poltrona a ponto dos nós de seus dedos ficarem brancos. – Você decerto já ouviu o ditado: *'Se uma só marítima souber, o Grande Continente saberá.'*

– Também não é assim, Europa. Pare de hostilizar a garota. Até parece que você tem prazer em deixar nossa neta embaraçada. Depois fica aí reclamando pelos cantos que ela não quer mais viver conosco...

– Não liga, não, vovô. Hoje em dia pouca coisa que a avó diga é capaz de me embaraçar.

– Bravas palavras, minha neta! Dignas de uma amante de centauros...

– Europa! Você é incorrigível! Dê um tempo à garota, tá? Por favor!

– Ao que me consta, como Alta-Hierarca da Defesa, Pandora é a responsável pela inteligência de Rhea. Parece-me no mínimo estranho, isto para não dizer *suspeito*, que vocês saibam algo que a própria titular da pasta ignora.

– Pandora decerto sabe deste informe. – Meu avô explica com um sorriso. – Apenas não supôs que, em meio à rotina dos relatórios e do fluxo imenso de dados que circula através dos nossos neuroimplantes, fôssemos dar conta de um pedacinho de informação tão diminuto e nos sentíssemos curiosos a ponto de resolver puxar o fio da meada.

– Percebo.

– Por que, Clara? Por que? – Não há o mínimo traço de rancor na voz de minha avó. Só mágoa e angústia. Inimigos mais difíceis de combater, pois me sinto vulnerável e solidária ao vê-la neste estado. – Gostaria de me iludir, acreditando que você copulou com aquele renato para obter a cópia do genoma do pré-humano do museu, que ele acabou lhe dando de presente em Laboratorium. Eu teria entendido. Morreria de pena, mas também sentiria um bruto orgulho pelo fato de você ter se imposto tamanho sacrifício pela causa humana. Só que eu sei que não foi por isto que você o tomou por amante. Você nem sequer sabia que ele era o espião de Centauri que receptou a amostra genética do espécime...

– É verdade. Eu não sabia.

Meses após nossa despedida em Laboratorium, ainda me surpreendo com a ideia de que o Ancião Genteel, o centauro que amei, fosse um agente secreto de Centauri, capaz de colocar seus tentáculos hábeis na amostra genética e escapar do Império de posse desse tesouro em tempo recorde.

No entanto, o Jovem Genteel, o humanoide a quem protegi como a um filho, confirmou que foi desejo de seu antecessor ofertar-me uma cópia dos dados da amostra.

O último desejo do meu amado.

Um desejo que ele não teve tempo de concretizar pessoalmente.

– Nem sequer posso usar a obtenção da amostra como desculpa.

– Você gostaria de falar a respeito? – Percebo hesitação e incerteza na voz de minha avó. Atônita com o fenômeno sem precedentes, arrio minhas defesas e o mais incrível é que ela não se aproveita deste momento de fraqueza. Ainda por cima prossegue no mesmo tom. – Nós só queríamos entender...

– No início, Genteel era apenas uma boa companhia. A única que eu dispunha. Como passávamos quase todo o tempo juntos conversando, acabamos por nos tornar grandes amigos. Depois, veio a atração física. Primeiro, só da parte dele. Ao final de suas primeiras vidas, os renatos centaurinos começam a nutrir forte atração pelas formas humanoides da espécie.

– Naquele ambiente isolado, você foi o que ele encontrou de mais semelhante a uma renata humanoide... – Meu avô conclui com ar pensativo.

– Clara, isto só explica a atração dele. – Minha avó observa, contrita. – O que eu quero entender é sua atração por ele.

– Bem, com a insistência dele, comecei a cogitar o assunto. Primeiro, apenas em termos hipotéticos. Depois, percebi que também sentia desejo por ele. Neste ponto talvez convenha mencionar que, a seu modo, Genteel era muito sedutor. Ademais, lembrem-se, exceto por ele, é como se eu estivesse inteiramente sozinha a bordo daquele navio. Lógico que tentei lutar contra esse desejo. Só quando me vi arriscando a vida para salvá-lo, descobri o quanto ele havia se tornado importante para mim.

– Mas ele era um centauro... – Europa geme em voz baixa.

– Síndrome de abstinência. – Meu avô murmura para si próprio.

– Não foi só isto. Eu realmente me apaixonei por ele.

– Maldita educação poliespecífica! – Minha avó finalmente explode. Sinceramente, prefiro-a assim. Antes explosiva do que frágil e pesarosa. Sinto-me mais à vontade para ripostar à altura. Voltando-se para Spartacus, ela acrescenta – Sempre te falei que essa história do Aeneas ir viver sozinho lá fora com o John Smith e educar nossa neta na Planície Vermelha não traria bons resultados! Você por acaso me apoiou? Longe disso! Vivia afirmando que Aeneas sabia o que estava fazendo... Pronto! Agora deu no que deu!

– Querida, Clara é filha dele. Somos apenas os avós. – Spartacus não consegue deixar de sorrir ante o rompante da companheira. Não é a primeira vez que presencio os dois no meio desta mesma discussão. – Além disso, se bem me lembro, na idade dela você bem que gostava de umas copulazinhas com alienígenas das espécies aliadas de Rhea.

– Eram parceiros eventuais e sempre humanoides. Ademais, não passaram de rishathras. Cópulas rituais e não atos de amor.

– Ah, sim. Mas, à época, até que você se divertiu à beça com aqueles rituais. – Meu avô é praticamente invencível no tipo de jogo para o qual conduz Europa. – Quer dizer que o que incomoda você de fato não é que Clara tenha copulado com um alienígena, mas que tenha se apaixonado por ele?

– Escutem aqui, vocês dois. Será que acaso estou falando vernáculo wingfall ou coisa parecida? Vocês me conhecem, sabem o que eu penso. Puxa vida, nós somos uma família... – Minha avó suspira fundo. Observo um brilho inconfundível em seu olhar. Percebendo que a coisa é séria, meu avô e eu a fitamos e assentimos em silêncio. Com os olhos úmidos, ela continua. – Tudo bem... Reconheço, quando era jovem, também copulei com alienígenas. Eu gostei. Até gozei, admito. Portanto, não estou impressionada por você ter tomado um alienígena por amante, mas sim pelo fato desse amante alienígena ser tão alienígena assim. E, sobretudo, centauro! Pronto, falei. Agora, o que me deixa mais chocada mesmo é que você tenha se apaixonado por ele...

– Não sabia que você era tão especista assim. – Comento em meu tom mais brando.

Europa cerra os punhos sobre os braços da poltrona. Suas faces bronzeadas empalidecem perceptivelmente. Mas ela aguenta o tranco e não reage à provocação.

Autêntica estadista!

No segundo seguinte, caio em mim e me sinto tola e frustrada.

– Você se apaixonou por Genteel antes ou depois de copular com ele? – Meu avô fustiga com a precisão cirúrgica de um bisturi-laser.

– Depois. Percebi que o amava coisa de uma semana depois da nossa primeira vez.

– Foi tão bom assim? – Para um avô, até que Spartacus está me saindo um grandíssimo intrometido.

– Melhor do que jamais poderá vir a ser com um amante humano! – Só depois da indignação me soltar a língua é que decido ser mais prudente amenizar o entusiasmo. – Quer dizer, falando de um ponto de vista estritamente físico.

– Seis tentáculos... – Minha avó esboça o primeiro sorriso desta tarde.

– Isto mesmo. Você teria adorado, vovó.

– Aposto que sim! – O tom compenetrado de meu avô teria soado mais convincente, não fosse pelo brilho maroto em seu olhar.

– Pare de me desmoralizar na frente da nossa neta! O que ela vai pensar que eu sou?

– Creio que o termo correto é *ninfomaníaca*. – Ele dispara e então solta essa gargalhada gostosa que eu tanto aprecio.

– Tudo bem. Eu me rendo. Vamos fazer as pazes os três. De qualquer modo, jamais consigo vencer uma discussão quando vocês dois decidem se unir contra mim. – Ela ainda mantém o sorriso nos lábios. Bom sinal. E então reclama no tom meloso de garota mimada que já foi ou que, segundo os opositores, ainda é. – Clara, querida, você foi uma tremenda sem-vergonha ao apagar os holor-registros oficiais dessas cópulas maravilhosas do seu neuroimplante de serviço.

– Sem-vergonha eu seria se tivesse deixado minhas intimidades à disposição das agências de inteligência de Rhea.

– Lógico que ela arquivou cópias em seus neuroimplantes pessoais antes de ordenar a eliminação dos registros. – Spartacus comenta, piscando-me o olho.

– Óbvio que arquivei. É a minha vida, não é?

– E quando é que você vai liberar esses registros para sua avó querida?

– Para os seus avós queridos, se vocês duas não se importarem.

– Um dia, quando eu tiver coragem, libero o acesso para vocês.

Os olhos desse casal de avós libertinos brilham de contentamento.

Então arremesso-lhes o balde d'água gelada, acompanhado de meu sorriso mais cândido e sincero. A Madrinha teria ficado orgulhosa se pudesse me ver agora.

– Um dia, quando o Jovem Genteel houver deixado o cargo de embaixador de Centauri em Rhea e eu estiver bem longe daqui. De preferência, do outro Lado das Cordilheiras Colossais. Daqui a um século ou dois, quem sabe? Não são vocês mesmos que vivem afirmando que é preciso ter calma, que um século a mais ou a menos não faz diferença? Pois então.

Os dois abrem a boca e arregalam os olhos, mas não conseguem falar nada.

As caras de mágoa e decepção mais adoráveis da Periferia!

Afinal, como detentora da melhor educação que Rhea pôde oferecer, o que eles esperavam que eu dissesse?

Este livro foi impresso em papel pólen bold
na Printing & Internet Solution S/A em outubro de 2011.